Kärntner Killer

Geboren 1958, arbeitete Paul Martin sich vom Lehrling zum Geschäftsführer eines internationalen Konzerns und etlicher eigener Firmen auf mehreren Kontinenten hoch. Ende 2011 zog sich Paul Martin von allen Geschäften zurück und begann, seinen ersten Kriminalroman zu schreiben. Im Verlag Federfrei erschienen seine Romane »Die Wettmafia« (2012) und »Der Orden« (2013) sowie im Emons Verlag »Kärntner Rache« (2014). Paul Martin ist an einem 13. geboren. Das allein ist schon Unglück genug, meint er. Daher gibt es in keinem seiner Bücher ein Kapitel 13 – so wie es in guten Hotels kein Zimmer 13 und keine 13. Etage gibt. Mehr Informationen zum Autor und zu seinen Büchern unter www.paul-martin.at bzw. www.facebook.com/PaulMartinAutor.

PAUL MARTIN

Kärntner Killer

KRIMINALROMAN

emons:

Bibliografische Information der Deutschen Nationalbibliothek
Die Deutsche Nationalbibliothek verzeichnet diese Publikation in der Deutschen Nationalbibliografie; detaillierte bibliografische Daten sind im Internet über http://dnb.d-nb.de abrufbar.

MIX
Papier aus verantwortungsvollen Quellen
FSC® C083411
FSC
www.fsc.org

Umschlagmotiv: iStockphoto.com/Soubrette
Umschlaggestaltung: Tobias Doetsch
Gestaltung Innenteil: César Satz & Grafik GmbH, Köln
Lektorat: Susann Säuberlich, Neubiberg
Druck und Bindung: CPI – Clausen & Bosse, Leck
Printed in Germany 2015
ISBN 978-3-95451-531-8
Originalausgabe

Dieses Buch widme ich den Millionen von Menschen,
die so wie ich darauf hoffen und vertrauen,
dass sie durch die friedliche Kleinstadt Klagenfurt am Wörthersee
spazieren können, ohne hinterrücks ermordet zu werden.

Das Leben ist nur ein Moment,
der Tod ist auch nur einer.
Friedrich Schiller

Prolog

Na, komm schon. Ich warte auf dich.

Seit über zwei Stunden lag der Mann mit dem wettergegerbten Gesicht, dem man den südländischen Einschlag deutlich ansehen konnte, nahezu regungslos auf dem Dach des höchsten Gebäudes der Innenstadt von Klagenfurt am Wörthersee.

Das vierzehnstöckige Rothauer Hochhaus am Villacher Ring 1a war 1971 errichtet worden. Der Name Rothauer war untrennbar mit dem Klagenfurter Hochhaus verbunden. Um 1900 erreichte die Hausmusik in Klagenfurt durch Dr. Rothauer ihren Höhepunkt. Rothauer selbst war Cellist von besonderen Qualitäten. Er hatte in seinem Haus Kammermusik in jeder Form betrieben und besonders das Streichquartett gepflegt.

Vor dem Mann mit dem wettergegerbten Gesicht lag ein Foto, das einen gewissen Georg Staller zeigte, von Beruf Fahrschullehrer. Der Mann warf einen Blick auf seine Armbanduhr. Es war eine einfache, markenlose Stahluhr mit Sekundenzeiger und Datumsanzeige.

Drei Minuten nach fünf. Du bist doch sonst immer so pünktlich, dachte der Mann.

Er legte das handliche kleine Fernrohr mit der exakten Distanzanzeige rechts neben sich und brachte die Automat Kalaschnikow AK-74-M, Kaliber 5,45 mm, wieder in Anschlag.

»Das ist das meistverwendete Gewehr der Welt, es gibt rund hundert Millionen davon, aber das muss ich dir wohl nicht erklären. Dieses ist eine Ausführung von nach 1989 ohne Seriennummer mit Fünf-Schuss-Magazin, aber du wirst sowieso nur eine Kugel brauchen. Die Mündungsgeschwindigkeit der kleineren 7N10-Patrone ist höher als die der 7N6-Standardpatrone der alten AK-47 mit 7,62 mm. Dadurch ergibt sich eine flachere Schussbahn und eine höhere effektive Reichweite bei gesteigerter Genauigkeit. Die alten trafen nur auf dreihundert Meter, wie du sicher auch schon weißt«, hatte ihm sein Kontaktmann in Klagenfurt bei der Übergabe der Waffe erklärt.

»Sie hat einen schwereren verlängerten Lauf mit Rechtsdrall und vier Zügen, ein verlängertes Visier mit Optik und ein Zweibein. Das Visier ist auf vierhundert Meter eingestellt. Auf diese Entfernung ist sie auch eingeschossen. Außerdem verfügt sie über eine abklappbare Skelettschulterstütze. Da, siehst du? Der Sicherungshebel ist leicht aufgebogen, damit du ihn bequem mit dem Abzugszeigefinger bedienen kannst, während die Hand am Griffstück bleiben kann. Sie hat keinen Schalldämpfer, also denk an den Knall. Die Patronenhülse bleibt genau dort liegen, wo sie hinfällt, okay? Viel Erfolg. Wiedersehen macht Freude.«

Schade, dass ich meine geliebte Dragunowa nicht nehmen durfte. Die wäre mir lieber. Aber sei's drum. Auftrag ist Auftrag, dachte der Mann.

In mehr als vierhundert Meter Entfernung öffnete sich in diesem Augenblick die Tür einer Fahrschule am Villacher Ring.

Na also. Ich wusste doch, dass du kommst.

Georg Staller trat auf die Straße, holte den Türschlüssel aus der Hosentasche, steckte ihn ins Schloss und sperrte die Haustür zu.

Komm, dreh dich um.

Georg Staller steckte den Schlüssel wieder in die Hosentasche und drehte sich um. Exakt in diesem Moment drückte der Mann auf dem Dach den Abzug seiner Kalaschnikow. Das Geschoss zischte mit einer Geschwindigkeit von neunhundert Metern pro Sekunde aus der Mündung, traf den Fahrschullehrer binnen drei Zehntelsekunden genau zwischen die Augen und warf ihn wie durch einen Faustschlag nach rückwärts, sodass er gegen die soeben geschlossene Eingangstür des Geschäftes flog, für den Bruchteil einer Sekunde bewegungslos an der Tür klebte und dann langsam zu Boden glitt. Er war tot, bevor er den Boden berührte.

Auftrag erledigt.

Teil 1
Die ersten Toten

Dem wird befohlen, der sich nicht selber gehorchen kann.
Friedrich Nietzsche

1

»Lasst mich in Ruhe. Ich habe euch bereits mehrmals gesagt, dass ich nicht will. Und damit basta. Endgültig!«

Hundertfünf Kilogramm, verteilt auf hundertachtundneunzig Zentimeter beinahe reiner Muskelmasse, schienen der hübschen Polizistin aus jeder Pore entgegenzuknurren.

»Es geht nicht um mich, Frank, und es hat nichts mit deiner Familie zu tun. Es geht um mittlerweile bereits drei Tote, denen vermutlich noch mehrere folgen werden. Du kannst das verhindern, Frank. Hilf uns, bitte. Das waren auch unschuldige Menschen.«

Tina Baumgartner war aus dem abgenutzten Bürosessel aufgesprungen und flehte ihren Exchef händeringend an. Oberst Polzer, Leiter des Dezernats für Gewaltverbrechen in Klagenfurt, hatte sie nach Remmiz' Kündigung vom Polizeidienst zur Chefinspektorin und Teamleiterin ernannt. Eine Zeit lang war das auch gut gegangen, doch jetzt, als diese unerklärliche Mordserie begonnen hatte, sah er keinen anderen Ausweg mehr, als Tina zu Frank Remmiz zu schicken. Das waren keine normalen Mordfälle, wie sie ab und zu innerhalb einer Familie oder einer Gang vorkamen, das war eindeutig die Handschrift eines Serienmörders. Und es gab nun mal keinen Besseren in Kärnten, der sich als Serienmörder-Jäger so etabliert hatte, als Frank Remmiz.

»Ich kann meine Familie nicht noch einmal in Gefahr bringen. Das habe ich geschworen. Meine Tochter und meine Frau sind von durchgeknallten Gangstern entführt und fast ermordet worden. Du warst dabei, Tina. Du weißt, wie knapp das damals war. Ich kann das nicht noch einmal riskieren. Versteh das bitte und respektier das endlich. Sag dem Oberst, es tut mir leid. Ich kann nicht.«

Ohne weitere Regung blieb Remmiz sitzen. Tina blieb, ebenfalls ohne weitere Regung, einfach stehen.

An der Wanduhr hinter Remmiz bewegte sich der Minutenzeiger mit einem deutlich hörbaren, hellen »Klick« genau in die

Senkrechte, exakt auf die volle Stunde. Der kleine Zeiger hatte es noch nicht nach ganz oben geschafft. Punkt dreiundzwanzig Uhr. Wie stramme Soldaten standen beide Zeiger auf ihren Positionen. Remmiz kannte das Geräusch.

Er reagierte nicht, denn er wusste, in welcher gleichsam symbolischen Position der Zeiger eingerastet war. Die letzte Stunde des Tages. Die letzte Chance, eine Entscheidung zu treffen. Die letzte Chance! Er ahnte bereits, was zu tun war, gleichwohl kostete er die gleichzeitig mit den Zeigern stehen gebliebene Zeit aus und ließ noch weitere dreißig Sekunden verstreichen.

Dann erst beugte er sich in seinem abgeschabten Lederdrehsessel nach vorn, während dieser ein Stück nach hinten rollte. Er griff nach unten, zog eine Schublade auf, holte mit der einen Hand eine Flasche Johnnie Walker Red Label hervor und mit der anderen zwei Whiskygläser, die er lässig auf die Tischplatte knallte. In beide schenkte er, je zwei Fingerbreit, den goldfarbenen Alkohol ein.

Ein guter Doppelter, dachte Tina, während sie das Schauspiel regungslos verfolgte. Mit zwei Fingern schnippte Frank Remmiz dann lässig ein Glas über den Schreibtisch zu seiner ehemaligen Assistentin. Damals, im Polizeirevier, war Alkohol strikt verboten und sowieso verpönt gewesen, doch jetzt, als Privatdetektiv, konnte Remmiz sich ausleben, so viel er wollte. Sein ehemals durchtrainierter Körper begann um die Leibesmitte bereits Spuren zu zeigen, auch im Gesicht waren die vormals stahlharten Konturen einer gewissen Schwammigkeit gewichen.

»Frank, ich …«

»Wenn du je irgendetwas von mir willst, dann stoß jetzt mit mir an. Sonst brauchen wir gar nicht weiterzureden. Oder bist du *nur* dienstlich hier?«

Ein Blick aus großen rehbraunen Augen fixierte Remmiz lange. Dann verriet zunächst nur ein kleines Zucken der Augenmuskeln, dass Tina sich entschlossen hatte. Ohne den Blick von ihrem Gegenüber zu lösen, griff sie nach dem Glas und hob es an, um Remmiz zuzuprosten.

»Auf dich, Frank. Den besten Serienmörder-Jäger, den wir je erlebt haben.« Der leicht sarkastische Unterton war nicht zu überhören. »Ich werde alles tun, um den zu stoppen, der binnen drei Wochen bereits drei Menschen ermordet hat. Und du?«

»Alles?«, fragte Remmiz nach.

»Alles, was notwendig ist. Egal, was es kostet. Ja, alles. Und du?«, wiederholte sie ihre Frage.

»Verdammt! Warum können die mich nicht in Ruhe lassen?«, fluchte Remmiz mehr zu sich selbst als zu Tina, stand auf, nahm sein Glas und stieß es mit dumpfem Klirren an Tinas.

»Ich komme nicht zurück in den Dienst«, erklärte er, nachdem der Whisky mit einem Schluck, begleitet von einem lauten »Ahhh«, in seiner Kehle verschwunden war.

Tina zuckte mit keiner Wimper. Der Verzehr des scharfen Alkohols war ein notwendiges Opfer, und ohne eine Miene zu verziehen, hatte sie ihn geschluckt. Kein weiteres Aufblitzen ihrer Augenmuskeln verriet, wie sehr sie ihren Sieg genoss. Sie wusste, dass Remmiz mitmachen würde und dass seine Bedingungen von Oberst Polzer genehmigt werden würden.

»Ich bleibe Privatdetektiv. Du stehst mir als Kontakt rund um die Uhr zur Verfügung. Jede Spurenauswertung, Akteneinsicht und was immer ich benötige, erhalte ich sofort und ohne Hinterfragung. Bei Bedarf werde ich weitere Spezialisten anfordern, und selbstverständlich werde ich euch eine ordentliche Rechnung vorlegen«, begann Remmiz aufzulisten. »Alles klar, Tina?«

»Keine Frage, Frank. Du sagst, wo es langgeht.«

»Du führst offiziell die Ermittlungen. Ich komme in keinem Bericht vor und in keiner Pressemeldung. Nirgendwo. Ist das absolut klar?«, fuhr er fort, doch beide wussten, dass das keine Frage war.

»Ich helfe euch. Aber offiziell existiere ich nicht. Nichts bringt mich mit dem Fall in Verbindung. Nichts bringt meine Familie mit irgendetwas in Verbindung.«

»Du kannst dich darauf verlassen, Frank.«

»Na denn«, schloss Remmiz seinen Forderungskatalog ab, nahm die Flasche und schenkte beide Gläser nochmals halb voll.

»Willst du den Mörder unter den Tisch saufen, Frank?«, stammelte Tina, wobei ihre hübschen Mundwinkel ein zaghaftes Lächeln andeuteten.

»Wenn es sein muss, auch den. Ja. Aber zuerst bist du dran, Tina. Ich hab dich vermisst«, fuhr Remmiz fort, dann konnte er sich gerade noch auf die Zunge beißen. Es musste ja niemand wissen, wie langweilig sein Leben als Privatdetektiv in dieser friedlichen kleinen Stadt geworden war. Schon gar nicht Tina, für die er immer noch *die* Autoritätsperson war. Sie wollte aufschauen zu ihm, das wusste er, und darum musste die Fassade gewahrt bleiben. Schließlich war sie extra gekommen, um ihn zu holen. Zurück zur Arbeit, um gemeinsam mit den Kollegen auf die Jagd nach einem unbekannten Mörder zu gehen.

»Prost, Frank. Wir alle haben dich vermisst.«

Mit diesem »alle« versuchte sie, Franks Fixierung auf ihre Person ein bisschen auf das ganze Team auszuweiten. Der zweite Schluck rollte Tina schon viel schmerzloser durch die Kehle. Sie versuchte zu begreifen, warum ein Kerl wie Frank Remmiz Gefallen an einem Getränk wie Whisky finden konnte, als sie ihr Gewissen wie ein heißer Blitz aufzucken ließ.

»Ich muss jetzt los, Frank«, brachte sie gerade noch heraus, wobei sie realisierte, dass ihre Lippen beim Formulieren der Lautsilben irgendwie schwammiger geworden waren.

»Morgen um acht im Präsidium«, knallte Franks Stimme an ihr Trommelfell.

»Morgen um acht«, stammelte sie und torkelte dann mit unsicher werdenden Schritten zur Tür. Sie war froh, gehen zu können. Sosehr sie Frank Remmiz schätzte: Wenn der mit Whisky anfing, war es besser, weit weg zu sein.

2

Die allgemeine Begrüßung war so stürmisch, dass der Eindruck entstand, ein Rockstar, Filmstar oder sonst ein VIP käme auf Besuch ins Polizeipräsidium. Max, der alte Portier, begrüßte Remmiz mit einem lautstarken »Hallo, Herr Major. Servas. Bist wieda bei uns?«.

Mit einem breiten Grinsen im Gesicht sprang er so heftig auf, dass sein abgesessener Bürostuhl mit einem kräftigen Schwung an die Rückseite seiner verglasten Portierskabine knallte.

»Servus, Max«, grüßte Remmiz zurück und nahm gleich die Gelegenheit wahr, um mögliche Missverständnisse auszuräumen und potenziellen Gerüchten von Anfang an entgegenzuwirken. Denn wenn ein Gerücht einmal im Umlauf war, dann war es zu spät. Gerüchte kann man nicht bekämpfen, im besten Fall verhindern – und zwar von Anfang an.

»Nee, ist nur ein kurzer Besuch. Wollte mal sehen, wie es euch so geht. Ich trink einen Kaffee mit meinen alten Kumpels, dann bin ich auch schon wieder weg.«

»Du trinkst Kaffee, Frank?«

Ein freundliches Zucken umzog die Mundwinkel des Portiers in Anspielung auf das bekannte Allgemeinwissen ob Remmiz' zeitweise etwas exzessiven Bierkonsums.

»Da habe ich aber schon anderes gehört. Sicher *›corretto con Grappa‹*, was, Frank?«

Remmiz wechselte noch ein paar Worte mit dem Portier, um sicherzustellen, dass dieser, der immer alles wusste, verinnerlichte, dass es keinen Major Remmiz mehr gab und dass er hier nicht in irgendetwas wie einen Mordfall involviert war.

Auf keinen Fall darf irgendjemand meinen, ich sei in dieser Serienmordermittlung unterwegs, dachte er. Auf keinen Fall! Brigitte erwürgt mich, wenn sie das erfährt. Verdammt. Hoffentlich mache ich da keinen Fehler.

Auf dem Weg nach oben – Remmiz hatte beschlossen, die Stiege anstatt des Lifts zu nehmen, um sein neues, hoffentlich etwas aktiveres Leben gleich vom Start weg mit ein bisschen körperlicher Fitness zu beginnen – durchzuckten Bilder der Erinnerung seinen Kopf. Wie viele tausend Male bin ich diese Stiege schon rauf- und runtergesaust?

Erst als ihn die Tür zum »Dezernat für Gewaltverbrechen« einbremste und ihm klar wurde, dass er klingeln musste, wurde ihm schmerzlich bewusst, dass er keine Zugangskarte mehr hatte. Das war eine neue Lebenserfahrung für den ehemaligen Dezernatsleiter.

Sie musste entweder schon hinter der Tür gewartet haben, oder Max hatte sie über Remmiz' Ankunft informiert, denn kaum hatte er auf den Klingelknopf gedrückt, sprang die Tür auf, und Tina Baumgartner stand lächelnd vor ihm.

»Komm weiter, Frank. Wir haben dein Büro aufgeräumt. Da kannst du dich in Ruhe ausbreiten«, sagte sie zur Begrüßung. »Auch wenn du offiziell nicht da bist, brauchst du doch einen Platz, um die Akten zu studieren, oder?«

»Ich habe nicht vor, hier einzuziehen. Eigentlich bin ich ja gar nicht da. Warum habt ihr das Büro nicht besetzt? Das wäre doch jetzt deines, Tina, oder?«

»Jetzt bleib mal locker, Frank«, begrüßte ihn Oberst Franz Polzer mit einem festen Händedruck. »Dies ist dein Büro, solange du lebst, ob du willst oder nicht. Tina ist jetzt zwar Chefinspektorin, aber sie wollte nicht auf deinem Sessel sitzen. Wie es aussieht, will niemand auf diesem Sessel sitzen. Den hast du zu deutlich markiert, du Oberwolf«, setzte Polzer lächelnd fort. Er freute sich insgeheim über seinen genialen Schachzug, Tina mit der Rückholung seines Top-Ermittlers beauftragt zu haben, und konnte daher trotz der verzweifelten Situation sein innerliches Dauergrinsen nach außen hin kaum verbergen.

»Servus, Roland, servus, Fritz«, begrüßte Remmiz seine ehemaligen Assistenten Roland Huber und Fritz Mayer, wobei diese, entgegen der früher üblichen lockeren, freundschaftlichen Routine, ihre Begrüßung fast eine Spur zu förmlich jeweils mit einem Händedruck bekräftigten.

»Komm, Frank, jetzt gehen wir erst mal in den Besprechungsraum und machen Bestandsaufname. Dr. Anita Hansnig und

Dr. Müller sind auch extra hergekommen, um mit dir die Details durchzugehen.«

Remmiz stakste mit zögerlichen Schritten durch das Großraumbüro zum Besprechungsraum. Auf den Schreibtischen der Assistenten lagen wie üblich ein paar Akten gestapelt. Sieht ja alles aus wie immer, dachte Remmiz im Vorbeigehen.

Anita, die fesche Pathologin des Klinikums Klagenfurt, und der knurrige alte Forensiker Müller saßen bereits am großen Besprechungstisch. Als Remmiz den Raum betrat, sprangen sie wie auf Kommando auf und begrüßten ihn.

Sie sind eine Spur zu ehrfurchtsvoll, dachte Remmiz, nachdem er alle Hände geschüttelt hatte. Als Nächstes werde ich wohl auch noch Autogramme geben, wenn das so weitergeht. Hoffentlich können wir hier bald wieder ordentlich arbeiten.

»Und? Was ist Sache?«, fragte er laut in den Raum hinein, während er sich an seinen alten Stammplatz an der Stirnseite des Tisches setzte. »Wer sind die Opfer?«

Oberst Polzer übernahm das Wort.

»Das erste Opfer heißt Karl Kleindienst. Er war Filialleiter in einem Copyshop am Viktringer Ring. Er wurde erschossen mit einem glatten Durchschuss seines Herzens mit einem Kaliber 5,45 mm. Der Schuss wurde aus einer Entfernung von vierhundertacht Metern abgefeuert, und zwar vom Dach des ›Kelag‹-Gebäudes aus.«

Mayer hatte den Beamer eingeschaltet, und während der Oberst sprach, klickte er mit der Fernbedienung weiter und zeigte nacheinander einige Fotos vom Opfer und seinem Geschäft in der Bahnhofstraße sowie vom Gebäude der Kärntner Stromwerke.

»Der zehnstöckige Hochhausblock, einundzwanzig Meter breit, vierundsechzig Meter lang und vierzig Meter hoch, stammt aus den 1970er Jahren«, fuhr Polzer fort. »Seit letztem Jahr läuft eine umfassende thermische Sanierungsaktion, an der bis zu siebzig Menschen zeitgleich beschäftigt sind. Zusätzlich zu den sechshundert Menschen, die für die ›Kelag‹ und die ›Bank Austria‹ arbeiten, die sich im Erdgeschoss und im ersten Stock eingemietet hat. Die alten Guss-Fassadenplatten werden abgenommen und durch neue Glas-Elementfassade ersetzt.«

»Wir haben alle sechshundertsiebzig Personen befragt. Natürlich hat niemand irgendetwas bemerkt, schon gar nicht einen Betriebsfremden, der mit einem Gewehr in der Hand nach oben gefahren wäre«, fügte Huber mit frustriertem, leicht sarkastisch angehauchtem Unterton hinzu.

»Jedenfalls haben wir es mit einem professionellen Scharfschützen zu tun. So etwas können nur geschulte Profis. Vierhundertacht Meter sind unglaublich für einen so gezielten Schuss mit der verwendeten Waffe.«

Remmiz blieb ruhig sitzen, ohne eine Reaktion zu zeigen.

»Wir gehen davon aus, dass es eine Kalaschnikow war«, fuhr Huber fort.

»Vermutlich eine neuere Ausführung mit verlängertem Lauf für erhöhte Reichweite. Die alten trafen ja bestenfalls auf dreihundert Meter. Der Täter verwendete eine 7N10-Patrone mit gesteigerter Durchschlagskraft von 16 mm Stahl auf hundert Meter. Also hergestellt nach 1980«, ergänzte Oberst Polzer Hubers Ausführungen.

»Die Wahrscheinlichkeit, dass das Opfer tödlich getroffen wird, erhöht sich damit drastisch. Wir haben eine Hülse aus lackiertem Stahl gefunden, also eindeutig russische Munition. Solche Waffen gibt es an jedem Eck für rund dreihundert Dollar zu kaufen. Aber um mit einer solch primitiven Waffe auf über vierhundert Meter exakt zu treffen, muss der Täter eine Ausbildung als Scharfschütze erhalten haben.«

Oberst Polzer holte kurz Luft und fuhr dann fort.

»Dem zweiten Opfer erging es ähnlich. Hans Lackner, ein Friseur. Sein Salon ist in der Rosentaler Straße. Ebenso wie der Kleindienst ist er nach Feierabend vor das Geschäft getreten, wollte um die Ecke gehen zu seinem Wagen und wurde am Gehsteig erschossen. Die Position des Schützen war auf dem Dach des ›Interspar‹-Gebäudes, vierhundertfünfzehn Meter entfernt. Es handelt sich um dieselbe Waffe, wie die ballistische Untersuchung bereits ergeben hat. Außerdem hat der Täter auch hier wieder die Patronenhülse liegen gelassen. Sie lag ganz offen da. Genau dort, von wo geschossen wurde. Es wäre einfach gewesen, die Hülse mitzunehmen. Hat er aber nicht.«

Remmiz betrachtete schweigend die Tatortfotos auf der großen Leinwand.

»Das dritte Opfer, Georg Staller, ein Fahrschullehrer, wurde ebenso auf eine lange Distanz, und zwar aus unglaublichen vierhunderteinundzwanzig Metern, erschossen. Die Fahrschule ist am Villacher Ring. Der Schuss kam vom Dach des Rothauer Hochhauses, des höchsten Hochhauses in Klagenfurt. Natürlich auch dieselbe Waffe. Auch der Staller wurde am Nachmittag getötet, als er nach Feierabend das Geschäft verließ.«

Wieder holte der Oberst Luft, ließ das Gesagte in einer kurzen Pause einsickern, während Mayer die dazugehörigen Fotos zeigte.

Remmiz verzog keine Falte seines Gesichts, lediglich ein ganz leichtes Zucken seines rechten Mundwinkels verriet seine Anspannung, und Tinas geschultes Auge erkannte, dass seine Miene mit jedem Bericht finsterer wurde.

Remmiz war Profi genug, um zu wissen, dass er den Oberst nicht mit lästigen Zwischenfragen unterbrechen musste. Alles, was im Department bekannt war, würden sie ihm sowieso präsentieren. Sie hatten ihn geholt, weil sie alle Register bereits gezogen hatten, da konnte er sicher sein. Garantiert hatten sie das Bundesheer befragt, ob es eventuelle ehemalige Scharfschützen gab, die zu solchen Taten fähig sein könnten. Selbstverständlich hatten sie auch alle potenziellen Scharfschützen der NATO und des Europäischen Militärs schon kontaktiert. Natürlich waren alle Kontakte der Opfer, Bekannte, Familienangehörige, Firmenkollegen, Lieferanten, Kunden und weiß der Teufel, wer noch alles, befragt worden.

Seit dem ersten Mord waren bereits mehr als drei Wochen vergangen. Sie hatten also Zeit genug gehabt, um alle möglichen und unmöglichen Spuren zu verfolgen. Wenn sie ihn jetzt geholt hatten, dann deshalb, weil keine einzige brauchbare Spur und kein einziger potenzieller Täter festzumachen war.

Remmiz ließ all diese Gedanken der Reihe nach durch sein geschultes Ermittlerhirn gleiten, wie die Kugeln einer alten chinesischen Rechenmaschine, die auf dünnen Drahtstangen von links nach rechts geschoben wurden.

Erst als der Oberst nach der Beschreibung der dritten Tat

schwieg und alle wie gebannt auf Remmiz starrten, begann er, aktiv zu werden.

»Welche Verbindungen gibt es zwischen den drei Opfern?«, war der einzige Satz, den er in den Raum stellte.

Diesmal übernahm Tina die Erklärungen.

»Die einzige physische Verbindung ist die Tatwaffe. Es war in allen drei Fällen dieselbe, und die Abschussentfernungen waren ähnlich. Vierhundertacht, vierhundertfünfzehn und vierhunderteinundzwanzig Meter.

Aber es gibt einige weitere Gemeinsamkeiten der Opfer und einige Unstimmigkeiten, auf die wir noch keine schlüssigen Antworten haben. Da sind einmal die Tatzeiten. Die Todeszeitpunkte waren jeweils am Dienstagnachmittag zwischen siebzehn und achtzehn Uhr. Alle drei Opfer waren Gewerbetreibende, aber in völlig unterschiedlichen Branchen. Wir haben einen Filialleiter eines Papierwarengeschäftes, einen Friseur und einen Fahrschullehrer. Alle drei waren männlich und circa vierzig bis fünfundvierzig Jahre alt.«

»Das wissen wir doch schon alles«, unterbrach Remmiz Tina unwirsch. Begleitet wurde sein Ausbruch von einer abwertenden Handbewegung seiner Rechten. Danach drehte er, seine Frage unterstreichend, beide Hände mit den Handflächen nach oben vor sich.

»Ich fragte nach Verbindungen zwischen den Opfern, nicht nach der Waffe und nicht nach oberflächlichen Gemeinsamkeiten. Also?«

»Eigentlich keine, Frank.« Oberst Polzer übernahm die Verantwortung dieser folgenschweren Aussage.

»Außer dass alle drei Opfer Autos der Marke VW fuhren und ihre Wagen beim selben Händler gekauft haben. Beim Krassnig in der Völkermarkter Straße, den du, glaube ich, auch gut kennst. Sonst gibt es keine Verbindung. Sie haben sich nicht gekannt, haben keine gemeinsamen Verwandten, keine gemeinsamen Freunde, keine gemeinsamen Geschäftsbeziehungen, sie haben nicht dieselbe Schule besucht, nicht am selben Ort Urlaub gemacht, nicht in denselben Restaurants gegessen, soweit wir das prüfen konnten. Den Krassnig haben wir natürlich schon befragt, wie du dir denken kannst. Aber das hat rein gar nix gebracht.

Weder die Angestellten noch der Chef können zur Tatzeit am Tatort gewesen sein. Außerdem fehlt da wirklich jedes Motiv. Wieso bitte sollte denn ein Autohändler seine eigenen Kunden erschießen? Blöder geht's ja wohl nicht mehr. Es gibt sonst keine Verbindungen zwischen diesen drei Opfern, Frank. Deshalb sitzen wir hier, und deshalb brauchen wir dich.«

Die Verzweiflung ob seiner Unfähigkeit, diesem Fall irgendwie auf den Grund oder wenigstens in die Nähe eines Grundes zu kommen, sprach deutlich aus der Mimik und den Worten des Obersts.

»Wir haben sogar schon einen Profiler beauftragt. Einen Spezialisten vom BKA in Wien. Der hat alle Akten erhalten und studiert, doch herausgekommen ist bisher auch nichts. Dass der Täter eine Scharfschützenausbildung haben muss, hätten wir ohne den wichtigen Wiener selbst gewusst. Aber Scharfschützen gibt es Tausende. Entweder ist das ein wahnsinniger Sniper, der nur um des Tötens willen tötet, oder es gibt doch einen Hintergrund, den wir herausfinden müssen.«

»Hm«, brummte Remmiz.

»Wenn das offensichtlich ist, dann verhält es sich wahrscheinlich ganz anders«, fügte er noch an und ließ diesen Satz einige Sekunden lang im Raum stehen. Alle starrten ihn an, in der Hoffnung, dass noch weitere Informationen folgen würden. Als ob er Laotse oder Buddha wäre, der gerade ein paar wichtige Lebensweisheiten von sich zu geben hatte. Aber das war Frank Remmiz nicht, und das wollte er auch nicht sein.

Langsam stand er auf und griff sich die drei Kartonmappen mit den Akten vor sich. Mayer nahm einen Memorystick, der vor ihm auf dem Tisch gelegen hatte, und warf ihn Remmiz zu, der ihn mit einer Hand auffing und in seine Hosentasche steckte.

»Da sind alle Fotos drauf, ballistische, forensische, pathologische Befunde, Befragungsprotokolle, einfach alles. Die gesamten Akten.«

»Danke, Fritz.«

Remmiz wandte sich zum Gehen, blieb jedoch plötzlich wie angewurzelt stehen und drehte sich nochmals zu Tina um.

»Welchen Tag haben wir heute?«

»Mittwoch, Frank. Acht Tage seit dem letzten Toten. Die

Serie wurde gestern nicht fortgesetzt. Sie wurde unterbrochen oder ist beendet. Wir haben drei Tote, und es gab keinen vierten am vierten Serientag. Wir haben übrigens gestern Nachmittag zwei Hubschrauber über Klagenfurt kreisen lassen. Ohne Erfolg allerdings. Entweder haben wir damit den Täter verscheucht, oder es war sowieso umsonst. Wir wissen es nicht.«

»So wie vieles andere in diesem Fall. Na schön. Ihr hört von mir.«

Remmiz drehte sich wieder um in Richtung Ausgang.

»Halt, Frank. Warte!«, rief Tina, sprang auf und eilte ihm nach. Remmiz blieb stehen und wandte sich Tina zu.

»Hier, deine Türöffnungskarte.«

Sie drückte ihm eine kreditkartengroße Plastikkarte mit seinem Namen, seinem Foto und dem Logo des Polizeipräsidiums in die Hand. Kein Titel, wie Remmiz zufrieden feststellte

»Vielleicht willst du ja ab und zu reinkommen, um in Ruhe zu arbeiten, oder vielleicht haben wir ja auch etwas zu besprechen, oder? Vielleicht auch außerhalb der offiziellen Dienstzeiten, wenn keine Portiere und sonstigen Tratschtanten da sind, oder?«, schmunzelte Tina mit einem Seitenblick auf die drei Akten, die Remmiz noch immer in der Hand hielt.

Er verstand sofort. Verdammt schlaues Mädchen, diese Tina, dachte er. Wenn ich mit den Akten in der Hand unten bei Max vorbeigegangen wäre, wüssten in einer Stunde sämtliche Beamten in Kärnten, dass ich hier ermittle. Verdammt! Gott sei Dank.

»Danke, Tina«, antwortete Remmiz leise und drückte ihr die drei Akten in die Hand. »Kannst sie mir ja später im Büro vorbeibringen, okay?«

Mit dem Memorystick in seiner Hosentasche und mit beiden Händen freundlich winkend spazierte Remmiz an Max vorbei, der mit geschultem Blick registrierte, dass der Exmajor weder beim Kommen noch beim Gehen Akten, Dokumente oder sonst etwas bei sich trug. Nur die kleine Beule rechts hinten unter dem Jackett in der Höhe des Hosenbunds war für einen Profi wie Max deutlich erkennbar. Aber eine Waffe durfte Remmiz tragen. Schließlich war er ja Privatdetektiv.

3

Als Frank Remmiz das Polizeipräsidium in der Sankt Ruprechter Straße verließ, überlegte er nach einem kurzen Blick auf seine Armbanduhr, wohin er jetzt gehen sollte, um zehn Uhr vormittags. In die nächste Kneipe, um nachzudenken und nachzutanken? Nach Hause, um seiner Ehefrau von seinem neuen Auftrag zu erzählen? Oder doch in sein schmuddeliges Büro, um sich alle Details und Fakten zu dieser seltsamen Sniper-Mordserie in Ruhe anzusehen?

Noch vor ein paar Tagen hätte er sich für Ersteres entschieden, doch dieser Fall reizte ihn – und es war noch zu früh für den ersten Drink. Daher schwang er sich auf sein altes Citybike und radelte in die Paradeisergasse, wo er im ersten Stock, genau gegenüber dem Eckgebäude, in dem sich eine seiner Lieblingskneipen befand, sein Detektivbüro eingerichtet hatte.

Eigentlich hätte er genauso gut von zu Hause aus arbeiten können, doch das hätte mit Sicherheit früher oder später dazu geführt, dass irgendwelche »Kunden« bei ihm ein und aus gingen. Und das ließ seine Familie nicht zu. Privatsphäre war heilig.

Der Austritt aus dem aktiven Polizeikriminaldienst und seine zweite Karriere als Privatdetektiv verfolgten ausschließlich den Zweck, seine Familie vor Angriffen und Entführungen zu schützen. Als privater Ermittler konnte er selbst auswählen, welche Fälle er übernahm. Vor allem mit dieser Mafia, die schon des Öfteren Mitglieder seiner Familie angegriffen und entführt hatte, wollte er nichts mehr zu tun haben. Daher war es unabdinglich gewesen, ein Büro in der Innenstadt von Klagenfurt zu suchen.

»Listig & Remmiz, Detektivunternehmen«. Das war alles, was auf dem kleinen polierten Messingschild unten an der Eingangstür zu lesen war.

Jedes Mal, wenn er dieses Schild ansah, musste er innerlich grinsen. Während er gedacht hatte, Privatdetektiv zu werden, war sein neuer Partner Manuel Listig bei diesem Wort richtig wütend geworden.

»Wir sind Berufsdetektive und keine ›privaten Ermittler‹. Mit österreichischer Berufsausbildung und nicht so wie diese oberlässigen amerikanischen Möchtegern-Detektive, klar?«, hatte er geschimpft.

Nach einigem Hin und Her war dann die Bezeichnung ›Detektivunternehmen‹ entstanden.

»Das trifft es auf den Punkt«, waren sie sich einig geworden.

Das nüchterne Ambiente des dreistöckigen Bürogebäudes erinnerte ihn täglich an das gute alte Polizeipräsidium. In den Wohnungen daneben und darunter befanden sich Kanzleien und Ordinationen, Ärzte, Rechtsanwälte und Notare. Dadurch waren im Stiegenhaus stets Menschen anzutreffen, die gerade kamen oder gingen.

Einmal pro Woche erschienen in der »Kleinen Zeitung«, der »Kronen Zeitung« und der Klagenfurter Ausgabe des »Standard« kleine Inserate als Werbung für »das Detektivunternehmen«. Mehr war nicht notwendig, denn nach dem letzten spektakulären Fall als Chefinspektor, als seine Frau von einem wahnsinnigen Serienmörder entführt worden war, hatte die Presse für Remmiz' Geschmack viel zu ausführlich über die Geschehnisse berichtet, und spätestens seit damals war er sowieso in aller Munde. Jede Ehefrau, die den Verdacht hatte, dass ihr Mann sie betrog, jeder Geschäftsmann, der Angst hatte, dass ein Geschäftspartner ihn hinterging, und jeder Unternehmer, der seine Mitarbeiter überwachen lassen musste, wollte unbedingt Frank Remmiz engagieren.

Die meisten Aufträge lehnte er ab. Lieber hatte er nichts zu tun, als dass er irgendeinem Windhund nachlief, der in einer zwielichtigen Absteige eine andere als seine Ehefrau vögelte. Klagenfurt am Wörthersee war eine eher ruhige Stadt. Im Sommer kamen zwar viele Touristen, doch die meisten davon verteilten sich rund um den schönen Wörthersee oder an sonstige perfekte Urlaubsidyllen. Kaum welche verirrten sich in das Zentrum von Klagenfurt – und wenn, dann brauchten sie sicherlich keinen Privatdetektiv.

Außerdem war da ja auch noch sein Partner. Manuel Listig hatte sich bereits ein Jahr zuvor als Detektiv selbstständig gemacht und die Detektei eröffnet. Sie teilten sich die Mietkosten, und Listig übernahm jene Fälle, die Remmiz nicht wollte. Das waren eigentlich die meisten.

Das Konsequenteste an Remmiz war seine Ablehnung von fast allem. Und der Griff zur Whiskyflasche, von der er stets mindestens eine irgendwo im Büro in Reserve hielt. Wenn er zwischendurch Lust auf ein frisches kaltes Bier bekam, brauchte er nur die Stiege hinunter- und einmal über die Straße zu gehen. Das »Café Cardinal« lag im Erdgeschoss im Eckgebäude gegenüber, und die dazugehörige Nachtbar im Keller war täglich bis vier Uhr früh geöffnet.

Im Sommer konnte er auch im kleinen Gastgarten im Schatten vor der Tür sitzen und in aller Ruhe ein frisches Bier genießen und geschäftig herumsausende Leute beobachten. Seine Kumpel aus alten Zeiten, der Maler »Gode« Gottfried Keller oder sein Jugendfreund Toni Herzog kamen ab und zu vorbei, um über das Wetter und die Welt zu plaudern.

Die grellen Sonnenstrahlen prallten an den heruntergelassenen Lamellen-Jalousien ab, die dafür sorgten, dass Remmiz' Büro stets in dämmriges, mattes Licht getaucht blieb.

Gleich am zweiten Tag seines neuen Lebens hatte er auf dem Weg in sein damals neues Büro einen Zwischenstopp beim Baumarkt eingelegt. Er hatte sich diese Jalousien unter den Arm geklemmt und ausnahmsweise nicht, wie es sonst zu Hause oft geschah, die Montage auf die lange Bank geschoben.

Sofort hatte er die Dinger montiert und damit Listig, der den hellen, hohen Raum als etwas Positives dargestellt hatte, und dem vielen Licht, das durch die hohen Fenster hereinströmen wollte, gleich von Anfang an gezeigt, wer hier der Herr im Hause war.

Privatdetektiv Frank Remmiz ließ sich mit einem kurzen Stöhnen in seinen Lederdrehsessel fallen und steckte den roten Memorystick in den Slot am PC.

Aufmerksam las er jeden Bericht, jedes Protokoll und jedes Detail, betrachtete gründlich alle Fotos und begann, sich in die Rolle dieses mutmaßlichen Serienmörders hineinzuversetzen.

Wenn ich eine solche Waffe hätte, dachte er, und ohne Skrupel auf Menschen schießen könnte, was würde ich tun? Wieso gehe ich jedes Mal auf ein anderes öffentlich zugängliches Gebäude? Wieso erschieße ich wahllos drei Menschen, die praktisch keine Verbindung zueinander haben? Wieso ausgerechnet drei verschiedene Gewerbetreibende, die nach Feierabend aus ihren Betrieben kommen? Wieso tue ich das in Abständen von genau einer Woche immer um die gleiche Uhrzeit? Wieso schieße ich jedes Mal aus einer Entfernung von über vierhundert Metern? Warum nicht zweihundert oder dreihundert? Eine kürzere Distanz wäre genauso möglich, also warum eine so große Distanz, die ein höheres Risiko birgt? Besonders mit einer so primitiven Waffe. Es gäbe doch weit bessere Scharfschützengewehre, um auf noch größere Entfernungen sicher zu treffen.

Der erste und einzige Schuss war stets tödlich gewesen. Wem will der Täter damit etwas beweisen? Für wen ist es wichtig, mit einer solchen Waffe eine solche Distanz zu wählen? Und was hat dieser Autohändler damit zu tun?

Remmiz lehnte sich zurück, schloss die Augen und überlegte weiter.

Dreimal eine so enorme Distanz von über vierhundert Metern zu wählen, konnte nur einen einzigen Grund haben. Der Schütze wollte jemandem etwas beweisen. Entweder sich selbst oder jemand anderem. Aber wem? Und warum?

Ein kurzer Blick auf seine Armbanduhr ließ Remmiz' linke Augenbraue nach oben schnellen. Drei Uhr nachmittags. Verdammt, wie die Zeit vergeht. Jetzt erst bemerkte er, dass er seit Stunden am Computer gesessen und weder getrunken noch gegessen hatte. Frank Remmiz fuhr den PC herunter, zog den roten Memorystick aus dem Slot, steckte ihn in die Hosentasche und fuhr nach Hause.

4

Krassnig. VW und Audi. Völkermarkter Straße. Frank Remmiz kannte diese Adresse gut. Er selbst fuhr seit vielen Jahren Audi und hatte alle seine Wagen bei Krassnig gekauft. Auch wenn die Kollegen, oder besser gesagt Exkollegen vom Dezernat hier schon alles überprüft hatten, so wusste Remmiz aus langjähriger Erfahrung, dass manchmal nicht die versteckten Tatsachen selbst, sondern die richtigen Fragestellungen entscheidend sein konnten.

Als er das Geschäft am nächsten Morgen um Punkt neun Uhr betrat, sprang der junge Verkaufsmitarbeiter von seinem Schreibtisch in der Mitte der großen Ausstellungshalle wie von einer Sprungfeder hochgeschossen auf.

»Guten Tag, Herr Remmiz! Schön, Sie zu sehen. Was kann ich für Sie tun?«, fragte er geschäftstüchtig.

»Servus«, antwortete Remmiz, der prinzipiell alle Menschen duzte, so lax wie immer. Würde jemals ein Bundespräsident auf seiner Zu-verhören-Liste stehen, hätte er vielleicht doch kurz überlegt, ob er nicht ein höfliches »Sie« anbringen sollte, aber eine solche Gelegenheit würde vermutlich sowieso nie kommen.

»Ist dein Chef da?«, setzte er der kurzen Begrüßung nach, ohne auf die Frage des eifrigen Verkäufers einzugehen.

»Ich denke schon, Sie können gern gleich nach oben gehen, Herr Remmiz«, ließ sich der Verkäufer die Höflichkeit nicht nehmen. Remmiz kauft zwar seine Autos immer direkt beim Chef selbst, aber man kann ja nie wissen, was das Leben so bringt, dachte er.

Remmiz ging direkt auf die Stiege zum ersten Stock zu, blieb jedoch auf der ersten Stufe abrupt stehen, drehte sich zu dem jungen Verkäufer um und blickte ihm in die Augen.

»Wo warst du vorletzten Dienstag um siebzehn Uhr?«

Wie schockgefroren blieb der junge Mann stehen und starrte Remmiz an. Es dauerte eine Weile, bis er sich erinnerte, dass vor Kurzem eine Polizistin hier gewesen war, die alle Angestellten dazu befragt hatte, wo sie die letzten drei Dienstagnachmittage gewesen seien und ob sie irgendwelche besonderen Beziehungen zu den drei Kunden gehabt hätten, die diesem Sniper-Mörder zum Opfer gefallen waren.

Nach einigen Schrecksekunden begann sein Hirn wieder zu arbeiten. Er erinnerte sich genau an die Antwort, die er schon zu Protokoll gegeben hatte.

»Hier im Geschäft, Herr Remmiz. Aber das habe ich Ihrer Kollegin auch schon gesagt. Der Herr Kleindienst ist übrigens mein Kunde gewesen. Die anderen beiden nicht. Die wurden von meinem Kollegen betreut. Gibt es was Neues zu diesen grausigen Morden, Herr Remmiz?«, wagte er dann vorsichtig, eine Frage anzubringen.

»Wollte nur mal gefragt haben«, murmelte Remmiz vor sich hin, ohne auf die Gegenfrage des Verkäufers einzugehen. Dann drehte er sich wieder um und stieg die Stufen hinauf in den ersten Stock, wo das Chefbüro, die Einkaufsabteilung und die Buchhaltung lagen.

Durch die Glasfront der Büros im ersten Stock konnte Remmiz seinen alten Kumpel aus der Jugendfußballmannschaft hinter seinem Schreibtisch sitzend schon sehen, bevor er die letzten Stufen überwunden hatte.

Karl Krassnig blickte in diesem Moment zufällig auf, und sofort überzog ein freundliches Lächeln sein neutrales Bürogesicht. Als Remmiz die Türklinke nach unten drückte, war Krassnig schon aufgestanden und kam seinem alten Freund um den Schreibtisch herum entgegen.

»Servus, Frank. Welch nette Überraschung an einem gewöhnlichen Bürotag. Freu mich, dich zu sehen. Was gibt's denn? Komm, setz dich her«, fuhr er fort mit einer einladenden Geste zu den gemütlichen Ledersesseln vor seinem Schreibtisch. »Magst du einen Kaffee?«

»Servus, Charly. Danke, ja, gern.« Nach der üblichen freundlichen Umarmung ließ er sich in den Besuchersessel fallen, während Karl Krassnig per Telefon bei seiner Assistentin zwei Kaffee bestellte.

»Ist etwas mit deinem Wagen, Frank? Es ist doch erst das zweite

Jahr, und du tauschst sonst immer alle drei Jahre. Willst du die Schlagzahl erhöhen?«

»Nee, alles in Ordnung. Aber wir haben ein Problem hier in Klagenfurt, wie du ja schon mitbekommen hast. Du erschießt einfach alle deine Kunden …« Remmiz liebte es, einen Ausdruck des Schreckens in die Gesichter seiner Gegenüber zu zaubern. »… oder sind es deine Konkurrenten, die deine Kunden entsorgen?«

»Weder noch, Frank.« Krassnigs Gesichtsausdruck hatte sich unwillkürlich verfinstert. »Ich kann mir einfach keinen Reim darauf machen. Ich verstehe das nicht. Wer tut denn so etwas?«

Die wohlgeformte Assistentin öffnete soeben die Tür mit einem Ellbogen und servierte die zwei Kaffeetassen professionell wie in jedem Kaffeehaus auf dem Schreibtisch. Die beiden Männer ließen ihre Blicke aufmerksam über ihre Rundungen gleiten und schwiegen, bis sie den Raum wieder verlassen hatte, was sie nicht tat, ohne Remmiz freundlich anzulächeln. Fast zu freundlich, empfand er.

Remmiz wurde stets skeptisch, wenn ihn jemand zu freundlich anlächelte. Das war ihm immer suspekt, vor allem, weil er selbst überhaupt nicht zu jener Sorte Menschen gehörte, die sich Kommunikation mit Mitmenschen über Freundlichkeiten erkaufte. Eher das Gegenteil war der Fall. Er war es gewohnt, rau, direkt und unfreundlich zu agieren. Schließlich waren die meisten Gesprächspartner in seiner Laufbahn als Kriminaler Gangster und Verbrecher gewesen, abgesehen von seinen Kollegen natürlich, aber von denen gewann auch keiner einen Freundlichkeitspreis. Außer Tina, die lächelte ihn fast immer an.

»Ich weiß nicht, wer«, entgegnete er seinem alten Kumpel daher etwas zeitverzögert. »Sag du's mir. Drei deiner Kunden wurden binnen drei Wochen erschossen. Das kann doch wohl kein Zufall sein, oder?«

»Ich kann mir das auch nicht erklärten, Frank. Anita, die du ja gerade gesehen hast, und Bianca, meine Buchhalterin, waren zu den Tatzeiten hier im Büro, ich auch. Das haben wir doch deiner Kollegin schon alles zu Protokoll gegeben. Soweit wir feststellen konnten, hat jeder von uns ein Alibi, außer einem Verkäufer und einem Techniker. Die waren jeweils während einer der fraglichen

Uhrzeiten auf Probefahrt. Aber da haben wir die Uhrzeiten und die gefahrenen Kilometer verglichen. Die sind außer Verdacht. Wieso bist du hier eigentlich involviert, Frank? Ich dachte, du hast den Polizeidienst vor Kurzem quittiert, oder?«, versuchte Krassnig so geschickt als möglich vom Thema abzulenken.

»Was ich tue, spielt doch keine Rolle, Charly. Aber ich kann mir beim besten Willen nicht vorstellen, dass das Zufall gewesen sein soll. In meiner gesamten Karriere als Ermittler hat es in Wirklichkeit nie Zufälle gegeben. Auch wenn es manchmal anfangs so aussah. Also, wer oder was steckt hier dahinter?«

»Ich habe mir auch schon den Kopf zerbrochen, Frank. Das kannst du mir glauben. Aber dass einer meiner Mitbewerber so etwas tun würde … Und ein verrückter Kunde? Ich weiß nicht, Frank. Und wozu denn auch?«

»Ein verrückter Kunde? Hm. Das wäre ja mal was Neues. Interessanter Aspekt. Darauf ist noch keiner gekommen. Machen wir Folgendes, Charly«, setzte Remmiz nach einer kurzen Atem- und Nachdenkpause fort, »schick mir eine Kundenliste der letzten zwei Jahre an diese E-Mail-Adresse.« Remmiz griff in seine Jackentasche und zog eine Visitenkarte mit der Aufschrift »Frank Remmiz – Detektivunternehmen« hervor und legte sie vor Krassnig auf den Schreibtisch. »Bis morgen, bitte. Und bei allen Kunden, für die du deine Hand ins Feuer legst, dass sie nicht zu den Tätern gehören, machst du ein kleines ›x‹ hinter den Namen. Bis morgen. Dann sehen wir weiter.«

Karl Krassnig war im ersten Moment so perplex, dass selbst ihm als gelerntem Verkäufer die Worte im Hals stecken blieben. Frank Remmiz, sein alter Kumpel aus Jugendzeiten, sein Freund und Stammkunde, hatte es geschafft, binnen wenigen Minuten den Spieß einfach umzudrehen und ihm die Einschätzung darüber zuzuschieben, wer ein Mörder sein könnte und wer nicht? Verdammt.

5

Auf der Siebzig-Meter-Mega-Yacht »Kyrillos«, die fünf Seemeilen vor Triest vor Anker lag, lehnte sich ein wohlbeleibter Mann Ende vierzig im grauen Anzug nach vorn.

»Wir hatten vierhundert Meter als unteres Limit gesetzt, stimmt's?«, fragte er und klickte mit dem rechten Zeigefinger auf die Maustaste seines Computers. Er hatte es nicht nötig, Fragen zu stellen, aber da auch er nur ein Mensch war, der wenigstens auf Basis rhetorischer Fragen ab und zu zumindest für wenige Minuten Konversation betreiben wollte, war ihm dieser Satz herausgerutscht.

Mehrheitlich erledigte er seine Kommunikation über das Internet. Vorwiegend per E-Mail über anonyme Accounts, und wenn er schon Gespräche führen musste, dann bevorzugte er Telefonate über verschlüsselte Leitungen. Und da war jedes Wort kostbar, genau überlegt und gezielt formuliert.

Solche Gespräche waren außerdem zumeist gespickt mit Codewörtern und Umschreibungen, sodass, falls doch jemand unerlaubt mithören sollte, die Inhalte möglichst nicht verständlich waren. Also blieben ihm nur die wenigen persönlichen Gespräche mit seinen direkten Mitarbeitern und einigen speziell ausgewählten Prostituierten, die ab und zu von seinem persönlichen Assistenten für ihn organisiert wurden. Aber auch mit denen hielten sich die Gespräche in Grenzen. Man konnte ja nie ganz sicher sein …

»Jawohl, Chef. Vierhundert Meter waren die Vorgabe, jeder Meter darüber bringt Punkte«, bestätigte sein Assistent Matt Browning. »Wir haben das Polizeicomputersystem gehackt und alle Ergebnisse verifiziert. Sie decken sich perfekt, auf den Meter genau, mit den persönlichen Angaben der jeweiligen Schützen.«

»Also acht Punkte für ›A‹, Diego Calabrese, fünfzehn Punkte für ›B‹, Gareth Stalker, und einundzwanzig Punkte für ›C‹, Vlad Icobescu. So weit, so gut.«

Pedantisch trug er die Punktezahlen in die vorgesehenen Spalten der Excel-Tabelle ein und strich sich dann mit der linken Handfläche über die glatt nach hinten gegelten, trotz fortgeschrittenen Alters immer noch tiefschwarzen Haare.

»Gut, dann geben wir jetzt die Vorgaben für die nächste Runde aus.«

Schwerfällig erhob sich der Mann aus seinem Ledersessel, ging drei Schritte nach hinten, klappte das große Ölgemälde, das hinter seinem Schreibtisch an der Wand hing und, von vorn unsichtbar, rechts an Scharnieren befestigt war, auf und öffnete den dahinter verborgenen Safe.

Er entnahm ein rotes Kuvert, drehte sich um und drückte es seinem Angestellten in die Hand.

»Hier sind die Vorgaben, Matt. Gib sie weiter an die Teilnehmer. Verschlüsselt natürlich, in gewohnter Form, wie immer.«

»Jawohl, Chef. So gut wie erledigt.«

Der junge, sportliche Mann im dunklen Anzug, der an einen typischen englischen Geheimagenten erinnerte, nickte höflich und ging zur Tür. Der dicke Teppich verschluckte die Geräusche seiner Schritte vollkommen. Kurz vor der Tür blieb er plötzlich stehen. Langsam drehte er sich um. Sein Chef war schon mit anderen Dingen beschäftigt. Offensichtlich verfolgte er die Börsenkurse an einem der vielen Monitore an der ihm gegenüberliegenden Wand.

»Da ist noch etwas, Chef«, kam es zögerlich über seine Lippen. Vorsichtig, weil er nicht wusste, ob er seinen Chef überhaupt mit dieser Angelegenheit belästigen sollte, aber doch kräftig und laut genug, um gut verstanden zu werden. Er wusste, sein Chef hasste nichts mehr als undeutliche Nuscheleien.

»Ja, Matt? Was noch?«

»Im Zuge der Überprüfungen der zuständigen Polizeidepartments haben wir mitgehört, dass ein externer Expolizist mit den Ermittlungen beauftragt wurde.«

»Und warum sollte uns das interessieren?«

Die Stimme des Chefs wurde etwas ungehaltener. Er war es nicht gewohnt, unterbrochen oder belästigt zu werden. Schließlich hatte er eine perfekte Organisation, streng hierarchisch organisiert und durchweg mit Profis besetzt.

»Es handelt sich um den ehemaligen Major des Morddezernats in Klagenfurt, Frank Remmiz. Ich dachte, das wollten Sie vielleicht wissen«, fügte der pflichtbewusste Assistent noch rasch hinzu.

»Frank Remmiz?« Die Augenbrauen des Chefs stiegen im Zeitlupentempo nach oben. Die Börsenkurse hatten offensichtlich schlagartig alle Bedeutung verloren. Langsam lehnte er sich zurück und presste die Fingerkuppen beider Hände gegeneinander. Fast wie zu einem Gebet. Aber er war kein Gläubiger, der betete. Für ihn zählten nur Zahlen, Fakten und monetäre Werte.

»Frank Remmiz?«, wiederholte er nochmals seine eigenen Worte.

»Ich dachte, der verdammte Hund sei schon irgendwo in der Gosse verreckt. Sind die von der Kripo schon so verzweifelt, dass sie einen versoffenen alten Detektiv wieder aus der Grube holen müssen? Ha! Dass ich nicht lache. Frank Remmiz!«

Sein Blick wurde scharf, und seine Augen fixierten seinen Assistenten wie zwei Laserpointer, als ob sie ihn durchbohren wollten. Verdammt, hoffentlich habe ich jetzt nichts Falsches gesagt, dachte der junge Agent.

»Frank Remmiz! Gut zu wissen. Danke, Matt. Das hast du gut recherchiert. Für den kann ich mir ja noch etwas ganz Besonderes ausdenken. Die Rechnung für Darko Devos ist ja noch offen.«

Darko Devos, sein ehemaliger Pate, der Boss der kroatischen Mafia, war vor einem Jahr von ebendiesem Frank Remmiz im Zuge eines Großeinsatzes des SEK Klagenfurt am Flughafen erschossen worden. Mein Blutsbruder. Na warte, Remmiz. Jetzt wird die Rechnung präsentiert, freute sich Zlatko Mladkovič.

»Ich dachte mir, dass Sie das wissen wollten«, beeilte sich Matt Browning noch hinzuzufügen. Innerlich war ihm ein Stein vom Herzen gefallen, äußerlich blieb er cool wie immer.

»Frank Remmiz wird die Trophäe für den Sieger. Damit schlagen wir mehrere Fliegen mit einer Klappe. Du hast Darko Devos nicht gekannt, was?«

»Nicht persönlich. Ich war noch zu jung damals, als er die Organisation aufgebaut hat. Aber ich habe viel gehört von ihm. Er war ein Genie, sagt man.«

»Er war der Beste. Ein beinharter Mann mit dem Herzen am richtigen Fleck. Ich habe ihn verehrt. Über zehn Jahre habe ich unter ihm gedient. Dieser Remmiz hat ihn auf dem Gewissen. Das wird er büßen. Mord verjährt nicht, sagen diese oberschlauen Kriminalisten. Aber auch für uns nicht. Rache ist süß!«

Mit einem lauten, hämischen Lachen lehnte sich Zlatko Mladkovič zurück, während Matt Browning ohne weiteren Kommentar den Raum verließ. Das Lachen verstummte für ihn erst, als die dicke, gepolsterte Tür hinter ihm ins Schloss fiel.

6

Todesart: Ein lautloser Schnitt oder Stich.
Ort: Ein öffentlicher Platz in Villach, Kärnten.
Zeitpunkt: Zwischen neun und elf Uhr vormittags.
Opfer: mindestens 50 Jahre, weiblich.
Termin: spätestens bis 15. Mai
Punktekriterium: Zeit in Minuten zwischen tödlichem Schnitt und öffentlicher Erklärung des Todes durch einen Arzt.

Die Nachricht war kurz und bündig. Jeder der drei Empfänger erhielt sie zeitgleich von einer unterdrückten Absenderadresse per SMS auf sein Handy.

Jeder der drei Empfänger las die Nachricht und drückte unmittelbar danach auf »Nachricht löschen«. Es galt als ungeschriebenes Gesetz, sofort alle nachverfolgbaren Spuren zu löschen, selbst wenn der Absender unbekannt war und jeder Empfänger wusste, dass die Nachricht über mehrere Router geschickt wurde.

Nahezu zeitgleich stiegen drei Männer unabhängig voneinander in ihre Mietwagen und gaben als Zielort »Villach, Hauptplatz« in ihre Navis ein. Sie kannten sich untereinander nicht, aber jeder wusste, dass er nicht der Einzige war, der diese Anleitung erhalten hatte. Schließlich befanden sie sich in einem Wettkampf. Nur einer hatte die Aussicht, in Zukunft sozusagen fix angestellt für die Organisation arbeiten zu dürfen. Nur der Beste würde sich stolz Profikiller des Jahres nennen dürfen.

Obwohl jeder der drei Männer aus völlig unterschiedlichen Ländern und Verhältnissen stammte, hatte jeder sich für eine Laufbahn als Profikiller entschieden. Und eine solche Chance, für eine internationale Organisation arbeiten zu können, war wie ein Lottozwölfer in dieser Branche.

Vlad Icobescu war achtundzwanzig Jahre alt und stammte aus Buciumi, einem kleinen Bergdorf hoch oben in den rumänischen Karpaten, in dem nur eine einzige asphaltierte Straße quer durch den Ort als Zubringer zu den nächsten Ortschaften existierte.

Als kleiner Junge war er einmal mit einem Nachbarn in die dreihundert Kilometer entfernte Hauptstadt Bukarest gefahren. Er sollte ihn zum Markt begleiten, doch seit damals hatte er sein Dorf und seine Familie nie wiedergesehen. Der nette Nachbar hatte ihn kurzerhand einem Mafiapaten zur Obhut übergeben. Für ganze zweihundert Euro, wie Icobescu erst Jahre später herausgefunden hatte. Seine Eltern hatten nie erfahren, wo der kleine Junge verblieben war.

Er hatte seine Karriere als Laufbursche für den Paten begonnen. Den Ausbildungen zum Taschendieb, Autodieb und schließlich zum Mitglied der Killergarde des Paten folgten einige Jahre beim Militär. Da er zwar groß gewachsen, jedoch hager und eher zart gebaut war, entschied er sich nach dem Erlernen der üblichen Kampfsportarten für die militärische Zusatzausbildung zum Scharfschützen.

Menschen zu töten, wurde sein tägliches Geschäft. Skrupel, Rücksicht, Menschlichkeit waren Eigenschaften, von denen Icobescu nie gehört hatte. Innerhalb des Clans gab es nur ein einziges Gesetz, und das war das Wort des Paten.

Seit Rumänien der EU beigetreten war, häuften sich für Icobescu die Fahrten nach Ungarn, wo er jeweils einen schönen großen gestohlenen Pkw in Budapest abholen und nach Bukarest fahren durfte. Aber das Töten wurde seine Leidenschaft. Ganz besonders mit dem Scharfschützengewehr. Bombenbasteln, erstechen, vergiften … alles schön und gut, aber ganz ruhig dazuliegen, das rechte Auge leicht an das Zielfernrohr gepresst, und in der richtigen Sekunde abzudrücken, war seine echte Leidenschaft. Und niemand war dabei besser als er.

So ergab sich nach und nach, dass die Wahl stets auf Icobescu fiel, wenn der Pate jemanden zu erledigen hatte.

Bis zu diesem entscheidenden Tag vor einem Monat, als ihn der Pate zu sich gerufen hatte. In Erwartung eines neuen Auftrages hatte Icobescu vor dem großen Mahagoni-Schreibtisch aufsalutiert und die Order erwartet.

»Du fährst heute nach Italien«, brummte der Pate mit rauer

Stimme. »In Triest meldest du dich bei dieser Adresse. Alles Weitere wird dir dort erklärt.« Über die Tischplatte hinweg drückte er Icobescu einen zerknitterten Zettel in die Hand.

»Selbstverständlich, Boss. Wen soll ich erledigen?«

»Deine Instruktionen erhältst du dort. Es geht um einen Wettkampf. Ich habe dich angemeldet.«

»Einen Wettkampf, Boss? Wieso einen Wettkampf?«

Zwei weit aufgerissene schwarze Augen blinzelten den Paten fragend an.

»Ein guter Freund von mir, Zlatko Mladkovič, der Pate von Kroatien, hat einen Wettbewerb ausgeschrieben. Er sucht einen neuen Profikiller für besonders heikle Aufträge in Europa. Du wirst für diese Bewerbung mehrere Aufträge erhalten, für die es Punkte gibt. Der Sieger erhält fünfzigtausend Euro und den Topjob in der kroatischen Mafia. Also, reiß dich zusammen und mach mir keine Schande. Ich habe gesagt, du seist der Beste, den ich je hatte.«

»Selbstverständlich, Boss. Kein Problem. Darf ich meine Dragunowa mitnehmen?«

»Nein. Du erhältst alle Waffen, die du benötigst, dort von den Kroaten. Nimm den blauen Fiat Bravo, der ist unauffällig, und leichtes Gepäck. Sonst nichts. Gute Reise.«

Das war das letzte Mal, dass Icobescu seinen Bukarester Paten gesehen hatte. Zurück in seinem kleinen Zimmer, hatte er sich auf sein Bett gesetzt und nachgedacht. Doch als gutem Soldaten war es ihm unmöglich gewesen, ›seine Braut‹ zurückzulassen. Also hatte er seine Snaiperskaja wintowka Dragunowa, ein Scharfschützengewehr Kaliber 7,62 mm, in nahezu alle Einzelteile zerlegt und es unter der Wäsche in seiner Reisetasche verstaut. Komme, was wolle, er hatte seine Braut dabei. Er hatte lang genug trainiert, um seine Dragi, wie er sie insgeheim liebevoll nannte, auf über sechshundert Meter einzuschießen. So etwas lässt man nicht einfach zurück. Dann war er in den blauen Fiat Bravo gestiegen, aus dem die Fahrgestell- und Motornummer ausgefeilt worden waren, und in Richtung Triest losgefahren.

7

Der Engländer Gareth Stalker war der erste der drei Killer, der in Villach eintraf. Seinem Navi folgend, war er in die Gerbergasse eingefahren und hatte seinen Wagen auf dem öffentlichen Parkplatz abgestellt. Ordnungsgemäß warf er eine Euromünze in den Parkautomaten und legte das Ticket mit der groß aufgedruckten Uhrzeit hinter seine Windschutzscheibe.

Den silbernen Ford Mondeo hatte er bei Hertz gemietet, allerdings unter dem Namen Ken Russel, einer seiner vielen falschen Identitäten. Sobald er in ein anderes Land kam, deponierte er zwei oder drei falsche Pässe in einem Schließfach am Bahnhof oder am Flughafen.

Mit fünfunddreißig war er der älteste der drei Kandidaten, seit mehreren Jahren als Profikiller unterwegs, bisher mit wechselnden Auftraggebern. Es war ihm vollkommen egal, wer ihm den jeweiligen Auftrag gab und wen er erledigen sollte. Hauptsache, die Bezahlung stimmte.

Als Profi beherrschte er sämtliche Tötungsarten und die Bedienung aller Waffengattungen, war ständig bewaffnet mit einer starken Angelschnur, die er in seiner Sakkotasche mit sich trug, einem CS1-Tanto-Klappmesser mit neun Komma fünf Zentimeter langer Klinge, das in seinem Stiefelschaft eingearbeitet war, und einer Browning 9 mm Halbautomatik im Halfter an seiner Hüfte. Er hatte ein breites Repertoire an Betäubungsmitteln und Giften zur Verfügung, und wenn ein Auftrag aussehen sollte wie ein Unfall, dann wusste er, wie man Gasexplosionen inszenierte oder Autos manipulierte, ohne einfach nur die Bremsleitungen durchzuschneiden.

Gelassen schlenderte Gareth Stalker die Gerbergasse entlang bis zum Hauptplatz und bog nach links ab den Hügel bergauf. Am oberen Drittel des Platzes setzte er sich an einen unbesetzten Tisch im Freien des Straßencafés »Espresso Rossiello« und beobachtete das bunte Treiben der Menschen.

Todesart: ein lautloser Schnitt oder Stich, rief er sich in Erinnerung. Öffentlicher Platz in Villach, okay, haben wir gefunden. Uhrzeit? Ein Blick auf seine Rolex-Oyster-Edelstahluhr bestätigte ihm, dass er rechtzeitig da war und alle Zeit der Welt hatte. Acht Uhr siebenunddreißig. Zwischen neun und elf Uhr vormittags soll der Auftrag ausgeführt werden. Weiblich, mindestens fünfzig. Mal sehen, überlegte er.

Er bestellte einen großen Caffè Latte, ließ sich eine Kärntner Tageszeitung bringen und begann, die Menschen in seinem Umfeld genauer zu beobachten.

Links von ihm saß ein junges Pärchen, das nur mit sich selbst beschäftigt war. Zum Reden kamen die kaum, weil ständig ihre Lippen knutschend aneinanderklebten. Vermutlich Schulschwänzer, die sehen garantiert nichts, dachte Stalker und blickte sich weiter um.

Rechts von ihm hatte sich ein junger Student in seinen Laptop vertieft, wahrscheinlich in Vorbereitungen für die nächste Univorlesung. Der sah garantiert auch nichts.

Ein Stückchen weiter saßen zwei Geschäftsleute in grauen Anzügen, offensichtlich Vertreter, denn einer von ihnen sah alle zwei Minuten nervös auf seine Plastikarmbanduhr.

Dann sah er sie. Drei ältere Damen, an einem der kleinen Kaffeehaustische ganz links außen am Eck des Lokals. Jede hatte einen verlängerten Kaffee vor sich stehen, der aber kaum Beachtung fand. Viel zu sehr waren sie damit beschäftigt, sich gegenseitig den neuesten Tratsch zu erzählen.

Mal abwarten, was sich da ergibt.

Unbewusst tastete Gareth Stalker mit seiner rechten Hand an seinen Stiefelschaft und versicherte sich, dass sein Klappmesser in Position war. Nicht dass er je daran hätte zweifeln müssen, aber mit dieser Geste bereitete er sich auf die geplante Tat vor. Es musste blitzschnell gehen.

Sicher werden die sich trennen. Entweder hier oder an der nächsten Ecke, spekulierte er.

»Zahlen bitte«, rief er dem jungen Fräulein zu, das ihm den Kaffee gebracht hatte.

»Drei Euro zwanzig«, antwortete die hübsche Brünette und lächelte ihn an.

Stalker vermied direkten Augenkontakt, zahlte, steckte das Wechselgeld ein und wartete.

Ein kurzer Blick auf die Uhr bestätigte ihm, dass sich das Zeitfenster geöffnet hatte. Drei Minuten nach neun.

Die beiden Geschäftsleute standen auf und gingen. Der Student war immer noch voll in seinen Laptop vertieft, und das junge Pärchen hatte nur Augen für sich selbst.

Dann standen sie auf. Zwei von den drei Damen gingen nebeneinander, sich weiterhin fröhlich unterhaltend, in das Innere des Lokals hinein, offensichtlich, um die Toiletten aufzusuchen. Eine blieb sitzen.

Je ein kurzer Blick nach links und nach rechts bestätigte Stalker, dass keinerlei Gefahr drohte. Die aufgestellten Thujenpflanzen rund um das Lokal verstellten den wenigen vorüberschlendernden Passanten den Blick. Das Liebespaar knutschte noch immer heftig, und der Student hatte seinen Tunnelblick voll auf den Screen seines Laptops fixiert.

Langsam griff Stalker in seinen Stiefelschaft und zog das CS1 Tanto heraus, ließ die Klinge aufklappen und behielt es in seiner rechten Hand verborgen. Dann schob er seinen Sessel zurück und stand auf. Geschmeidig, fast einer Raubkatze gleich, bewegte er sich auf Marianne Prasser zu, die nichts ahnend mit dem Rücken zu ihm am Kaffehaustisch saß.

Er achtete darauf, hinter seinem Opfer stehen zu bleiben, damit das Blut nicht seinen schönen Bugatti-Anzug aus marineblauer Schurwolle beschmutzen würde. Mit der linken Hand griff er nach ihrem Haarschopf, während er gleichzeitig mit der rechten einen kurzen Stich direkt in ihr Herz setzte, dann sicherheitshalber noch einen zweiten. Danach durchtrennte er binnen einem Bruchteil einer Sekunde mit einem kurzen, waagerechten Schnitt die Stimmbänder seines Opfers.

Seelenruhig begann er zu zählen, während sein Opfer zwar noch leicht zappelte, aber keinen Ton mehr über die Lippen brachte. Solange sich die Frau noch bewegte, hielt er ihren Kopf an den Haaren fest. Erst bei »zwölf« war so viel Blut aus ihrem Herzen und ihrem Hals nach vorn über sie gespritzt, dass das Herz zu pumpen aufhörte. Er ließ ihren Kopf los und legte ihn leicht nach vorn, so, dass es aussah, als ob sie auf den Boden sehen würde.

Dann wischte er die Mordwaffe zweimal an der Schulter seines Opfers ab und steckte sie mit einer raschen Bewegung wieder in seinen Stiefelschaft. Ohne sich etwas anmerken zu lassen, ging er weiter, verließ das abgegrenzte Areal des Platzes und bog mit ruhigen Schritten um die nächste Hausecke.

Während Gareth Stalker zurück zu seinem Wagen schlenderte, bevor die Uhrzeit der Parkgebühr abgelaufen war, brach in dem kleinen Straßencafé am Hauptplatz die Hölle los. Als er die Autotür öffnete, hörte er die ersten Polizeisirenen näher kommen und warf einen neuerlichen Blick auf seine stählerne Rolex Oyster. Neun Uhr sechzehn, dachte er zufrieden. Das muss erst einmal einer überbieten.

Im Reinen mit sich selbst und der Welt setzte sich Gareth Stalker alias Ken Russel in seinen silbernen Ford Mondeo und fuhr zurück auf die Autobahn in Richtung Klagenfurt am Wörthersee, wo er sich ein Zimmer im Hotel »Sandwirth« reserviert hatte.

8

Als Chefinspektorin Tina Baumgartner am Villacher Hauptplatz eintraf, hatten die uniformierten Polizisten bereits alle Hände voll zu tun, um die vielen Schaulustigen abzuhalten. Dreißig Meter rund um den Tatort waren Absperrbänder angebracht, und alle fünf Meter stand zusätzlich ein Polizist, um sicherzustellen, dass niemand durch die Absperrung drang.

Tina parkte ihren silbernen VW-Passat-Dienstwagen mit blinkendem Blaulicht am Dach zwischen den Streifenwagen, die ungeordnet am Platz verteilt standen, und zückte ihren Polizeiausweis. Da das Dezernat für Gewaltverbrechen für das gesamte Gebiet des Bundeslandes Kärnten zuständig war, konnten die Villacher Kollegen ihr zwar zuarbeiten, aber die Verantwortung und die Leitung des Falles blieben bei ihr. Roland Huber folgte ihr auf dem Fuß.

»Grüß euch. Wie ist denn das passiert?«

Dr. Anita Hansnig, die mit ihren gerade mal dreißig Jahren die bisher jüngste Leiterin der Pathologie des Klinikums Klagenfurt war, beugte sich über die Tote und untersuchte die Wunden. Im Umkreis von drei Metern hatte sich eine riesige Blutlache gebildet, wodurch es fast unmöglich wurde, nicht in das frische Blut zu steigen.

»Servus, Tina, erst mal. Die Todesursache ist ganz offensichtlich Herzstillstand durch Verbluten als Folge von zwei Stichen direkt ins Herz und einem Schnitt durch die Stimmbänder. Das muss ganz schnell gegangen sein und sieht ganz nach der Tat eines Profikillers aus. Soweit ich sehen kann, war die Tatwaffe ein sehr scharfes Messer. Ganz genau kann ich dir das nach der Obduktion sagen, so wie immer, Tina.«

»Wie lange hat das Opfer noch gelebt, schätzt du?«

»Nach den zwei Herzstichen und dem Kehlschnitt, die alle vermutlich innerhalb weniger Sekunden erfolgt sind, höchstens noch zehn bis fünfzehn Sekunden. Der Notarzt ist um neun Uhr vierundzwanzig eingetroffen. Angerufen wurde er um acht nach neun. Bis das Opfer entdeckt wurde und die Leute hier sich vom Schock so weit erholt hatten, dass sie in der Lage waren, bei der Rettung anzurufen, sind sicherlich einige Minuten vergangen, also haben wir den Todeszeitpunkt auf neun Uhr fünf festgelegt«, fuhr die Pathologin mit den Erklärungen fort.

»Wer ist das Opfer, und wer hat es gefunden?«, fragte Tina etwas lauter in den Kreis der herumstehenden Personen.

»Das Opfer heißt Marianne Prasser, ist … war Hausfrau hier in Villach. Dreiundsechzig Jahre alt«, erklärte der uniformierte Polizist, der offensichtlich als Dienstältester die Koordination vor Ort übernommen hatte. Selbst einem abgebrühten Polizeichef konnte man an den bleichen Wangen und den aufgerissenen Augen ansehen, dass er zwar mit gut geübter Professionalität versuchte, die Eindrücke dieses schrecklichen Erlebnisses zu überspielen, aber ganz gelang es ihm doch nicht.

»Sie war mit zwei Freundinnen hier auf einen Kaffee. Als die beiden aufs WC gingen, muss es passiert sein. Sie kamen zugleich zurück von der Toilette und haben ihre Freundin so vorgefunden. Sie sitzen dort drüben«, fuhr er fort und zeigte mit einer Kopfbewegung in Richtung Lokaleingang.

»Danke. Bitte sorgen Sie dafür, dass niemand verschwindet, bevor nicht alle Personalien aufgenommen worden sind. Und lassen Sie ein paar Fotos von den Menschen an den Absperrungen machen. Jetzt gleich bitte.«

Damit befolgte Tina eine eigentlich standardisierte Vorgehensweise, aber sie wusste aus Erfahrung, dass in der Hitze des Gefechtes gern vergessen wurde, von allen Personen in der Nähe von Tatorten Fotos zu machen. Es war eine unbestrittene alte Erkenntnis, dass Täter oftmals an den Ort der Verbrechen zurückkehrten oder gern in der Menge getarnt als Zuseher beobachteten, was die Polizei so machte.

Dann ging sie langsam zu den beiden Damen, die noch immer weinend an einem Tisch vor der Eingangstür saßen.

»Guten Tag. Tina Baumgartner, Mordkommission Kärnten. Das ist mein Kollege Roland Huber«, begann sie. »Zuerst herzliches Beileid. Was genau ist hier passiert?« Sie hielt sich kurz und bündig. Das übliche freundliche Lächeln in ihrem Gesicht war einer professionellen harten Miene gewichen, während sie die beiden zitternden, bleichen Damen anblickte.

»Wir haben gar nichts gesehen«, begann die Jüngere der beiden stotternd zu erzählen. »Wir zwei sind zusammen auf die Toilette gegangen, und als wir zurückkamen, war Marianne tot. Zuerst wunderte ich mich und dachte, sie sieht aus, als wenn sie eingeschlafen wäre, aber dann sah ich das viele Blut am Boden und am Tisch. Ich … verstehe das nicht. Wie konnte … so etwas passieren?«, stammelte sie.

»Bitte denken Sie jetzt genau nach. Wie viele Gäste waren im Gastgarten anwesend?«

»Wir haben die nicht beachtet. Wir wollten nur einen Kaffee trinken und ein bisserl quatschen. Ich glaube, der Junge da vorn mit dem Laptop, der saß vorhin auch schon da.«

Sie zeigte auf den jungen Studenten, der mit weit aufgerissenen Augen zu Tina und Huber herüberstarrte. Seinen Laptop hatte er zugeklappt und unter den linken Arm geklemmt.

»Wer hat denn serviert?«, fragte Tina.

»Das war ich«, meldete sich zaghaft die junge Kellnerin, die neben den beiden noch immer zitternden Freundinnen des Opfers stand.

»Bitte erzählen Sie ganz genau Ihre Eindrücke in den entscheidenden Minuten, Fräulein …?«

Mit der fragenden Betonung auf dem letzten Wort forderte Tina den Namen der Kellnerin ein.

»Anni Koller, Frau Inspektorin.«

»Chefinspektorin, wenn schon. Tina Baumgartner, Mordkommission«, betonte Tina mit fester Stimme. »Also, Fräulein Koller?«

»Das Innere des Lokals war vollkommen leer zu diesem Zeitpunkt. Im Gastgarten saßen zuerst neun Personen. Die drei Damen dort am Eck, ein junges Pärchen da drüben. Die stehen jetzt dort.«

Anni Koller zeigte mit ihrer rechten Hand zuerst auf den jetzt leeren Platz und dann auf die Personen.

»Dann der Student mit dem Laptop, der noch immer dort sitzt, wo er auch vorhin saß. An diesem Tisch haben zwei Geschäftsleute gesessen, und hier saß ein Herr in einem eleganten dunkelblauen Anzug«, fuhr sie mit fester werdender Stimme fort, froh darüber, einfach sachlich erzählen und den Schock, der tief in ihr saß, überspielen zu können.

»Der Herr mit dem blauen Anzug hatte gerade gezahlt, die beiden Vertreter schon vorher. Alle drei waren weg, als ich wieder nach draußen kam und die beiden Damen aufschrien. Ich habe sofort die Polizei gerufen, als ich das viele Blut am Boden sah.«

»Sind die drei Herren zugleich gegangen oder nacheinander?«

»Das kann ich nicht sagen. Als ich nach dem Kassieren hineinging, waren alle drei noch da, und nachher waren sie weg.«

»Was haben die konsumiert?«, brachte sich Huber in das Gespräch ein.

»Die beiden Vertreter je einen Verlängerten und der Herr im blauen Anzug einen großen Caffè Latte.«

Dr. Sebastian Müller, der alte Leiter der Spurensicherung, hatte sich der Gruppe während des Gesprächs genähert und die letzten Worte noch mitgehört.

»Hab es schon gehört, Tina. Servus, übrigens. Ich nehme Fingerabdrücke und DNA-Proben von allen Gläsern und Tassen. Keine Sorge. In drei Stunden hast du alle Daten im System, falls irgendjemand der Herrschaften schon registriert sein sollte«, brummelte der alte Kerl.

»Es gibt allerdings keine Tatwaffe, und es fehlt kein Messer aus dem Lokal. So viel konnte ich schon ermitteln«, fuhr er fort.

»Also hat der Täter die Tatwaffe mitgebracht und wieder mitgenommen«, konstatierte Tina.

»An der rechten Schulter des Opfers sind deutliche Blutspuren. Offensichtlich hat der Täter das Messer daran abgewischt. Sieht nach geplanter Tat eines Profis aus. Aber das herauszufinden, ist ja deine Aufgabe, Tina.«

»Wer hätte Frau Prasser ermorden wollen?«, richtete Tina ihre nächste Frage wieder an die beiden Freundinnen, ohne allerdings eine Antwort zu erhalten. Verstörte, fragende Blicke aus weit aufgerissenen Augen inmitten bleicher Gesichter starrten sie an. Sonst nichts.

»Ich will ein schriftliches Protokoll von jedem der Anwesenden hier, klar? Entweder ihr macht das gleich hier im Lokal, oder ihr holt euch alle sofort auf die Wache«, wandte sich Tina wieder an den diensthabenden Polizeichef.

»Mir egal, wie ihr das macht, aber in genau drei Stunden habe ich alle Protokolle im System, okay?«, erteilte Tina in scharfem Ton ihre Anweisung.

Die ist ja nicht nur scharf, die ist sogar wirklich scharf, dachte der Uniformierte, während er pflichtbewusst nickte.

»Und wir zwei fahren wieder ins Präsidium, Roland. Komm«, wandte sie sich an ihren Assistenten, drehte sich grußlos um und ging vom Tatort zurück zum Dienstwagen. Huber grüßte mit einem Nicken in Richtung des Polizeichefs, ließ noch ein leises »Servus« folgen und eilte hinter Tina her zum Parkplatz.

9

»Was hast du getan?«

Brigitte starrte ihren Gatten mit weit aufgerissenen Augen an. Mit einer hektischen Geste strich sie eine widerspenstige schwarze Locke aus ihrem hübschen Gesicht.

»Du hast für die Kripo diesen Serienmörder-Fall übernommen? Wir hatten doch ausgemacht, dass du dich da nicht mehr in so etwas hineinziehen lässt. Und jetzt bist du wieder mittendrin!«

Wütend ließ sie ihren Emotionen, hinter denen sich die blanke Angst um ihre Familie verbarg, freien Lauf.

»Nicht genug, dass Christina und ich entführt und beinahe umgebracht worden sind, jetzt legst du dich mit einem offensichtlich wahnsinnigen Sniper an? Ja, hammas noch beianander? Und wie viel Whisky säufst du wieder jeden Tag?«

Zornentbrannt ballte sie ihre Fäuste und knallte sie gleichzeitig auf den Tisch.

»Liebling, komm wieder runter, bitte. Ich bleibe absolut im Hintergrund. Niemand weiß davon, dass ich mitarbeite. Es kann überhaupt nichts passieren«, versuchte Remmiz seine wild gewordene Gattin zu beruhigen. Ich sollte sie jetzt umarmen und fest drücken, dachte er, wusste aber, dass der Moment dafür vermutlich nicht der richtige war. Und nichts wäre schlimmer, als jetzt zurückgewiesen zu werden. Zuerst musste ihr Ärger ein bisschen mehr verflogen sein, dann erst würde er sie umarmen können.

»Müssen wir jetzt jede Sekunde damit rechnen, dass eine tödliche Kugel von irgendwoher geflogen kommt? Ich habe doch in der Zeitung gelesen, wie der das macht«, setzte Brigitte nach.

»Nein, Schatz. So glaube mir doch. Es ist ausdrücklich vereinbart, dass ich nur im Hintergrund recherchiere. So wie ein Profiler. Niemand außer meinem Team im Präsidium weiß darüber Bescheid. Und du natürlich. Und es ist ein gut bezahlter Auftrag. Du hast doch selbst gesagt, ich soll endlich wieder mal ein bisschen Geld verdienen, nicht immer nur den ganzen Tag herumsitzen.«

»Ich habe nur gesagt, du sollst nicht nur herumsitzen und saufen«, schimpfte Brigitte, aber ihr Ton war bereits um eine Stufe milder geworden.

Gott sei Dank, dachte Remmiz erleichtert. »Du willst doch auch, dass dieser verrückte Todesschütze endlich gefasst wird. Genau deswegen will ich da mitmachen. Damit wir nicht in Gefahr sind.«

Endlich hatte Remmiz die richtige Argumentationslinie gefunden. Und schließlich war es ja wirklich seine ureigene Aufgabe, die Familie zu beschützen.

»Du musst mir versprechen, dass du wirklich nur im Hintergrund bleibst und niemand von deiner Mitarbeit an diesem Fall erfährt, Frank. Los, versprich es mir!«, setzte Brigitte in scharfem Ton noch einen drauf.

»Versprochen, Schatz. Niemand erfährt etwas davon.«

Frank Remmiz hob die rechte Hand zum Schwur.

»Ich schwöre.«

Wie auf ein Stichwort wachte Rocky in diesem Moment auf. Schlaftrunken und schwanzwedelnd trottete der Berner-Sennenhund-Schäfer-Mischling auf Remmiz zu, um sich ein paar Streicheleinheiten abzuholen. Mit seinen vierzehn Monaten war er bereits groß ausgewachsen und hatte sich mit ein wenig guter Polizeiausbildung zum richtigen Familien- und Wachhund entwickelt. Seit er im Haus war, schlief auch Brigitte wieder ruhiger.

Niemand ahnte zu diesem Zeitpunkt, dass nicht nur Frank Remmiz, sondern seine gesamte Familie zum Zielobjekt für einen Wettkampf unter Profikillern geworden war.

10

Die Autofahrt von Triest nach Villach hatte nur knappe zwei Stunden gedauert und war bei sonnigem Frühlingswetter recht entspannt gewesen. Erst als Diego Calabrese in die Straße, die über die Draubrücke führte, eingebogen war, wurde der Verkehr zähflüssig. Das Stahlgeländer war nur einen Meter hoch, was einen herrlich weiten Blick entlang der Drau, über die Dächer von Villach und über mehrere grüne Hügelketten bis auf die Karawanken ermöglichte, die natürliche Grenze zum südlichen Nachbarland Slowenien.

Der Mittagskogel, einer der herausragenden Berge Kärntens, präsentierte sich in voller Strahlkraft. Im Volksmund wird er gern Zwölferberg genannt, womit auf den Stand der Mittagssonne direkt über dem Berg hingewiesen wird.

Am Ende der Brücke standen zwei Verkehrspolizisten, die Calabrese nach links in die Gerbergasse winkten. Er lenkte seinen schwarzen Lancia Delta auf den öffentlichen Parkplatz und ergatterte die letzte Parklücke. Ein silberner Ford Mondeo, in den ein eleganter Kerl in einem blauen englischen Anzug eingestiegen war, hatte diese gerade für ihn frei gemacht.

Mille grazie, dachte Calabrese, während er dem losfahrenden Fahrer freundlich zunickte.

Er blickte auf seine elegante »Omega James Bond Edition«. Unmittelbar nachdem er, nach einem Schäferstündchen mit einer seiner schnell wechselnden Gespielinnen, sein großes Vorbild James Bond in »Ein Quantum Trost« im Triester Kino bewundert hatte, war er in das nächste Uhrenfachgeschäft geeilt und hatte sich dieses optische und technische Meisterwerk gekauft. In der zweiundzwanzigsten Ausgabe der erfolgreichsten Filmreihe aller Zeiten hatte der beliebteste Geheimagent der Welt genau eine solche Uhr getragen. Das bringt Glück, war Calabrese überzeugt. Achtzehn Minuten nach neun. Perfektes Timing.

Er warf eine Euromünze in den Parkautomaten und legte den Quittungsschein mit der groß aufgedruckten Uhrzeit hinter die

Windschutzscheibe. Ein Profikiller musste stets darauf achten, keine Spuren zu hinterlassen. Strafzettel konnten sich als Beweismittel dafür entpuppen, wann sich eine Person an welchem Ort befunden hat. Aber es geht nichts schief. Das Wetter ist schön, das Timing perfekt, ich trage meine Glücksbringer-Omega, und mein Stiletto ist scharf geschliffen, dachte Calabrese optimistisch.

Die eigentlich unkorrekte Bezeichnung des Stellmessers aus dem 16. Jahrhundert, in Österreich, besonders in kriminellen Kreisen, einfach »Springer« genannt, wird in Italien meist auch als »Gnadengott« oder »Gnadenbringer« bezeichnet, abgewandelt von der lateinischen Übersetzung »Barmherzigkeit« für »misericordia«.

Calabrese schlenderte die Dietrichsteingasse entlang, bog rechts in eine enge Passage und blieb an der Ecke zum Hauptplatz stehen. Er lehnte sich gelassen mit dem Rücken an die Hauswand und beobachtete mit scharfem Blick die gaffenden Personen. Direkt vor ihm hatte sich eine kleine Gruppe von Jugendlichen gebildet. Den Jungs hingen die Hosen in den Knien, und den Mädels konnten die Röcke gar nicht kurz genug sein.

Der Hauptplatz war vollgestopft mit Polizeiautos, Polizisten und Schaulustigen. Ein silbergrauer VW Passat mit Blaulicht am Dach war soeben vorgefahren. Offensichtlich Kripobeamte. Eine attraktive Frau, die anscheinend die Vorgesetzte war, und ihr etwas jüngerer Assistent stiegen aus dem Fahrzeug. Durch die konsequente Polizeiabsperrung konnte Calabrese nicht sehen, was links von ihm im »Espresso Rossiello« vor sich ging. Die Polizisten hatten neben den Absperrbändern eine mobile Sichtschutzwand rund um einen Teil des Gastgartens aufgestellt.

Direkt rechts neben Diego Calabrese lag das Kaffeehaus »Schumis« mit einem Gastgarten, ähnlich wie jenes, in dem vor wenigen Minuten dieser grausame Mord passiert war. Ein kleiner runder Tisch mit drei Sesseln darum war unbesetzt, weil offensichtlich alle am Hauptplatz Anwesenden aufgestanden waren, um nach vorn, in Richtung Zentrum des Geschehens, zu drängeln.

Aus der Einkaufspassage hinter Calabrese kam eine ältere Dame mit einer vollen Plastiktüte in jeder Hand von ihrem morgendlichen Einkauf. Sie trug einen grauen Rock, eine dunkelrote

Bluse und eine graue Strickweste, die einen ziemlich abgetragenen Eindruck machte.

Angela Hübert blieb neben Calabrese stehen, da der Weg vor ihr zum Hauptplatz durch die Jugendlichen versperrt war. Calabrese blickte sie an und lächelte freundlich. Sie lächelte zurück und zögerte.

»Was ist denn los? Ist etwas passiert?«, fragte sie Calabrese.

»*Non lo so.* Ich weiß nicht«, antwortete Calabrese mit seinem stark hörbaren italienischen Akzent, während sein sanftes, charmantes Lächeln seine Lippen umspielte. »Ich glauben hier kein Durchkommen. Alles gesperrt. Wollen setzen?«, fuhr er in gebrochenem Deutsch fort und zeigte auf den leeren Kaffeehaussessel vor sich.

»Danke«, gab die ältere Dame höflich zurück, sichtlich erleichtert ob der Rastmöglichkeit, die ihr angeboten wurde. Sie stellte die beiden Plastiktüten an die Wand auf den Boden und setzte sich auf den Sessel, den Calabrese für sie ein Stückchen nach links gerückt hatte.

Dann ging alles sehr schnell. Calabrese stellte sich hinter die Sitzende, griff mit der rechten Hand in sein italienisches Sportsakko, in dem eine spezielle Tasche für sein Stiletto eingenäht war. Mit einer einzigen fließenden Bewegung zog er es heraus, beugte sich über die Grauhaarige und stieß ihr die zentimeterlange Klinge von hinten zwischen den senkrechten Stäben der Sessellehne hindurch, direkt in ihr Herz.

Mit einem Ruck zog er die Klinge wieder heraus und hielt die Sterbende mit der linken Hand an der Schulter fest. Dann strich er mit einer sorgsamen Bewegung zweimal mit der Klinge über ihre rechte Schulter, um das frische Blut abzuwischen, und steckte das Stiletto wieder in die Tasche seines Sakkos.

Die gesamte Aktion geschah blitzschnell und vollkommen lautlos. Keiner der Jugendlichen wenige Meter vor ihnen hatte irgendetwas bemerkt.

Seelenruhig ließ er die Tote los, drehte sich um und blickte auf seine James-Bond-Uhr.

Neun Uhr dreiundvierzig. Perfekt.

Hinter ihm, am Hauptplatz, entstand ein noch stärkeres

Gedränge, als sich der silberfarbene VW Passat der Kärntner Kripo mit blinkendem Blaulicht einen Weg durch die Menge in Richtung Draubrücke bahnte. Niemand blickte zurück in die Einkaufspassage. Selbst die Jugendlichen, die vorwiegend mit ihren Smartphones beschäftigt waren, reckten die Hälse, um zu sehen, wer da an ihnen vorbeiwollte.

Diego Calabrese ging indessen forschen Schrittes, aber ohne Anzeichen von Unruhe oder gar Fluchtabsichten, denselben Weg zurück zum öffentlichen Parkplatz in der Gerbergasse, direkt am Fluss.

Ein großes weißes Touristenschiff kam soeben die Drau entlanggefahren. Einige Touristen standen an der Reling und winkten herüber. Calabrese winkte mit der linken Hand zurück und lächelte. Schöne Gegend hier. Nette Menschen, ein guter Platz für Urlaub, dachte er.

Dann schloss er die Autotür auf, setzte sich in seinen Lancia Delta und fuhr los. In der Gerbergasse bog er nach links ab, um den Stauknoten zwischen Draubrücke und Hauptplatz zu umgehen, fuhr die Drau entlang bis zur Mitterlingstraße und ließ sich dann vom Navi über die Ossiacher Zeile bis zur Autobahn führen.

Bereits zwölf Minuten später fuhr er auf der A 2 in Richtung Triest.

Zur selben Zeit, als Diego Calabrese die stillgelegte Grenzstation erreichte und die österreichische Südautobahn in die italienische A 23 überging, gerade als er das unpersönliche Schild »Benvenuti in Italia« erreichte, erhielt Roland Huber auf der Südautobahn in Richtung Klagenfurt einen Anruf auf dem Handy.

»Was ist passiert?«, fragte er forsch.

Blankes Entsetzen spiegelte sich in den Augen des jungen Kriminalbeamten wider. Binnen Zehntelsekunden war alle Farbe aus seinem Gesicht gewichen. Noch während er zuhörte und sich erneut erklären ließ, was soeben in Villach passiert war, bedeutete er Tina mit der linken Hand, dass sie langsamer fahren solle. Tina konnte das Telefonat nicht mithören, verstand aber, dass irgendetwas Wichtiges passiert sein musste.

In diesem Moment tauchte das Schild zur Ausfahrt nach Krumpendorf vor ihr auf. Sie verlangsamte die Fahrt, blinkte rechts und steuerte auf die Ausfahrt zu.

»Was ist los, Roland? Soll ich abfahren oder weiter ins Präsidium nach Klagenfurt?«, fragte sie unsicher, während sie das Fahrtempo weiter verringerte.

»Los, fahr zurück nach Villach«, stammelte Huber, während er das Telefonat beendete. »Es gibt einen weiteren Mord. Eine zweite ältere Dame wurde ebenfalls am Hauptplatz erstochen, offenbar kurz nach unserer Abfahrt. Aufgrund des großen Gedränges und weil alle Leute nur zu dem einen Kaffeehaus gestarrt hatten, wurde ihre Leiche erst jetzt entdeckt.«

»Das gibt's ja nicht!«, rief Tina entsetzt. »Das ist doch unglaublich! Das kann doch kein Zufall sein!«

»Das Opfer ist anscheinend schon seit vierundzwanzig Minuten tot, sagt Dr. Hansnig, und keiner hat es bemerkt.«

»Verdammte Scheiße«, fluchte Tina, ganz entgegen ihrer sonst ruhigen und ausgeglichenen Art. Sie folgte der Abfahrt nach Krumpendorf und nahm sofort die erste Abzweigung nach links wieder zurück auf die Autobahn nach Villach. Roland Huber öffnete das Seitenfenster und heftete das mobile Blaulicht über sich auf das Autodach.

Tina schaltete zurück, gab Vollgas und drückte den Knopf für das Folgetonhorn. Genau neunzehn Minuten später erreichte der silbergraue VW Passat mit quietschenden Reifen und den beiden Kriminalern erneut den Hauptplatz von Villach.

11

»Alle drei Taten wurden ordnungsgemäß ausgeführt«, meldete Matt Browning seinem Paten, pflichtbewusst wie ein Soldat. »Die ersten zwei erfolgten am selben Tag, fast zeitgleich, mit nur wenigen Minuten Abstand, die dritte wurde erst fünf Tage später, jedoch ebenfalls korrekt ausgeführt. Die bestätigten Minutenangaben der Polizeiberichte, die wir inzwischen über unseren Agenten erhalten haben, sind vierundzwanzig Minuten für Calabrese, neunzehn Minuten für Stalker und sieben Minuten für Icobescu.«

»Hm. Nicht schlecht«, folgerte Mladkovič. »Sehr gute Leistungen.«

Er trug die Punktezahlen in seine Excel-Tabelle ein und strich sich mit der Hand über seine gegelten schwarzen Haare, während er sich zufrieden in seinem schwarzen Hightech-Bürostuhl zurücklehnte.

Niemand außer ihm selbst wusste, dass dies nicht nur ein etwas protzig gestylter, eleganter Lederstuhl war, sondern dass in sein Inneres eine Menge Technik, Geräte und Waffen integriert waren. Durch Hochklappen der rechten Armlehne wurden eine stets geladene und entsicherte Glock 17 und zwei Wurfmesser freigelegt. In der linken Armlehne befanden sich eine Reihe von Knöpfen und Schaltern, mit denen diverse Schussmechanismen mehrerer automatischer Waffen, die unsichtbar in den Wänden versteckt waren, betätigt werden konnten.

Die gesamte Plattform hinter dem Schreibtisch, immerhin eine Fläche von drei Quadratmetern, konnte hydraulisch um ein Deck abgesenkt werden. Genau darunter befand sich eine weitere Kommandozentrale der »Kyrillos«, von der ein verborgener Gang direkt zu einem stets vollgetankten Ein-Mann-Miniatur-U-Boot führte. Das war die letzte Fluchtmöglichkeit für den Paten. Falls jemals eine fremde Macht die Kontrolle über dieses Schiff bekommen würde, könnte er immer noch fliehen.

Nicht einmal sein treuer Diener Matt Browning wusste von

diesen Innereien des Sessels. Lediglich ein paar wenige Taster und Schalter an der Vorderseite der Armlehnen waren sichtbar. Damit konnte der Pate die Fensterrollos, die Beleuchtungen im Raum und einige Monitore und bewegliche Kameras steuern, die an verschiedenen Stellen an Bord des Schiffes montiert waren.

An der Wand gegenüber waren sechs Zweiundfünfzig-Zoll-Monitore angebracht, die abwechselnd die Bilder der Überwachungskameras zeigten. Die gleiche Anzahl an Monitoren war auch auf der Kommandobrücke des Schiffes montiert, damit auch der Kapitän stets über sich nähernde Personen oder drohende Gefahren im Bilde war. Drei der Monitore dienten seiner persönlichen Kommunikation und zur Überwachung der aktuellen Börsenkurse.

Hinter dem großzügigen Büroraum des Paten befanden sich seine persönlichen Wohnräume. Auch dort gab es, neben seinem Himmelbett, eine hydraulische Plattform, mit der er bei Gefahr zum Flucht-U-Boot gelangen konnte.

Das hochmoderne, mit Blei abgeschirmte, abhörsichere elektronische Kommandozentrum dieser Megayacht befand sich im Zwischendeck. Dort hatten sein persönlicher Assistent Matt Browning und der Senior-Koordinator Dirk Panther mit seinem Team ihre Arbeitsplätze. Panther hatte seine Ausbildung bei der US-Navy absolviert. Danach war er einige Jahre zuerst bei der CIA und dann bei der NSA gewesen. Ihm stand ein weltweites Kontakt- und Kommunikationsnetz zur Verfügung. In fast allen Ländern der Welt saßen Agenten des Paten, die zuständig für persönliche Übergaben von Schmiergeldern und Bestechungen, Ermordungen, Entführungen, Diebstähle, Überfälle und sonstige kriminelle Machenschaften waren.

Wichtige Mitarbeiter wurden stets per Casting oder in wettkampfähnlichen Ausscheidungen ausgewählt. So wie aktuell gerade in Kärnten die Ausscheidung für einen weltweit einsetzbaren Profikiller stattfand. Die Vorgehensweisen für die Auswahl jeder Position waren standardisiert und protokolliert. Wer für den Paten arbeiten wollte, musste der jeweils Beste in seinem Fach sein. Oder die Beste. Auch weibliche Agenten waren mittlerweile sehr gefragt.

Niemals jedoch durften solche Agenten die »Kyrillos« betreten. Nur eine Handvoll Auserlesener durfte zu besonderen Anlässen, zur Entgegennahme exklusiver Aufträge, die der Pate nur persönlich, sozusagen Auge in Auge, übermittelte, die Luxusyacht besuchen. Achtundneunzig Prozent der Mitarbeiter, die für den Paten weltweit tätig waren, kannten weder seinen Namen, noch ahnten sie von der Existenz eines solchen Kommandoschiffes.

»Kyrillos« hatte der Pate, der aus dem kleinen kroatischen Bergdorf Ozalj stammte, sein Schiff nach dem heiligen Kyrill getauft, dem Apostel der Slawen, nach dem das kyrillische Alphabet benannt ist. Zusätzlich zu einem Helikopter-Landeplatz hatte er allen erdenklichen Luxus und einige Annehmlichkeiten wie Spa, Pool und Bordkino installieren lassen. Außerdem waren im Rumpf und sogar sichtbar an Deck mehrere automatische Waffensysteme montiert, hochmoderne Boden-Luft-Raketen mit Wärmesensor-Technologie.

Insgesamt waren an Bord an die vierzig Menschen tätig. Die Hälfte davon in der Küche, bei der Reinigung und im Service. Die andere Hälfte machten militärisch ausgebildete Söldner aus, die für die Steuerung des Schiffes und die Bedienung der Waffensysteme zuständig waren.

Die »Kyrillos« war eine mobile Hightech-Kommandozentrale für eine der größten und gefährlichsten Mafia-Organisationen der Welt.

»Wirklich nicht schlecht«, wiederholte Mladkovič, während er die Punktezahlen seiner Tabelle betrachtete. »Das ergibt einen Zwischenstand von zweiunddreißig Punkten für ›A‹, vierunddreißig Punkten für ›B‹ und achtundzwanzig Punkten für ›C‹, hm? Das heißt, es ist noch alles offen«, folgerte er.

»Gab es irgendwelche Besonderheiten?«, hakte er nach.

Browning erzählte seinem Boss in knappen Worten die Geschehnisse, ließ dabei jedoch nicht aus, dass er beeindruckt war von der besonderen Kaltschnäuzigkeit von Calabrese, der seine Aktion durchgeführt hatte, während die Polizei nur wenige Meter entfernt mit den Zeugenbefragungen zur Tat von Stalker beschäftigt gewesen war. Icobescu hingegen hatte ein bisserl Pech gehabt, weil ein Notarzt in seiner Freizeit zufällig im selben Kaffeehaus gesessen hatte, in dem er die Tat begangen hatte, und daher das Opfer bereits in der ungewöhnlich kurzen Zeit von nur sieben Minuten nach der Tat für tot erklärt worden war.

»Hier sind die kompletten Berichte der Kandidaten, die Polizeiprotokolle und die Beobachtungsberichte unseres Agenten vor Ort.«

Matt Browning legte die drei Kartonmappen mit den Berichten vor seinen Chef auf den Schreibtisch.

»Wo sind die Kandidaten jetzt?«, war die nächste kurze Frage von Mladkovič, während er die erste der Mappen in die Hand nahm und darin zu blättern begann.

»Calabrese ist wieder in Triest, Stalker und der Rumäne sind in Klagenfurt, im Hotel ›Sandwirth‹ und im Hotel ›Geyer‹«, erklärte Browning pflichtbewusst, während er sich in den goldenen, rot gepolsterten Barocksessel vor dem Schreibtisch niederließ. Offensichtlich wollte der Boss eine längere Unterhaltung führen.

»Hat die Polizei schon irgendwelche Ergebnisse? Was macht denn unser lieber Privatdetektiv Frank Remmiz?«, bohrte Mladkovič.

»Die tappen wie üblich im Dunkeln und suchen immer noch nach einem Serienmörder für die drei Scharfschützenaktionen in Klagenfurt und nach den Motiven für die drei Morde in Villach. Remmiz ist ja bisher nur mit den ersten drei Taten beschäftigt, in die drei in Villach ist er nicht involviert, weil da seitens der Polizei kein Zusammenhang besteht.«

»Hm. Dann müssen wir das ändern. Ich möchte, dass wir diesen Remmiz ein wenig vor uns hertreiben, bevor wir ihn erledigen. Aber diesmal möchte ich, dass er wirklich leidet. Zuerst müssen wir seine Familie unter Druck bringen. Was gibt es für Vorschläge dazu?«

Da Browning die Rachepläne seines Bosses bereits kannte, hatte er sich auf diese Frage vorbereitet.

»Seine Familie besteht aus seiner Frau Brigitte, seinem Sohn Julian, der ist jetzt neunzehn, und seiner Tochter Christina, die ist siebzehn. Außerdem gibt es noch einen Hund, einen Berner-Sennenhund-Schäfer-Mischling namens Rocky, und dieser Julian hat eine Freundin namens Lisa, achtzehn. Ich schlage vor, wir fangen hinten an und erledigen einen nach dem anderen, bis er allein und verlassen dasteht. Dann können Sie mit ihm spielen, so viel Sie wollen. Hier ist übrigens sein komplettes Dossier.«

Matt Browning legte die letzte Mappe, die er noch unter dem Arm gehalten hatte, neben die anderen auf den Schreibtisch des Paten.

»Ja, so machen wir es. Der Rumäne soll gleich mal den Hund erledigen. Als deutlich sichtbares Zeichen. Sag ihm, es gibt drei Punkte im Wettbewerb dafür«, gab Mladkovič hämisch seine Anweisung.

»Dann sorgst du dafür, dass diese drei Kinder aus den Schulen geworfen werden. Egal, was es kostet. Jeder verdammte Direktor und Schulinspektor hat seinen Preis. Und alle drei sollen im Gefängnis landen. Am besten wegen Drogen, die bei ihnen gefunden werden. Das haut dem ›Herrn Major‹ ordentlich aufs Image.« Die Worte »Herrn Major« begleitete Mladkovič mit in die Luft gezeichneten Anführungszeichen.

»Und für seine Frau arrangieren wir am besten einen Autounfall. Das soll dieser Stalker, der Engländer, erledigen. Der kann das sicher am besten.«

Je länger Mladkovič redete, desto lauter und leidenschaftlicher wurde er. Sein Gesicht verzog sich mehr und mehr zu einer grinsenden Fratze.

»Und dann lassen wir den Italiener auf Remmiz los. Der hat ja noch am wenigsten Punkte. Damit kann er sich den Bonus verdienen, den er bräuchte, um zu gewinnen.«

»Okay, Chef«, antwortete Browning, stand auf und ging seelenruhig zur Tür. Noch bevor er die Klinke drücken konnte, erreichte ihn ein scharfes »Matt!« seines Paten.

»Rache für Darko Devos!«, schrie Mladkovič, während er seine Faust ballte.

»Rache für Darko Devos«, wiederholte Matt Browning etwas leiser als sein Boss, doch mit einer Stimme, die fest genug war, um sein Einverständnis und seinen eisernen Gehorsam zu dokumentieren. Dann verließ er den Raum.

12

»So kommen wir nicht weiter. Weder beim Serienmörder von Klagenfurt noch bei den drei Wahnsinnigen in Villach. Was ist denn da los?«

Ungehalten ließ Oberst Polzer seiner Wut freien Lauf. Selten hatten ihn seine Mitarbeiter in dermaßen aufgelöster Verfassung gesehen. Seit den Morden in Villach waren bereits zwei Wochen vergangen und drei Wochen seit dem letzten der drei Sniper-Attentate in Klagenfurt.

»Das ist doch alles völlig untypisch und unlogisch. Frank, was sagst denn du dazu?«

Remmiz war von Tina zu dieser Round-Table-Besprechung im Präsidium eingeladen worden. Gemeinsam mit Huber, Mayer und Dr. Müller ließ er gelassen einen Schwall an Beschimpfungen des aufgebrachten Obersts Polzer über sich ergehen.

»Bis jetzt habe ich mit den Morden in Villach nichts zu tun, Franz«, erinnerte Remmiz seinen ehemaligen Vorgesetzten.

»Oder gibt es da irgendeine Verbindung?«, wandte er sich an Tina, die neben ihm saß, in der Hoffnung, die Situation mit dieser Frage ein wenig zu versachlichen und zu beruhigen.

»Nein, Herr Oberst«, erklärte Dr. Müller anstelle von Tina. »Bis jetzt konnten wir keine Verbindungen herstellen. Das Ganze ist sehr mysteriös. Was wir wissen, ist, dass bei den drei Schussattentaten dieselbe Waffe verwendet wurde. Bei den drei Messermorden in Villach sind die einzigen Gemeinsamkeiten die Todesart und der Ort. Die Waffen waren verschiedene. Das hat die Gerichtsmedizin bereits nachgewiesen. Auch die Art der Schnitte und Stiche weist eindeutig auf verschiedene Täter hin.«

»Wir haben auch sämtliche möglichen Zeugen in Villach befragt«, brachte sich Huber in die Diskussion ein. »Weder bei den drei Opfern in Klagenfurt noch bei den drei Opfern in Villach konnte irgendeine Verbindung zwischen denen gefunden werden. Es scheinen völlig willkürlich ausgewählte Opfer zu sein. Alle sechs waren normale, nette Bürger, sozusagen.«

Nach einigem Hin und Her meldete sich Mayer mit einer Information. Zwar nicht neu, aber in diesem Kreis noch nie so besprochen, dachte er. Mehr als auslachen können sie mich auch nicht.

»Ich habe nicht nur die ersten drei und dann die anderen drei, sondern alle sechs Morde als gemeinsames Profil in das ViCLAS eingegeben«, platzte er heraus.

Alle Anwesenden starrten auf den jungen Computerfreak. Das »Violent Crime Linkage Analysis System« war eine internationale Datenbank, die Tat-Tat- beziehungsweise Tat-Täter-Zusammenhänge aufgrund des vom Täter gezeigten Verhaltens analysierte. Trotz seiner jungen Jahre war Mayer zusätzlich zur zweijährigen Kriminalfortbildung des Bundeskriminalamtes auch schon beim BKA Wiesbaden und beim FBI gewesen. Als stets ruhiger Analytiker handelte er ausschließlich nach zielorientierten sachlichen Aspekten und im Gegensatz zu seinen Kollegen völlig emotionslos.

»Ja, und?«, schrie Oberst Polzer.

»Nichts, bisher«, antwortete Mayer trocken. »Nichts, was irgendeinen Zusammenhang ergeben würde«, musste er bekennen. »Aber das System arbeitet noch. Ich habe die Anfrage auch bei meinen Freunden in Wiesbaden und beim FBI deponiert. Die werden sicherlich mit irgendwelchen Vorschlägen auf uns zukommen. Denn dass das sechs zufällige Morde sind, glaubt doch wohl niemand, oder?«

»Die Aufklärungsquote von Morden in Österreich liegt seit 2001 im Schnitt bei 93,85 Prozent. In Kärnten hatten wir bisher die wenigsten Morde und die beste Aufklärungsrate. Nur ein Mordfall aus dem Jahr 2004 ist immer noch offen, sonst kein einziger«, jammerte Oberst Polzer.

»Frank, lass uns doch nicht in den statistischen Keller rasseln. Sag doch endlich etwas. Frank!«

Mit hochgerissenen, geballten Fäusten hämmerte der Oberst verbal auf Remmiz ein.

Der arme Kerl. Vor lauter Statistik und Öffentlichkeit kommt der gar nicht zum Denken, dachte Remmiz. Dann begann er, ruhig zu sprechen.

»Es gibt kein Tötungsdelikt ohne Motiv, jede Handlungsweise hat Gründe und Hintergründe, auch wenn man diese nicht sofort erkennt. Die meisten Tötungsdelikte haben ihren Hintergrund in einem Beziehungskonflikt, sind Eigentumsdelikte oder Sexualmorde und haben, aber das gibt es bei uns praktisch gar nicht, politischen oder drogenbezogenen Hintergrund. Zumindest nicht in Kärnten«, erklärte Remmiz nun, der von dem sinnlosen Durcheinander und dem Statistik-Gerede die Schnauze voll hatte.

»Wenn ich hier kurz aus der Schule plaudern darf«, dozierte er weiter, »wir haben es hier eindeutig mit Dispositions- oder Bedarfsmord zu tun. Es gibt außer dem Autohändler keine Verbindung zwischen den Opfern, kein wiederkehrendes Motiv, keine gleichartige Tatausführung, wenn wir alle sechs Morde zusammenfassen. Auch Verdeckungs- und Ehrenmord können wir ausschließen. Da hier kein eindeutiger Modus Operandi vorliegt, bleibt Mordlust, bei der die Freude am Töten der eigentliche Zweck der Tathandlung ist. Oder es handelt sich schlicht und ergreifend um Auftragsmord.«

Alle starrten auf Remmiz, in der sicheren Hoffnung, dass noch weitere Erklärungen folgen würden.

»Ich bin mir da sogar ganz sicher, Franz, du alter Statistiker«, führte er aus, »ob du das der Öffentlichkeit mitteilen willst, sei dir überlassen. Aber für mich ist klar, dass diese sechs Morde zusammenhängen, so wie der junge Kollege Fritz schon vermutet hat. Es ist nämlich wirklich frappant, wie die fehlende Verbindung zwischen den Opfern eigentlich genau deren Zusammenhang darstellt. Dreimal Scharfschütze und dreimal Messermord an Opfern, von denen kein einziges ein anderes kannte. So viel Zufall gibt es nicht. Nicht bei mir.«

Remmiz holte kurz Luft, ließ seine Worte beim Oberst einsickern. Niemand, nicht einmal Fritz Mayer selbst, bemerkte, wie sich seine Schulterblätter zurückzogen und sich seine Nase vor Stolz nach oben reckte, während der berühmte Ermittler Frank Remmiz die von ihm vorgebrachten Vermutungen ausbaute und weiterführte.

»Um das alles aufklären zu können, musst du meinen Auftrag erweitern, Franz, und mir auch die drei Villacher Morde mit in mein Mandat übergeben. Ich werde die Akten studieren und alle sechs Morde gemeinsam untersuchen. Bist du einverstanden, Herr Oberst?«

Freundlich lächelnd blickte Remmiz seinem Exchef und nunmehrigen Auftraggeber in dessen verwundertes Gesicht.

»Ja, Frank. Wenn du meinst, dass da wirklich ein Zusammenhang besteht«, kam es zögerlich zurück, »dann betrachte bitte hiermit deinen Auftrag um drei weitere Morde erweitert. Aber dafür erhalte ich sechs aufgeklärte Fälle, okay?«, versuchte nun der Oberst die angespannte Diskussion mit etwas Humor aufzulockern.

»Fritz?«, wandte sich Remmiz an den jungen Mayer.

»Schon vorbereitet, Frank«, kam postwendend die Antwort, während Mayer in seine Jackentasche griff, einen kleinen roten Memorystick hervorholte und diesen quer über den Tisch zu Remmiz warf, der ihn geschickt auffing.

Während Remmiz aufstand und sich den kleinen Datenträger mit allen Informationen, Berichten, Fotos und Protokollen der Morde an den Pensionistinnen Marianne Prasser, Angela Hübert und Berta Garnitschnig in die Tasche steckte, blickte er freundlich lächelnd in die Runde und drehte seinen Kopf von einem zum anderen.

»Und wer kommt jetzt mit auf ein Bier?«

Oberst Polzer ballte ein weiteres Mal die Fäuste, um seinen Unmut über diese eklatante Gelassenheit seines Exchefinspektors zum Ausdruck zu bringen, alle anderen grinsten vor sich hin. Nur Tina reagierte, wie Remmiz es erwartet hatte.

»Ich, Frank. Wir müssen sowieso noch einiges besprechen.«

14

»Der Chef war ganz schön wild drauf heute«, sagte Tina zwischen zwei Schlucken Caffè Latte, als sie im gemütlichen Lokal gegenüber dem Präsidium saßen. »Dafür wirst du immer ruhiger, wie es scheint. Dein neuer Sonderstatus tut dir gut, was, Frank?«

»Es geht doch hier um keinen Sonderstatus, Tina«, konterte Remmiz brummend. »Der Oberst ist so nervös, weil er den Druck der Öffentlichkeit und seiner Oberchefs aus Klagenfurt und aus Wien im Nacken hat. Ich hingegen habe alle Zeit der Welt, um ganz ruhig nachzudenken. In der Ruhe liegt die Kraft, das habe ich dir doch schon früher beigebracht. Erinnerst du dich?«

»Ja, Frank. Wie könnte ich das vergessen. Trotzdem cool, wie du es geschafft hast, deinen Auftrag gleich zu verdoppeln.«

»Tina! Was schwafelst du da? Hast du gar nichts mitbekommen? Wo bleibt deine weibliche Intuition? Selbst der kleine Fritzl hat es schon geschnallt. Ich habe gar nichts verdoppelt. Es gibt nur einen einzigen Mörder.«

»Nur einen einzigen Mörder? Wie kommst du jetzt darauf?« Mit weit aufgerissenen Augen starrte Tina Remmiz an. »Die drei Opfer in Villach wurden von drei verschiedenen Personen mit drei verschiedenen Mordwaffen getötet. Das war sicher nicht nur einer«, ließ sich Tina nicht von ihrem Ermittlungsstand abbringen.

»Du wirst schon sehen, Tina. Warte ab, was die Ermittlungen noch bringen werden.«

Nach zwei Bieren stieg Remmiz auf sein Citybike und radelte zurück in sein Büro. Direkt vor der Eingangstür stieg er vom Rad und sicherte es mit einem dicken Bogenschloss am nächsten Laternenpfahl. Schon einmal hatten ihm ein paar besoffene Jugendliche sein Rad geklaut. Aber die hatten die Rechnung ohne den Wirt gemacht. Remmiz war gleich am nächsten Tag in das »Café Cardinal« gegenüber gepoltert und hatte den versammelten Gästen laut brüllend klargemacht, dass entweder bis zum Abend sein Rad wieder vor der Tür zu stehen hatte oder es sehr unangenehme Konsequenzen geben würde.

Da erst hatten die jungen Stammkunden geschnallt, dass sie das Rad von Frank Remmiz gestohlen hatten – und dass das ein großer Fehler gewesen war. Keiner der überwiegend Arbeitslosen, die wohl sonst »keine Heimat« hatten und sich täglich mit ihren Kumpels in ihrem Stammlokal trafen, um stundenlang abzuhängen und aus ihrem trostlosen Alltag zu entfliehen, wollte sich mit Frank Remmiz anlegen.

Einmal, als Remmiz nach seinem vierten Bier und ebenso vielen Klaren ganz allein grübelnd an seinem Stammtisch gesessen hatte, hatte ihn ein angetrunkener Zwanzigjähriger um ein Bier angebettelt. Der hatte gar nicht so schnell schauen können, wie er von Remmiz am Kragen gepackt und in hohem Bogen über die drei Stufen vor der Eingangstür auf die Straße geschleudert worden war.

Das hatte sich sehr schnell herumgesprochen. Der Wirt hatte keinen Einspruch erhoben, weil der junge unwissende Außenseiter sowieso kein willkommener Gast gewesen war, und der Junge selbst hatte es auch vorgezogen, sich lieber von dannen zu trollen, als sich mit einem wütenden Zwei-Meter-Muskelpaket wie Remmiz anzulegen.

Sie hatten einen Heidenrespekt vor ihm. So hatte auch das Rad pünktlich am nächsten Morgen wieder vor Remmiz' Bürotür gestanden. Sogar blitzblank geputzt. Weder Remmiz noch einer der Stammrunden-Kumpels im Lokal hatte jemals wieder ein Wort darüber verloren. Trotzdem hatte er beschlossen, ab jetzt doch lieber das große Schloss anzulegen, wenn er in sein Büro ging.

Sicher ist sicher.

»Servus, Manu«, begrüßte er seinen Büropartner, als er den abgedunkelten Raum betrat, in dem die beiden Detektive ihre Schreibtische leicht schräg zueinander untergebracht hatten. Auf diese etwas ungewöhnliche Anordnung hatten sie sich erst nach einigem Hin-und-her-Geschiebe der massiven alten Vollholztische geeinigt.

Parallel nebeneinander sah doof aus, waren sie sich sofort einig gewesen, für eine Neunzig-Grad-zueinander-Anordnung war der Raum doch irgendwie zu klein, genau gegenüber ging gar nicht, so waren sie auf die schräge Stellung von ungefähr dreißig Grad gekommen. Jeder hatte hinter sich eine Ecke des Raumes und somit genug Platz, um mit den Bürosesseln herumfahren zu können.

Zwischen den Schreibtischen an der Wand, unterhalb der beiden Fenster, hatten die Schränke mit den Hängeordnern Platz gefunden, und an der Wand gegenüber, gleich neben der Tür, war sogar für die alte Couch und das kleine Couchtischchen noch Raum genug. Dort saßen beide am liebsten, konnten in aller Ruhe einen Johnny Walker on the rocks schlürfen und über irgendeinen Fall quatschen.

Der kleine Kühlschrank daneben war die erste echte Investition gewesen, auf die Remmiz sofort bei seinem Einzug bestanden hatte. Ein Büro ohne Eiswürfel ist nicht tragbar, hatte er erklärt. Das war somit sein Einstiegsgeschenk gewesen.

Vor jedem Schreibtisch vollendeten zwei normale Holzsessel für die Besucher das Mobiliar. Remmiz und sein Kollege liebten es ruhiger und dunkler, so war auch Remmiz' zweite Investition, die Verdunkelungsrollos, sehr willkommen gewesen.

Manuel Listig saß an seinem Schreibtisch, als Remmiz den Raum betrat, und grübelte über einer Akte, die vor ihm auf dem Tisch lag.

»Servus, Frank«, kam seine saloppe Begrüßungsantwort zurück. »Was gibt's Neues?«

»Ich bin ganz sicher, dass die drei Sniper von Klagenfurt und die drei Messermorde von Villach aus einem einzigen Auftragsmord stammen. Mir fehlen nur noch der Zusammenhang und der Hintergrund«, erklärte Remmiz.

»Was macht dich so sicher?«

»Die kurze Zeitspanne der Taten zueinander, dieselbe Mordwaffe bei den drei Snipern und vor allem die Tatsache, dass bei keinem der Opfer irgendwelche persönlichen Motive ermittelt werden konnten. Der Einzige, der ein persönliches Problem hatte, war dieser Kleindienst, der Filialleiter vom Papierwarengeschäft.

Der hatte seine Frau betrogen und stand kurz vor der Scheidung. Aber seine damalige Gattin und jetzige Witwe ist definitiv keine Scharfschützin, und finanziell dürfte sie aus seinem Tod auch nicht profitieren. Das halbe Haus und die Hälfte der paar Ersparnisse hätte sie sowieso gekriegt.

Der Friseurladen vom Lackner wird jetzt zugesperrt, und seine Mitarbeiter werden irgendwo anders unterkommen müssen. Er war alleinstehend und offenbar homosexuell. So einen erschießt normalerweise auch niemand.

Und der Fahrschullehrer aus dem Villacher Ring war ein stinknormaler junger Familienvater. Da gibt es weit und breit kein Motiv.«

»Hast du die drei Opfer aus Villach auch schon analysiert?«

»Ich habe hier alle Daten und Protokolle auf dem Stick«, erklärte Remmiz, während er sich an seinen Schreibtisch setzte, den Computer hochfuhr und den USB-Stick in den Slot steckte. »Aber soweit ich bisher mitbekommen habe, waren das drei nette Hausfrauen und Pensionistinnen. Solche ermordet normalerweise niemand, außer vielleicht irgendein Psychopath bei Nacht auf dem Heimweg. Das war aber nicht der Fall. Sie wurden am helllichten Vormittag mitten am Hauptplatz erstochen. Mit erhöhtem Risiko, entdeckt zu werden. Der Platz war ja voller Menschen. So etwas ist in Kärnten überhaupt noch nie passiert. Geschweige denn sonst wo in Österreich.«

»Hm. Wirklich extrem ungewöhnlich. Und du meinst, gerade weil keines der Opfer irgendeines der anderen kannte, gibt es einen gemeinsamen Auftraggeber?«

»Ja, genau deswegen. Ich kann es auch nicht genau erklären.«

Remmiz begann die Berichte und Protokolle gründlich durchzusehen. Jedes einzelne Tatortfoto sowie die Aufnahmen aus der Pathologie, die von jedem Opfer gemacht worden waren, klickte er nacheinander durch. Listig hatte sich einen der Besucherstühle neben Remmiz' Drehstuhl gestellt und sah aufmerksam zu.

Zwei Stunden später zog Remmiz den Stick aus dem Computer und warf ihn achtlos in die oberste Schreibtischschublade, wo bereits der Stick mit den Daten der ersten drei Opfer lag. Dann stand er auf, ging zu der alten, abgesessenen Couch und schenkte zwei Johnnie Walker ein. Listig folgte ihm und setzte sich neben ihn.

»Ich kann dich durchaus verstehen, Frank. Aber wenn diese sechs grauenhaften Taten nicht willkürlich stattgefunden haben, sondern von ein und demselben Auftraggeber veranlasst wurden, dann frage ich mich, warum.«

»Willkürlich war nur die Auswahl der Opfer. So viel ist klar. Es besteht absolut kein Zusammenhang zwischen denen. Die Auswertung der Spuren der drei Villacher Messermorde weist eindeutig auf drei verschiedene Täter hin, hingegen die drei Sniper-Morde von einem einzigen Täter oder auch von drei verschiedenen Tätern ausgeführt worden sein könnten. Es wurde zwar dieselbe Waffe verwendet, aber wir wissen nicht, ob es derselbe Täter war«, sagte Remmiz.

»Die Serienmörder-Theorie steht somit auf sehr wackeligen Füßen.«

»Aber warum sollten drei verschiedene Täter eine gemeinsame Waffe verwenden?«

Auch Listig war ratlos und nippte an seinem Whisky.

»Das ergibt doch überhaupt keinen Sinn, oder?«

In diesem Moment meldete sich Remmiz' Handy mit seiner Lieblingsmelodie »Love Me Two Times« von den Doors.

Seelenruhig griff Remmiz in seine Hosentasche, fingerte sein Smartphone hervor und strich gelassen über das Display. Dann erstarrte er.

Frank! Komm sofort nach Hause! Es ist etwas Schreckliches passiert. Rocky ist tot!

15

Verwirrt fädelte Frank Remmiz an seinem Bogenschloss herum und verfluchte die arbeitslosen diebischen Kanaillen, derentwegen er dieses blöde Ding jetzt verwenden musste, dann schwang er sich auf sein Rad und trat zornentbrannt mit voller Kraft in die Pedale.

Verschwitzt und außer Atem warf er das Rad vor der Haustür zur Seite und stürmte ins Wohnzimmer. Brigitte saß in Tränen aufgelöst auf der Couch. Vor ihr lag Rocky mit aufgerissenen Augen und gelblich weißem Schaum vor dem Maul.

»Er war doch gerade erst vierzehn Monate alt«, stammelte sie, während weitere Tränen langsam ihren Weg über ihre bleichen Wangen suchten.

»Was ist passiert? Hat er etwas Falsches gefressen?« Langsam setzte Remmiz sich neben seine Frau, legte seinen muskulösen Arm um sie und versuchte, sie zu trösten.

»Keine Ahnung, Frank. Alles war ganz normal. Ich war in der Küche und habe das Geschirr eingeräumt, auf einmal hörte ich Rocky aufjaulen, und dann kam er herein.«

»Die Haustür stand offen?«

»Ja, das Gartentor war zu, die Haustür offen«, bestätigte Brigitte.

»Er machte einen total verstörten Eindruck«, fuhr sie fort, »und er begann zu schwanken und torkelte mitten ins Wohnzimmer. Ich bin ihm nach, um zu sehen, was da los war, dann ist er genau hier zusammengebrochen und liegen geblieben. Ein paarmal hat er noch gezuckt, und dann kam auch schon dieser Schaum aus seinem Maul. Ich wollte ihn in die Arme nehmen, aber da hat er nach mir geschnappt. Das hat er noch nie getan.«

»Verdammte Scheiße!«, fluchte Remmiz laut, während seine Augen zu glitzern begannen. Ob es Tränen der Trauer oder der Wut waren, konnte Brigitte nicht ausmachen. Beide Gefühle kämpften um die Oberhand in Remmiz' Brust, und er wusste nicht, ob er aufspringen und schreien oder mit Brigitte leise trauern sollte.

Nach einer Schweigeminute kniete sich Remmiz vor seinen toten treuen Gefährten und fuhr ihm mit der Hand über das buschige Fell. Dann stutzte er plötzlich und riss die Augenbrauen nach oben. Seine Finger hatten einen kleinen metallischen Gegenstand berührt. Er nahm die zweite Hand, um das dichte Fell beiseitezudrücken, und zog dann vorsichtig mit zwei Fingern eine kurze metallene Nadel aus dem toten Körper.

»Verdammte Scheiße«, wiederholte Remmiz, doch diesmal zischend und wesentlich leiser.

»Hast du vor dem Gartentor irgendetwas gehört, Brigitte? Ein Auto, ein Motorrad oder sonst irgendetwas? Einen Schuss?«

»Einen Schuss? Ja, spinnst du jetzt, Frank? Ist der Rocky erschossen worden?«, stammelte Brigitte fast tonlos.

»Ganz offensichtlich. Ja. Sieh hier«, antwortete Remmiz ebenso leise und hob die dünne Nadel hoch.

»Jemand hat unseren Hund mit einem Giftpfeil erschossen. Ich werde ihn in unsere Pathologie schicken, damit die feststellen können, was es war.«

Während Remmiz sein Smartphone aus der Tasche fischte und die Nummer von Dr. Anita Hansnig antippte, lehnte sich Brigitte zurück und ließ ihren Blick grübelnd zur Decke wandern.

»Ja, Frank. Ich war zwar in der Küche mit dem Geschirr beschäftigt und habe nicht drauf geachtet. Aber jetzt, wo du so fragst, bin ich mir sicher, dass ich kurz nach Rockys Aufjaulen eine Autotür und ein wegfahrendes Auto gehört habe.«

»Ein wegfahrendes Auto? Hm«, sagte Remmiz. Vorn an der großen Kreuzung gibt es mehrere Verkehrsüberwachungskameras. Ich werde die Bänder sicherstellen, für alle Fälle, nahm er sich vor.

Er zuckte zusammen, hörte auf zu tippen, überlegte einen Moment bewegungslos, dann tippte er eine andere als die ursprünglich geplante Nummer in sein Smartphone. Als sich Tinas Stimme mit einem kurzen »Hallo?« meldete, gab er grußlos eine klare Anweisung:

»In Villach gibt es in der Nähe des Hauptplatzes zwei öffentliche Parkplätze, Tina. Einen oben bei der Italiener Straße und einen unten bei der Gerbergasse. Sonst kann man eigentlich fast nirgendwo in der Nähe der Tatorte parken, weil die wenigen Plätze in den Kurzparkzonen praktisch immer besetzt sind. Bei allen öffentlichen Parkplätzen gibt es Überwachungskameras, wie du weißt. Ich möchte alle Filme von beiden Plätzen von den beiden Tagen der Messermorde, Tina. Sofort, bevor sie gelöscht werden können!«

»Okay, Frank. Wird erledigt«, kam die knappe Antwort aus dem Hörer.

»Und dann besorgst du die Videos von der Verkehrsüberwachungskamera der Kreuzung Völkermarkter Straße/Südring von heute für die letzten zwei Stunden von jetzt an gerechnet.«

Bevor Tina nochmals antworten konnte, hatte Remmiz sein Handy schon wieder abgeschaltet. Er packte den Hundekadaver mit beiden Armen und trug ihn zu seinem Wagen vor die Tür. Brigitte verstand sofort, ging ihm nach und öffnete den Kofferraum.

Während er den Wagen startete und darauf wartete, dass sich das automatische Gartentor öffnete, eilte Brigitte in die Küche, holte schnell einen kleinen Ziploc-Beutel aus der Schublade, steckte die Nadel, die Frank im Wohnzimmer liegen gelassen hatte, hinein und reichte ihm das Beweisstück durch das Wagenfenster.

Verdammt, ist die gut. Die ist ja aufmerksamer als sämtliche meiner Assistenten … Exassistenten, dachte er, während er rückwärts auf die Straße fuhr und dann mit Vollgas losraste in Richtung Pathologie.

16

»Fritz, schnell. Ruf sofort bei der Verkehrsüberwachungszentrale Villach an!« Tina brüllte dem jungen Mayer ihren Befehl zu, während sie ihr Handy noch in der Hand hielt.

»Sofort, Chefin. Was soll ich denen sagen? Gibt es einen Geisterfahrer?«

Immer wenn er Tina mit »Chefin« ansprach, folgte mit hundertprozentiger Sicherheit irgendeine sarkastische Bemerkung. Trotzdem nahm Mayer den Hörer in die Hand, wählte die eingespeicherte Kurzwahlnummer an und blickte erwartungsvoll auf seine Chefin. Schnell erklärte sie ihm Remmiz' Idee, und Mayer gab die Anfragedaten weiter.

»Die Aufzeichnungen sind noch vorhanden«, bestätigte er danach. »Die von den Parkplätzen in Villach werden dreißig Tage aufbewahrt, und die von soeben in Klagenfurt würden nach vierundzwanzig Stunden gelöscht werden, aber jetzt suchen sie die raus und schicken sie uns gleich.«

»Vergleiche dann bitte jedes Band ganz genau. Suche nach männlichen einzelnen Personen, die im fraglichen Zeitraum geparkt haben oder weggefahren sind, und vergleiche, ob ein Pkw aus Villach mit einem im fraglichen Zeitraum an der Kreuzung in Klagenfurt identisch ist … Ab und zu hat Frank wirklich geniale Einfälle, das muss man ihm lassen«, fügte sie ihrer Anweisung nach einer kurzen Atempause hinzu.

Ab und zu? Der Typ ist genial geboren und hat allein mehr Erfahrung als das ganze Department zusammen, dachte Mayer. Er war froh darüber, dass Remmiz wieder involviert war. Tina Baumgartner war sicher eine gute Polizistin und eine sehr korrekte Chefin, aber Frank Remmiz war genial. Trotz aller Widerspenstigkeit und einiger seltsamer Eigenheiten und mehrerer noch seltsamerer Unarten, die er so mitbrachte.

»Und wieso bist du so sicher, dass der Täter männlich und ein Einzelgänger ist?«, brachte sich Huber in das Gespräch ein, das er von seinem Schreibtisch aus mitverfolgt hatte.

»Wie ihr euch sicher erinnern könnt, hat schon der Profiler aus Wien den Sniper eindeutig als männlich deklariert. Keine Frau würde so etwas tun. Damals gingen wir allerdings von einem einzelnen Serientäter aus. Ich meine jetzt, dass sogar alle sechs Taten zusammenhängen könnten. Die drei Morde in Villach wurden von verschiedenen Tätern verübt. Vielleicht ja auch die drei Morde in Klagenfurt«, fuhr Tina fort.

»Ich habe letzte Woche einen Film gesehen mit einer weiblichen Sniperin. Das ist vielleicht selten, zugegeben, aber nicht ausgeschlossen. In Deutschland gibt es schon mehrere weibliche Soldatinnen, und auch in Österreich melden sich immer mehr Frauen zum Wehrdienst, ebenso wie zum Polizeidienst, aber das brauche ich dir ja wohl nicht zu erzählen, was?« Huber grinste über das ganze Gesicht, während er Tina direkt in die Augen schaute. Seine Chefin aufziehen zu können, ohne dass das Konsequenzen haben würde, machte ihm ganz besonderen Spaß. Allerdings hatte er bereits in der nunmehr zweijährigen Partnerschaft mit seiner Maggy gelernt, dass *sie* immer das letzte Wort hatte. Da führte kein Weg daran vorbei. Sie hatte immer das letzte Wort. Tina hielt es genauso. Instinktiv.

»Wenn dir eine weibliche verdächtige Person auffällt, dann darfst du das selbstverständlich melden, Roland. Aber wir suchen explizit nur männliche Täter, alles klar?« Diese letzte Frage war nur noch rhetorisch, das war Huber klar.

Mayer hatte sich bereits aus der Diskussion ausgeblendet und konzentrierte sich wieder auf seinen Bildschirm.

»Die Aufzeichnungen sind eingetroffen«, meldete er nach wenigen Minuten. »Ich lege sie uns auf den großen Schirm, dann können wir alle mitschauen, okay?«

Auch diese Frage war eindeutig rhetorisch gemeint und erforderte keine Antwort. Alle drei drehten ihre Sessel in Richtung Bildschirm und konzentrierten sich auf die Überwachungsfilme der Parkplätze.

17

»Setzt euch bitte mal alle hin. Wir müssen etwas besprechen.«

Remmiz war, nachdem er den toten Hundekörper bei Dr. Anita Hansnig in der Pathologie abgeliefert hatte, wieder zurück nach Hause gefahren, um das schreckliche Erlebnis gemeinsam mit seiner Familie verarbeiten zu können. Brigitte saß wie versteinert im Wohnzimmer. Die roten Ränder um die noch immer feuchten Augen zeigten deutliche Spuren ihrer Trauer.

Christina, Julian und seine Freundin Lisa waren soeben von der Schule nach Hause gekommen. Betreten sahen sie einander an. Die Kinder hatten bereits bei ihrer Ankunft festgestellt, dass ihnen Rocky nicht wie sonst schwanzwedelnd zur Begrüßung entgegengelaufen kam. Und wenn die Eltern eine Wohnzimmerkonferenz einberiefen und die Mama so aussah, als ob sie die ganze letzte Stunde geweint hätte, dann musste etwas Schlimmes passiert sein.

Remmiz setzte sich auf die breite Armlehne neben seine Frau und legte seinen Arm um sie. Die drei Kinder setzten sich ihnen gegenüber auf die Couchbank.

»Rocky ist tot«, eröffnete Frank Remmiz. Langes Herumgerede würde die Situation nicht verbessern, da war er sich sicher. Daher ging er gleich aufs Ganze.

»Es tut mir leid. Er ist vor einer Stunde gestorben.«

»Aber er war doch bumperlgesund«, platzte Christina heraus. »Wie kann er jetzt plötzlich tot sein?«

Tränen schossen ihr in die weit aufgerissenen Augen, mit denen sie auf ihre Eltern starrte.

»Es war kein natürlicher Tod, sondern Mord, wenn man bei Hunden diesen Begriff anwenden kann. Ein feiges Attentat. Irgendjemand hat über den Zaun hinweg einen Giftpfeil auf ihn geschossen.«

»Einen Giftpfeil? Wie bitte?« Julian sprang auf und fuchtelte mit den Armen. »Wieso einen Giftpfeil? Hier ist doch kein Indianerreservat, oder wie?« Unbewusst begann er zu schreien.

Lisa blickte stumm auf ihren Freund, Christina rannen die Tränen jetzt offen über das Gesicht. Langsam stand sie auf und warf sich ihrer Mutter weinend in die Arme. Auch die konnte ihre Tränen nicht mehr zurückhalten.

»Ich weiß nicht, wie jemand so etwas tun kann. Aber wir werden das Schwein erwischen«, zischte Remmiz.

»Gerade jetzt werden bereits die Aufzeichnungen der Überwachungskamera vorn an der großen Kreuzung ausgewertet. Offenbar ist der Täter sofort nach dem Schuss mit einem Wagen weggefahren. Er muss über die Kreuzung gekommen sein. So viele Autos fahren da auch nicht. Wir werden ihn finden. Verlasst euch drauf«, fuhr er fort.

»Ist das jetzt gut, dass wir einen Polizisten zum Vater haben, oder ist das schlecht?« Julian konnte sich seinen Sarkasmus nicht verkneifen. »Hast du dir wieder ein paar Feinde gemacht, die sich an dir rächen wollen, oder was?«

»Hör auf damit, Julian. Schlimm genug, dass so etwas überhaupt passiert. Wir müssen uns deswegen nicht gegenseitig beschimpfen.«

»Aber er hat recht, Frank.« Auch Brigitte konnte die in ihr brodelnden Vorwürfe nicht mehr zurückhalten. »Ganz bestimmt ist das wieder einer der Verbrecher, die *du* jagst. Und unsere Familie muss darunter leiden. Wann hört das endlich auf, Frank?« Sie wurde immer lauter. »Du hast es mir versprochen. Keine öffentliche Verfolgung von Verbrechern. Du bist jetzt ein unauffälliger Detektiv und nicht andauernd das primäre Ziel der Bösewichter. Das hast du versprochen, Frank!«

»Ich werde denjenigen finden, der das getan hat«, wiederholte Frank Remmiz, darauf bedacht, die Situation wieder zu entschärfen.

Jetzt ist der beste Zeitpunkt, dachte Christina, während sie sich noch fester an ihre Mutter schmiegte. Wenn eh schon alle aufgewühlt sind und Rocky wirklich tot ist, dann wird mein Problem sicher nicht so groß erscheinen.

»Ich muss euch auch etwas sagen«, begann sie mit leiser Stimme, jedoch laut genug, um alle anderen sofort zum Schweigen zu bringen. Alle Augen waren nun auf sie gerichtet.

»Es gibt da ein Problem in der Schule«, fuhr Christina fort.

»Ja?«, fragte Frank Remmiz. »Erzähl.«

»Der Rektor hat uns heute erwischt.«

»Erwischt?«

»Beim Rauchen ...«

»Erwischt beim Rauchen? Und ...?«

»Na ja, nicht Zigaretten ... Marihuana. Wir haben mit Maria und Ina gemeinsam im Hof einen Joint geraucht, und da kam er plötzlich um die Ecke.«

»Aha, und dann?« Remmiz' Miene verfinsterte sich.

»Er hat das Zeug beschlagnahmt und uns alle drei von der Schule verwiesen. Wir sind vorläufig suspendiert, Papa. Du sollst dich bitte mit ihm in Verbindung setzen.«

»Es tut mir leid, Mama«, fügte sie nach einer kurzen Atempause hinzu, während sie sich wieder enger an ihre Mutter schmiegte.

»Verdammte Scheiße«, fluchte Remmiz. »Das ist wohl wieder einer dieser Tage.«

Teil 2
Schlag auf Schlag

Ich fühle eine Armee in meiner Faust – Tod oder Freiheit.
Friedrich Schiller

18

»Aufmachen, Polizei!«

Oberst Hans Tischler klopfte mit dem Griff seiner Glock 17 an die Tür des Hotelzimmers.

Tina, Huber und Mayer hatten nicht lang gebraucht, um den gesuchten Pkw zu identifizieren. Zuerst hatten sie sich alle Nummern der Wagen notiert, die jeweils eine Stunde vor und eine Stunde nach den Messerattentaten in Villach auf einem der fraglichen Parkplätze zu sehen waren. Das waren insgesamt vierundsechzig Autos. Mayer listete Wagentypen, Farbe, Kennzeichen und Uhrzeiten auf. Dann nahmen sie sich die Kreuzung Völkermarkter Straße/Südring in Klagenfurt für den relevanten Zeitraum vor. Und schon hatten sie ihn.

»Da!« Huber hatte ihn als Erster entdeckt.

»Da. Seht doch. Der blaue Fiat Bravo mit dem rumänischen Kennzeichen. Das ist derselbe wie der in Villach.«

Ein sofortiger Anruf bei der Kfz-Zulassungsstelle in Bukarest brachte kein Ergebnis. Mit diesem Kennzeichen war kein Pkw angemeldet. Na sauber. Offensichtlich ein gestohlenes Fahrzeug oder zumindest ein gefälschtes Kennzeichen. Diesen Rumänen konnte man ja alles zutrauen. Mitglied der EU werden wollen und dann nicht einmal ansatzweise die immense Korruption im Lande bekämpfen.

Wie auch immer, sie hatten das Fahrzeug identifiziert, und sie hatten von der Überwachungskamera am Parkplatz in Villach eine ziemlich gute Aufnahme des Fahrers. Es war, wie Remmiz vorhergesagt hatte, ein männlicher Attentäter. Circa dreißig Jahre alt, groß gewachsen, aber eher hager. Das Gesicht machte einen vom Wetter gegerbten Eindruck, wie jemand, der entweder am Meer oder in einer höheren Berglage aufgewachsen ist, vom Typ her eher südländisch.

Sofort ließen sie das Foto durch das neue FACS, das »Facial Action Coding System«, laufen. Vielleicht war eine neuronale Wiedererkennung möglich. Doch ein kurzer Filmabschnitt, der sowohl Gestik als auch Mimik mit allen gespeicherten Daten verglich, brachte keinen Erfolg.

»Nicht vorbestraft und nicht registriert«, konstatierte Mayer frustriert.

»Also, wir haben einen Wagen, der offensichtlich nicht registriert ist, und einen Täter, der ebenfalls in keinem System gespeichert ist. Verdammt, wie sollen wir den jetzt finden?«, fluchte Tina. Die sechs Morde waren schon schlimm genug, aber der offensichtlich persönliche Angriff auf Remmiz' Hund bereitete ihr ernsthaftes Kopfzerbrechen.

Sie hatte Remmiz in diesen Fall hineingezogen. Wenn ihm oder seiner Familie irgendetwas passierte, dann war sie verantwortlich dafür. Verdammt.

»Schreib den Wagen und die unbekannte Person sofort zur Fahndung aus«, gab sie ihre Anweisung an Huber. »Aber keine Verhaftung und keine Aktion irgendwelcher Art. Wir wollen nur sofortige Meldung, wenn entweder der Wagen oder die Person gesehen wird, klar?«

»Schon so gut wie erledigt, Tina.«

Diesmal war kein Raum für Hubers üblichen kleinen Sarkasmus. Die Situation war jetzt zu ernst.

Noch während Tina Remmiz anrief, um ihn über die vorläufigen Ergebnisse der Identifizierung zu informieren, erhielt Huber eine Meldung von der Verkehrspolizei.

»Der gesuchte Pkw steht am Parkplatz des Hotels ›Geyer‹ in der Priesterhausgasse«, sagte Huber. Tina nickte zur Bestätigung der Kenntnisnahme und verabschiedete sich von Remmiz, ohne ihn darüber zu informieren, dass der Pkw gefunden war. Auf keinen Fall durfte Remmiz bei dieser Verhaftung dabei sein. Wie schwierig es war, ihn von etwas abzuhalten, das wusste sie bereits aus leidvoller Erfahrung.

Oberst Polzer hatte sich inzwischen zum Team gesellt und übernahm jetzt das Organisatorische.

»Mayer, du alarmierst sofort Oberst Tischler. Er soll das Gebäude mit einem SEK-Team umstellen und die vorläufige Festnahme vornehmen, falls sich der Fahrer im Hotel befindet. Wir warten nicht auf einen Haftbefehl. Gefahr im Verzug. Tina und Roland, ihr fahrt hinüber und bringt den Mann hierher. Aber riskiert mir ja nichts. Lasst die gepanzerten SEKler voraus. Ich will absolut kein Risiko. Wir kriegen den Typen so oder so.«

»Das SEK ist in zwölf Minuten dort«, meldete Mayer dem Oberst.

»Okay, dann ruf jetzt im Hotel an und bereite die an der Rezeption auf die Aktion vor. Und versuch gleich herauszufinden, wer unsere Zielperson ist und in welchem Zimmer sie wohnt«, kam der nächste Befehl von Oberst Polzer.

Tina und Huber waren schon auf dem Weg zur Tür, als Polzer ihnen nachrief: »Wir geben euch Zielperson und Zimmernummer per Funk durch. Fahrt schon mal los.«

19

Vlad Icobescu war bei Weitem noch nicht so ein ausgebuffter Profikiller wie zum Beispiel Gareth Stalker, den er überhaupt nicht kannte, aber die Verbrecher-Grundregeln der schnellen Flucht hatte er in Bukarest schon gelernt.

Statt eines großen Hotels wie das »Sandwirth« oder das »Moser Verdino« hatte er bei seiner Ankunft in Klagenfurt eine eher einfache Bleibe für sich ausgesucht. Nach einem Check der Angebote im Internet und einer Stadtrundfahrt hatte er sich für das kleine Privathotel »Geyer« entschieden.

Die zentrale Lage und vor allem die Tatsache, dass das »Geyer« in einen Gebäudeblock integriert war, der mehrere Firmen beherbergte, gaben den Ausschlag für seine Entscheidung.

Neben dem Haus befand sich ein zugehöriger Parkplatz, auf dem er seinen Wagen abstellen konnte, ohne einen Strafzettel zu riskieren. An der Rückseite schloss das einstöckige Gebäude mit Mansarde an eine Pension und an ein Fitnessstudio an. Das »InJoy«-Fitnessstudio durfte von Hotelgästen benutzt werden, also musste es eine Verbindungstür geben, und die Pension »Zlami« gehörte offensichtlich denselben Besitzern wie das Hotel »Geyer«. Ganz sicher gab es auch dahin eine Verbindungstür.

Das ganze Gebäude war ungewöhnlicherweise in den Hang hineingebaut, der sich durch den kleinen Hügel mitten in der Stadt ergab. Bis zur hinteren Wand des Hotels war das Bodenniveau einheitlich, danach erhob sich an der rechten Seite des Gebäudes der kleine Hügel. Der ebenerdige Eingang des Fitnessstudios lag somit eine Etage höher als der Eingang des Hotels. Linker Hand befand sich ein Gasthaus im selben Gebäude, das allerdings, auch ebenerdig, eine weitere Etage höher lag, und darüber gab es offensichtlich verschiedene kleine Firmen und Büroräume. Der hintere Gebäudeteil war dreistöckig, bot also viel mehr Raum als das relativ kleine Hotel davor.

An der linken Hauswand, zwischen dem Hotel »Geyer« und der Pension »Zlami«, befanden sich eine Hofeinfahrt und eine zwei Meter hohe Mauer, die den Parkplatz des Hotels begrenzte. Alles in allem erschien ihm das wie ein richtig schön verschachtelter Fuchsbau, wie er für Fluchtmöglichkeiten gar nicht besser hätte gebaut werden können.

Sofort nach dem Einchecken in Zimmer 9 im ersten Stock hatte er sich für die Nutzung des Fitnessstudios registrieren lassen und dafür einen Extraschlüssel erhalten. Dann war er gemütlich hinüberspaziert, als ob er die tollen, hochmodernen Fitnessgeräte bewundern würde. Eigentlich hatte er jedoch die Türen und Fenster observiert und war dann durch das Studio hindurch nach hinten aus dem Gebäude spaziert.

Okay, das sieht gut aus, dachte er. Falls jemand kommt, bin ich hinten schneller draußen als der vorne drin.

Zurück in seinem Hotelzimmer, montierte er sich einen kleinen Spiegel an die Fensterbank. Die Schraubklemme mit dem beweglichen Hals hatte er von einer Leselampe, die er einfach abgeschraubt und durch den Spiegel ersetzt hatte. Das ganze Gestell war klein, leicht und handlich. Den Spiegel richtete er so ein, dass er, wenn er auf dem Bett lag, den Parkplatz neben dem Hotel beobachten konnte. Seinen Fiat hatte er so abgestellt, dass er ihn im Blickfeld hatte. Diesen kleinen Trick hatte er in einem Fernsehfilm gesehen. Jean Reno, sein großes Idol, hatte sich als Profikiller auch so ein Gestell gebaut, um rechtzeitig sehen zu können, wann das Sonderkommando der Polizei anrückte.

20

Als Tina und Huber die Priesterhausgasse erreichten, schaltete sie das Blaulicht aus, das Huber durch das Seitenfenster hindurch auf das Dach geheftet hatte.

»Wir wollen ihn ja nicht zu früh warnen. Wir müssen warten, bis das SEK hier ist«, erklärte sie Huber, aber der kannte das Prozedere und die Vorgehensweisen so gut wie sie.

Tina parkte den Wagen auf dem Hotelparkplatz, direkt neben dem blauen Fiat Bravo. Ein kurzes Nicken des Kopfes in Richtung verdächtiges Fahrzeug genügte als Verständigung mit Huber.

So unauffällig als möglich stiegen sie aus dem Wagen und sahen sich um. Falls die Zielperson in der Nähe war und sie vielleicht sogar beobachtete, sollte nichts darauf hinweisen, dass hier zwei Kriminalpolizisten ankamen.

An der Rezeption wurden sie schon von der Chefin des Hauses erwartet, die mit angstgeweiteten Augen auf die beiden Ermittler starrte, die beim Eintreten ihre Dienstmarken zogen. Das fesche bunte Dirndlkleid der Empfangsdame bildete einen seltsamen Kontrast zu ihrem bleichen Gesicht.

»Der gesuchte Herr ist in seinem Zimmer. Zimmer 9 im ersten Stock, gleich rechts neben der Stiege«, erklärte sie sofort unaufgefordert. Hoffentlich gibt das keinen Skandal, dachte sie, und hoffentlich machen die mir nichts kaputt. Bei den Schießereien im Fernsehen ist ja hinterher immer die halbe Einrichtung zerstört.

»Wir warten noch auf das Sonderkommando. Das ganze Gebäude wird gleich umstellt sein. Sie bleiben bitte hier unten. Keine Sorge, das sind Profis, es kann überhaupt nichts passieren«, beschwichtigte Tina die aufgeregte Rezeptionistin.

Drei Minuten später fuhren fünf Autos des SEK vor. Während Tischler mit dem Leitwagen direkt vor der Eingangstür des Hotels stehen blieb, fuhren die anderen Wagen weiter und verteilten sich links, rechts und hinter dem Gebäude.

Sechs mit schwarzen Panzerwesten ausgestattete Beamte

stürmten aus der hinteren Tür des schwarzen Kleinbusses mit den verdunkelten Scheiben, je drei weitere aus jedem der anderen Fahrzeuge. Die Fahrer blieben jeweils bei geöffneter Tür neben ihren Wagen stehen, während die anderen sich schnellstmöglich in die während der Anfahrt vereinbarten Positionen begaben.

Die schwarzen Sturmmasken hatten sie schon unterwegs über die Gesichter gezogen. Einige hatten ihre Glock 17 bereits aus ihren Halftern gezogen, doch die Mehrheit der schwarz gekleideten Angreifer war mit den handlichen kurzen Maschinenpistolen MP88 ausgestattet. Speziell für die Sondereinheiten der Polizei hatte diese Waffe einen kurzen Lauf, Klappgriff, 1,5-faches Zielfernrohr und Laserpointer. Diese mit Kaliber 9 mm Parabellum dimensionierte Waffe eignete sich optimal für die Stürmung von Gebäuden.

Als Oberst Tischler die Rezeption betrat, zeigte Huber mit seiner bereits aus dem Halfter gezogenen Glock 17 in der rechten Hand auf die Stiege hinter dem Pult. Tischler verstand sofort und stürmte die Stufen empor. Zwei Schwarzgekleidete folgten ihm auf dem Fuß, während zwei weitere in der Rezeption stehen blieben, ihre MP88 im Anschlag.

Gott sei Dank sind keine anderen Gäste hier, dachte die Hotelchefin verzweifelt, während ihre ängstlichen Blicke die Polizisten verfolgten.

»Aufmachen, Polizei!«

Oberst Hans Tischler klopfte mit seiner Glock 17 an die Tür des Hotelzimmers. Nichts rührte sich. Aus dem Inneren des Hotelzimmers war das Geräusch eines laufenden Fernsehers zu vernehmen.

»Aufmachen, Polizei!«, wiederholte Oberst Tischler. Als sich weiterhin nichts tat, schob Huber die Türschlüsselkarte, die er bereits von der Rezeptionistin erhalten hatte, in den schmalen Schlitz des elektronischen Schlosses. Ein leises »Klack« öffnete die Verriegelung. Mit einem festen Fußtritt stieß einer der SEK-Polizisten die Tür auf und gab den Blick frei auf das Hotelzimmer. Die zwei SEK-Beamten und Oberst Tischler stürmten hinein und sicherten den Raum. Danach stürmten sie das Badezimmer und sicherten auch dieses.

»Raum gesichert«, meldeten sie vorschriftsmäßig über ihre in den Anzügen integrierten Funkgeräte an alle anderen des Teams.

»Badezimmer gesichert«, kam als nächste Information, und dann folgte die unerwartete Nachricht »Zielperson ist nicht anwesend«.

»Verdammte Scheiße«, fluchten Tina und Huber gleichzeitig.

»Wo ist der bloß hin verschwunden? Sein Auto ist da, und die Rezeptionistin sagte, er sei auf dem Zimmer?«, murmelte Huber.

In derselben Sekunde öffnete sich die Eingangstür des Fitnessstudios »InJoy« von innen. Vorsichtig blickte Vlad Icobescu hinaus. Als er nichts Auffälliges bemerken konnte, öffnete er die Tür vollends und machte einen weiteren Schritt nach draußen. In diesem Moment hörte er hinter sich einen scharfen Befehl.

»Halt! Polizei! Stehen bleiben und die Hände nach oben!« Ein SEK-Beamter hatte hinter der Tür seinen Posten bezogen.

Icobescu dachte nicht daran, so schnell aufzugeben. Er wusste, dass österreichische Beamte nicht gleich schießen durften, sondern immer zuerst warnen mussten. Erst wenn sie selbst in Gefahr waren oder ausdrücklichen Schießbefehl erhielten, durften sie feuern.

Blitzschnell trat er den Rückzug an, sprang mit einem Satz wieder zurück in den Vorraum des Studios und zog die Tür hinter sich zu.

Verdammt, die sind schon an allen Seiten. Wie komme ich hier bloß wieder raus?, überlegte er.

Im Bruchteil einer Sekunde scannte er den Raum und seine Fluchtmöglichkeiten. Wenn das SEK schon vor dieser Tür lauert, dann sicher auch vor den anderen. Am besten laufe ich dorthin, wo am meisten Menschen sind: zu dem Gasthaus auf der anderen Seite des Gebäudes, entschied er schnell.

Icobescu rannte mit großen Schritten, zwei bis drei Stufen auf einmal nehmend, die Stiege hinunter bis in den großen Vorraum, der offensichtlich auch als Garage diente. Irgendjemand hatte hier einen Oldtimer abgestellt. Einen wunderschön gepflegten, original grünen MG-B Roadster Mark II. Baujahr 1973, vermutete Icobescu. Er hatte sich, während seiner Karriere als professioneller

Autodieb, eine Zeit lang mit Oldtimern beschäftigt. Das exakte Baujahr erkannte er am verchromten Kühlergrill mit schwarzem Bienenwaben-Einsatz und den geteilten hinteren Stoßfängern mit dem in der Mitte angebrachten Nummernschild.

Sogar angemeldet und fahrbereit. Na also.

Mit einem Satz, ohne die Autotür zu öffnen, sprang der flüchtende Killer auf den Fahrersitz des offenen Cabrios und wollte sich gerade nach unten beugen, um die Starterkabel kurzzuschließen, als er den Startschlüssel im Schloss stecken sah.

Endlich darf ich so ein wunderschönes Auto fahren, dachte er erfreut, während er den Schlüssel nach rechts drehte. In seiner Laufbahn als Autodieb hatte er stets exakt nach Auftrag handeln müssen. Freie Auswahl gab es nicht. Meist waren es Audi A8, VW Phaeton oder 7er BMW gewesen, die er »abholen« musste. Sogar das Modelljahr und die Autofarben waren vorgegeben gewesen.

Seine Leidenschaft jedoch hatte immer schon den Oldtimern gegolten. Eines Tages besorg ich mir einen schönen alten Sportwagen, war einer seiner geheimen Wünsche gewesen, über den er mit niemandem hatte sprechen können. Die rumänische Mafia war strikt zweckorientiert. Da gab es keinen Raum für Liebhabereien.

Doch jetzt endlich, endlich hatte sich die Gelegenheit ergeben. Er startete den Wagen und drückte zweimal das Gaspedal, um zu prüfen, ob alles ordnungsgemäß funktionierte. Dann stellte er sicher, dass sich der Ganghebel in der Position »neutral« befand und die Handbremse angezogen war. Mit einem Satz sprang er wieder aus dem Wagen, sprintete zum Garagentor, riss es nach oben und hechtete wieder zurück in den Roadster. Mit einer fließenden Bewegung warf er den Gang rein und löste die Handbremse. Der Wagen schoss mit Vollgas aus der Garage.

Vor ihm lag die Getreidegasse, links von ihm die Pension »Zlami« und weiter unten, am Anfang der kleinen Gasse, eine Baustelle. Da würde er nicht vorbeikommen, also musste er nach rechts. Mit quietschenden Reifen und aufjaulendem Motor raste er aus der Garageneinfahrt den Hügel hinauf.

»Halt! Stehen bleiben! Polizei!«, schallte es ihm entgegen.

Vor dem Lokal hatten zwei SEK-Beamte Stellung bezogen und einer weiter links hinten beim Durchgang zum Hotel »Geyer«. Alle drei richteten ihre MP88 auf den flüchtenden Killer.

Den Einsatzwagen hatten sie mitten in der Kreuzung Getreidegasse/Waaggasse abgestellt. Ohne wirklich mit einem solchen Fluchtwagen gerechnet zu haben, standen sie alles blockierend vorschriftsmäßig mitten auf der Straße.

Verdammte Scheiße, dachte Icobescu, blitzschnell den knapp zwei Meter engen Abstand zwischen dem schwarzen Einsatzwagen und der Hausmauer abwägend.

Schade um den schönen MG, dachte er, während ihn die ersten Kugeln aus den MP88 in den Rücken, die Schulter und den Hinterkopf trafen. Als der grüne Sportwagen mit lautem Krachen zwischen Hauswand und Einsatzwagen zum Stehen kam, war Vlad Icobescu bereits tot.

21

»Da, sieh mal den Spiegel.« Huber zeigte auf das seltsame Gestell, setzte sich auf das Hotelbett und versuchte, den Blickwinkel zu fixieren.

»Er hat uns bereits auf dem Parkplatz kommen sehen«, erklärte er Tina. »Kein Wunder, dass er abhauen konnte. Verdammt gerissen, dieser rumänische Killer. Ich schätze, das war wirklich ein echter Profi.«

Nach der Beendigung der SEK-Aktion und dem Abtransport des toten Killers waren Tina und Huber wieder zurück in das Hotelzimmer Nr. 9 gegangen. Dr. Sebastian Müller und sein Spurensicherungsteam waren bereits vor Ort. In ihren weißen Overalls erinnerten sie Tina immer an Eisbären. Ganz besonders der brummige alte Dr. Müller, bei dem sich stets ein paar weiße Strähnen aus seiner Mütze drängelten. Auch Remmiz war soeben eingetroffen. Tina hatte ihn sofort nach dem Tod des geflüchteten Killers verständigt.

»Ein Profikiller aus Rumänien. Das hatten wir ja noch nicht bei uns.« Remmiz kratzte sich am Kopf und überlegte. »Wir müssen herausfinden, wer sein Auftraggeber war. Habt ihr schon irgendwas Brauchbares gefunden?«

»In seiner Reisetasche war ein zerlegtes Scharfschützengewehr. Eine Snaiperskaja wintowka Dragunowa, Kaliber 7,62 mm. Diese Waffe stammt aus Russland und hat eine zielsichere Reichweite von mindestens sechshundert Metern, trifft aber auch noch auf tausend mit absoluter Sicherheit«, erklärte Dr. Müller. »Der Waffentyp ist eine Weiterentwicklung des Sturmgewehrs AK-47. Jewgeni Fjodorowitsch Dragunow hieß der Ingenieur, der Michail Timofejewitsch Kalaschnikow noch getoppt hat. Ab 1963 hatten die Sowjetarmee und sämtliche Staaten des Warschauer Paktes diese Waffe im Einsatz. Produziert wurde sie auch in Rumänien, Polen, Bulgarien, Ungarn und China. Sie wird heute noch gebaut.«

»Sechshundert Meter? Tausend Meter? Ja, bist du deppert?«,

polterte Remmiz. »Doppelt und dreimal so weit wie die Klagenfurter Sniper-Mord-Distanzen? Das ist ja unglaublich! Und kann man auf eine solche Distanz auch noch etwas treffen, oder ist das nur mehr theoretisch?«

»Ich habe mal einen Kurs über Sniper absolviert«, führte Huber die Erklärungen des alten Forensikers fort. »Ein geschulter Profi schießt dir mit einer solchen Waffe auf tausendfünfhundert Meter noch ein drittes Auge genau zwischen die anderen beiden. Außerdem hatte unser Mann auch noch ein PSO-1-Zielfernrohr mit Reflexivvisier und einem passiven Infrarotfilter mit vierfacher Vergrößerung dabei.«

»Das heißt, die drei Opfer in Klagenfurt waren im besten Fall eine Aufwärmübung für einen solchen Profi, wie der hier zu sein scheint?«

»Ja, Frank. So sieht's aus … einerseits«, fügte Dr. Müller nach einer kurzen Atempause hinzu.

»Wieso einerseits?«, hakte Remmiz nach.

»Weil diese Dragunowa ein wesentlich professionelleres Sniper-Gewehr als die alte Kalaschnikow ist, mit der die drei Morde verübt worden sind. Mit einer Kalaschnikow auf fünfhundert Meter so gut zu treffen, ist ungefähr genauso schwierig wie mit dieser Dragunowa auf tausend Meter. Deswegen verstehe ich auch nicht, wieso jemand, der eine solche Waffe im Gepäck hat, mit einer viel weniger geeigneten einen derartigen Weitschuss abgibt. Da stimmt doch irgendetwas nicht«, sagte Dr. Müller.

»Hm. Wirklich seltsam«, bestätigte Remmiz. Aber es gibt ja auch absolut keinen Beweis dafür, dass dieser Killer tatsächlich mit der Kalaschnikow geschossen hat. Vielleicht gibt es ja noch andere Attentäter. In Villach waren es ganz sicher drei verschiedene Täter. Vielleicht gehört der nur zu den Messermördern und gar nicht zu den Scharfschützen?«, murmelte Remmiz.

»Einer mit so einer Waffe im Gepäck ist jedenfalls ein Scharfschütze. Aber du hast recht, Frank. Das heißt nicht, dass er einer der Klagenfurter Sniper war.«

»Was gibt es sonst noch über ihn?«

»Sein Wagen ist nicht angemeldet. Die Fahrgestellnummer und die Motornummer wurden herausgefeilt. Offenbar ein typisches Mafiafahrzeug. Vermutlich von einer rumänischen Mafiabande. Näheres wissen wir noch nicht«, setzte Tina die Erklärungen fort.

»Wieso zum Teufel kommt ein rumänischer Auftragskiller hierher und bringt in Kärnten harmlose Leute um? Und meinen Hund? Kann sich das irgendjemand erklären?«

»Nein, Frank, noch nicht. Die Luftdruckpistole, mit der wahrscheinlich der Giftpfeil auf deinen Hund abgeschossen wurde, ist jedenfalls hier«, erklärte Dr. Müller. »Wir werden die übrigen Pfeile mit dem von deinem Hund vergleichen, dann wissen wir es genau. Fakt ist jedenfalls, dass keines der drei Sniper-Opfer mit dieser Dragunowa erschossen wurde, denn die hat ein anderes Kaliber. Wir werden das trotzdem noch genau vergleichen. Aber ich bin mir da schon ziemlich sicher«, fuhr Dr. Müller fort.

»Wir werden auch seine Stichwaffe mit den Wunden der drei Opfer abgleichen. Er hatte eine ›Stahl‹ bei sich, das ist ein sibirisches Springmesser, das vorwiegend von den Ukas verwendet wird. Kennt ihr die Ukas?« Dr. Müller blickte fragend in die Runde, erntete jedoch nur gleichsam fragende Blicke. »Das ist eine sibirische kriminelle Kaste«, erklärte er daher wie ein Dozent im Unterricht. »Diese Sibirier, die sicherlich nicht für besondere Zimperlichkeit bekannt sind, haben dieses Messer im Mafiajargon geprägt. ›Stahl‹ kommt übrigens nicht von Stalin, denn dieses Messer gab es schon vor dem großen russischen Diktator. Es hat einen langen Schaft mit dünner, langer Klinge. Beim Durchschneiden des Halses hinterlässt es keine identifizierbaren Spuren, aber Stichwunden sind zuordenbar.«

»Dann haben wir vielleicht eine Chance«, vermutete Tina. »Gemäß den Videoaufzeichnungen vom Parkplatz ist der Rumäne der Mörder des dritten Opfers in Villach. Und das ist erstochen worden. Direkt ins Herz, wie ihr wisst.«

»Wir haben hier übrigens noch eine Waffe gefunden«, fuhr Huber fort.

»Eine Odessa Makarow. Das ist die Pistole der russischen Polizei, die aber auch sehr gern von der Ost-Mafia verwendet wird. Kaliber 9 mm. Der Rumäne hatte sie in der Hand, als er erschossen wurde. Offensichtlich wollte er sich noch den Weg freischießen. Aber unsere Jungs vom SEK waren schneller«, konstatierte Dr. Müller.

»Wie auch immer«, resümierte Tina. »Wir haben keinen Beweis, dass der Rumäne auch einer der Mörder ist. Ganz im Gegenteil, wieso sollte er mit einer Kalaschnikow schießen, wo er doch seine super, wie heißt das Ding noch mal, Dragunowa mithatte? Das ergibt doch keinen Sinn. Vielleicht hat er ja wirklich nur ein Opfer erstochen und deinen Hund erschossen – aus bisher ungeklärten Gründen? Schick auf jeden Fall sein Foto mal zu Interpol und zur Kripo nach Bukarest. Vielleicht können wir ihn wenigstens korrekt identifizieren, denn der Ausweis, den der mithatte, ist sicherlich auch gefälscht«, ordnete Tina an.

Huber nickte. »Okay, Tina. Wir finden das schon raus«, bestätigte er.

»Apropos herausfinden«, unterbrach Dr. Müller. »Wir werden schon herausfinden, ob er einer der Sniper oder überhaupt *der* Sniper war.«

»Ach ja, und zwar wie, bitte?« Tina blickte ihn fragend an.

»Kann es sein, dass jemand meinen Report nicht gründlich gelesen hat?«

Grinsend blickte Dr. Müller in die Runde fragender Augen.

»Entgegen allen Profikiller-Regeln hat der Sniper vom Rothauer Hochhaus Fingerabdrücke auf der Patronenhülse hinterlassen. Die werde ich gleich mal vergleichen, wenn's recht ist.« Jetzt lächelte der alte Forensiker breit über sein ganzes Gesicht. Endlich war *er* wieder einmal der Wichtigste in einer Mordaufklärung.

22

»Wir haben leider ein Opfer zu beklagen, Boss.«

Matt Browning war sofort nach Erhalt der Nachricht von seinem Beobachter aus Klagenfurt in das Büro seines Chefs geeilt.

»Verdammt, wie konnte das passieren?« Zlatko Mladkovič tobte vor Wut.

In knappen Worten erklärte Browning seinem Chef die Ereignisse.

»Wir hätten ihn vielleicht noch warnen sollen«, fügte er vorsichtig hinzu. »Wir hatten den Polizeifunk abgehört und die Meldung einer Streife, dass sein Pkw, ein blauer Fiat Bravo, auf einem Hotelparkplatz gesehen worden war. Aber es ging dann alles sehr schnell. Binnen zwanzig Minuten nach dem Auffinden des Wagens wurde der Rumäne vom SEK umstellt und erschossen. Er hatte praktisch keine Chance mehr.«

»Na ja, egal. Jetzt wissen wir wenigstens sicher, dass er nicht der richtige Mann für uns war. Offensichtlich viel zu unvorsichtig für einen echten Profi. Solche Trottel brauchen wir nicht in unserer Organisation«, fluchte Mladkovič, aber bereits wesentlich ruhiger im Ton. »Rückverfolgen zu uns können die sowieso nichts. Davon können wir doch ausgehen, oder?« Besorgt starrte er auf seinen Assistenten.

»Im besten Fall können sie herausfinden, dass er tatsächlich ein Rumäne war. Aber in Bukarest versickert seine Spur garantiert. Es gibt keine direkte Verbindung zu uns. Er hat seinen Auftrag ja von seinem Paten in Bukarest erhalten. Von uns erhielt er nur die Sniper-Waffe, damit alle drei, wie ausgemacht, dieselben Chancen haben«, beruhigte Browning seinen Boss.

»Na schön. Was gibt es sonst noch?«

»Wir wissen jetzt, dass die Polizei auf die Idee gekommen ist, die Videoüberwachungen der Parkplätze in Villach zu überprüfen. So konnten sie den Wagen des Rumänen identifizieren. Wir wissen allerdings nicht, ob sie auch die anderen beiden Fahrzeuge ausgemacht haben. Sollten wir die Männer sicherheitshalber warnen?«, fragte Browning. Als aufmerksamer Assistent hatte er sofort die richtigen Schlüsse gezogen.

»Hm«, überlegte Mladkovič. »Eigentlich gehört es ja zu den Aufgaben eines Profiauftragskillers, keine Spuren zu hinterlassen. Wo kommen wir denn da hin, wenn wir auf jeden Einzelnen aufpassen müssen?«

»Das ist sicherlich korrekt, Chef. Aber wir haben jetzt nur noch zwei Mann im Rennen, wir wollen die Racheaktion an diesem Remmiz auf jeden Fall durchziehen, und wir haben nächsten Monat das geplante Attentat in Berlin. Wir benötigen dazu mindestens einen der beiden Profis. Ich meine daher, wir sollten dafür sorgen, dass zumindest einer von ihnen seinen Auftrag unbeschadet überlebt und das dann übernehmen kann, oder?« Unschuldig blickend wie ein Schäferhund, erwartete Browning die Befehle seines Chefs.

Der überlegte nicht lange, nickte mit dem Kopf und holte sich eine dicke Zigarre aus dem ziselierten Kästchen auf seinem Schreibtisch. Nachdem er sie angezündet und die ersten dicken Rauchwolken in Richtung seines Assistenten geblasen hatte, nickte er nochmals, diesmal sogar um einige Grade bestimmter, und erteilte seine Anweisung an Browning.

23

Pünktlich um zwölf Uhr vierzig trat Julian Remmiz an den oberen Stiegenansatz vor seinem Gymnasium. Er blickte die Kumpfgasse nach links und rechts auf der Suche nach Lisa. Ihre letzte Schulstunde war entfallen, und daher hatten sie per SMS verabredet, sich vor der Schule zu treffen.

Dann sah er sie. Ihre blonden Locken bewegten sich leicht im Frühlingswind. Sie stand an der gegenüberliegenden Straßenecke und plauderte mit einer ihrer Freundinnen. Julian riss den rechten Arm nach oben und winkte. Sie bemerkte seine Geste sofort und schickte ihm ein breites, liebevolles Lächeln über die Kreuzung.

»Ich komme sofort. Starte schon den Wagen!«, rief sie ihm über die Straße zu.

Die Parkplätze im Innenhof des Schultraktes waren ausschließlich für die Lehrkräfte bestimmt. Schüler mussten sich vorn auf der Straße einen Parkplatz suchen. Seit Julian den Führerschein hatte, fuhr er ganz entgegen seinen bisherigen Gewohnheiten immer pünktlich in die Schule. Sehr zum Erstaunen seiner Mutter, die erst nach einiger Zeit draufkam, dass nicht überraschend mehr Konsequenz und Lerneifer in ihrem Sohn gereift war, sondern dass nur jene, die rechtzeitig kamen, auch Aussicht auf einen Parkplatz vor der Schule hatten.

»Können wir Monika mitnehmen?«, fragte Lisa, während sie die Beifahrertür öffnete.

»Klar, kein Problem. Wo musst du hin, Moni?«

»Ich muss dringend zur Uni. Geht das? Heute beginnt die Einschreibung. Ich bin schon ganz aufgeregt. Ich habe meiner Mama versprochen, dass ich mich sofort anmelden gehe. Und jetzt habe ich mich mit Lisa ein bisserl verplaudert.«

Begleitet von einem warmen Lächeln präsentierte Monika dem jungen Chauffeur ihre Bitte. Monika war ein Jahr älter als Julian, machte gerade ihre Matura und bereitete sich auf ihre Zukunft als Studentin vor.

»Klar doch. Gern sogar. Dann kann ich über die Autobahn zurückfahren. Wollte sowieso mal wieder ein bisserl Gas geben.«

Mit ernster Miene, voll im Bewusstsein seiner männlichen coolen Ausstrahlung, lenkte Julian seinen schwarzen Audi A3 aus der Parklücke und über den Viktringer Ring nach Westen in Richtung Alpen-Adria-Universität Klagenfurt.

Lisa und Monika quasselten ununterbrochen. Julian versuchte einerseits, dem aufgeregten Gespräch über Monikas Pläne an der Uni zu folgen, und andererseits, alle Verkehrsregeln einzuhalten. Weder er selbst noch die beiden Mädchen bemerkten den silbernen Ford Mondeo, der ihnen folgte.

Nachdem Monika an der Uni ausgestiegen war, bog Julian nach links in die Universitätsstraße, an der nächsten Kreuzung nach rechts in den Südring und fuhr von dort direkt auf die Südautobahn. Bis zur Abfahrt Klagenfurt-Ost waren es knapp vierzehn Kilometer, von dort bis nach Hause nur noch zweieinhalb.

Um die Umwelt und die Nachbarschaft zu schonen, hatten die Straßenbauer die Trasse teilweise durch vier verschieden lange Tunnel geführt. Julian kannte jeden Meter dieser Strecke auswendig. Er wusste genau, wo die fixen Radarstationen versteckt waren und wo er ungestraft ein bisschen mehr Gas geben konnte.

Noch immer bemerkten weder er noch Lisa den silbernen Ford Mondeo, der ihnen bis auf zwei Meter Abstand an der hinteren Stoßstange klebte.

Als Julian die ersten zwei Tunnel hinter sich gebracht hatte, konnte er so richtig Gas geben. Hier gab es keinen Radarkasten mehr, erst der letzte Tunnel hatte eine Section-Control, da durfte er von Anfang bis Ende des Tunnels nur hundert Kilometer pro Stunde im Durchschnitt fahren. Zwischendurch war Vollgas angesagt. Julian trat das Gaspedal durch bis zum Anschlag. Hundertdreißig, hundertvierzig, hundertfünfzig, hundertsechzig. Immer weiter zog die Tachonadel ihren Kreis.

»Julian! Hör auf! Es reicht!«, kreischte Lisa angsterfüllt.

»Klappe. Lass mich. Hab alles im Griff«, konterte Julian, voll konzentriert auf die Straße, das Lenkrad, das Gaspedal und die Tachonadel. Nach dem dritten Tunnel bog die Autobahn leicht nach rechts. Schon tauchte die Abfahrt Klagenfurt-Nord vor ihnen auf, gleich dahinter begann der vierte Tunnel.

In diesem Moment ging ein unerwarteter Ruck durch den kleinen Audi A3. Julians und Lisas Köpfe wurden schlagartig nach hinten in die Kopfstützen gepresst.

»Verdammt, was …«

Der silberne Ford Mondeo hatte ihnen von hinten einen ordentlichen Stoß versetzt. Julians Hände verkrampften sich um das Lenkrad, und er versuchte, den Wagen, der fast nach links ausgebrochen wäre, unter Kontrolle zu halten. Instinktiv nahm er den Fuß vom Gaspedal, was einen neuerlichen Stoß an die hintere Stoßstange bewirkte. Also trat Julian wieder auf das Gaspedal, diesmal allerdings etwas vorsichtiger.

»Was ist denn mit dem los? Ist der wahnsinnig geworden?«, schrie Julian auf.

Lisa begann haltlos zu kreischen, was keineswegs zu einer Förderung der Konzentration des jungen Fahrers beitrug, der schon genug damit zu kämpfen hatte, den schlingernden Wagen unter Kontrolle zu halten.

Die Ausfahrt Klagenfurt-Nord sauste rechts an ihnen vorüber. Der vierte Tunnel näherte sich rasend schnell, viel zu schnell, schoss es Julian durch den Kopf, da ihm das Hundert-km/h-Limit der Section-Control wieder einfiel. Schon tauchten sie in das Dunkel des Tunnels ein. Lisa kreischte immer weiter. Ihre rechte Hand umklammerte den Türgriff so fest, dass die Haut an den Knöcheln weiß hervortrat.

Ein weiteres Mal stieß der große Ford Mondeo den kleinen Audi von hinten an die Stoßstange. Wieder hatte Julian alle Hände voll zu tun, um das Schlingern des Wagens mit dem Lenkrad auszugleichen. Alles ging so rasend schnell, dass Julian keinen Plan mehr entwickeln konnte, wie er diesem Verrückten hinter ihnen entkommen könnte. Alles lief ab wie ein Kinofilm, noch schlimmer, wie in einem Alptraum.

Genau in der Mitte des Tunnels war rechts eine kleine Nische angebracht. Hinter einem dieser Sicherheitspuffer hatte man eine Notrufsäule montiert. Falls man im Tunnel eine Panne hatte, konnte man sofort den Notruf betätigen.

Noch immer viel zu schnell! Ein kurzer, panischer Blick auf den Tacho zeigte Julian hundertvierzig km/h. Das wird eine saftige Strafanzeige geben, und mein Probeführerschein ist weg, fluchte er innerlich. Mit rasender Geschwindigkeit schoss er auf die Notrufsäule zu. In diesem Moment wechselte der Ford Mondeo auf die linke Fahrspur und beschleunigte.

Gott sei Dank, er haut ab, dachte Julian. Doch da war es bereits zu spät. In dem Moment, als der Mondeo auf gleicher Höhe wie der kleine Audi war, zog der Mondeo-Fahrer plötzlich das Lenkrad nach rechts und drückte den Audi von der Fahrbahn ab direkt in die Nische auf die Notrufsäule zu.

Julian hatte keine Chance mehr, auszuweichen. Obwohl er in einer letzten Reaktion voll auf die Bremse stieg, krachte er mit viel zu hoher Geschwindigkeit in den Kunststoffpuffer vor der Notrufsäule.

Lisas Kreischen wurde durch ein unheimlich lautes, dumpfes Krachen ersetzt. Die Tunnelwände verstärkten das Echo des Aufpralls um ein Vielfaches, doch weder Julian noch Lisa hörten irgendetwas davon.

24

»Wie konnte das nur passieren? Er war doch so ein vorsichtiger Fahrer.«

Immer wieder rannen einzelne Tränen über Brigittes ausgebleichte Wangen, obwohl sie in den letzten drei Tagen schon so viel geweint hatte, dass eigentlich gar keine Flüssigkeit mehr da sein konnte.

»Wie war das möglich?«

Seit drei Tagen saß sie fast ununterbrochen neben dem Krankenbett auf der Intensivstation des Klinikums Klagenfurt. Immer wieder stammelte sie diese sinnlosen Fragen vor sich hin. Ab und zu kam eine Krankenschwester vorbei und legte ihr tröstend eine Hand auf ihre Schulter.

Frank Remmiz hatte die erste Nacht neben dem Krankenbett seines Sohnes verbracht, dann war er weinend nach draußen getaumelt und nach Hause gefahren. Nun versuchte er, sich von den unendlich traurigen Gedanken abzulenken, die durch seinen Kopf kreisten.

Julian lag noch immer im Koma. Es war ein künstlicher Tiefschlaf, in den ihn die Ärzte versetzt hatten, um ihm vollkommene Ruhe und Genesung zu sichern. Sie hatten Remmiz mehrmals genau erklärt, wie viele Knochen im Körper seines Sohnes gebrochen waren und wie sie diese in mehreren Operationen wieder zusammenrichten wollten. Doch er konnte nicht richtig zuhören. Seine sonst so ausgeprägte Konzentration wurde von unendlich tiefer Trauer überwältigt.

»Wenn Ihr Sohn in einigen Tagen wieder zu sich kommt, wird wohl eine seiner ersten Fragen seiner Freundin Lisa gelten«, hatte ihm der Krankenhauspsychologe erklärt. Sie hatten gemeinsam mit den Ärzten darüber gesprochen und sich darauf geeinigt, dass diese Frage vorerst vollkommen ignoriert werden sollte. So lange, bis Julian wieder stark genug sein würde, um die schreckliche Nachricht vom Tod seiner Freundin verarbeiten und vor allem verkraften zu können.

Bei dem Aufprall in der Notrufsäulen-Nische hatte Lisa keine Chance gehabt. Die rechte Seite des Fahrzeuges war direkt in die Wand gedrückt und das Auto in zwei Teile zerrissen worden. Die linke Seite, auf der Julian angeschnallt und zwischen Airbag und Sitz eingeklemmt gewesen war, hatte sich mehrmals überschlagen und war erst nach über hundert Metern liegen geblieben. Das hatte dem Jungen zwar eine Unmenge an Brüchen und Quetschungen beschert, aber immerhin sein Leben gerettet. Lisa war auf der Stelle tot gewesen.

In zwei Tagen sollte ihr Begräbnis sein. Frank und Brigitte hatten ausgemacht, dass sie bei Julian bleiben sollte und er zur Trauerfeier gehen würde. Die Filmaufzeichnungen aus dem Tunnel hatten eindeutig gezeigt, dass der Junge unschuldig an diesem Unfall war. Zumindest war es nicht seine Leichtsinnigkeit gewesen, sondern ein anderer Pkw hatte Julians Wagen zuerst mehrmals von hinten angefahren und dann zur Seite gedrängt und das weitere Geschehen absichtlich herbeigeführt.

Es war eindeutig ein Attentat. Ein mutwilliger Akt. Doch trotzdem konnte Remmiz bei Lisas Eltern spüren, dass sie mehr noch ihm als seinem Sohn den Tod ihrer einzigen Tochter nicht verzeihen würden.

Niemand wusste genau, wieso und warum, aber Remmiz stand im Fokus krimineller Feinde. Bösewichter, Mörder und Totschläger verfolgten ihn und seine Familie, und jetzt musste sogar die Familie der Freundin seines Sohnes bitteren Blutzoll dafür zahlen.

Der silberne Ford Mondeo, der diesen Unfall verursacht hatte, war am selben Nachmittag ausgebrannt an einem Waldrand in der Nähe von Klagenfurt gefunden worden. Durch das Feuer waren sämtliche Fingerabdrücke und DNA-Spuren vernichtet worden, jedoch konnte aufgrund der Fahrgestell- und der Motornummer zumindest der Inhaber festgestellt werden.

Die Firma Hertz war sehr kooperativ gewesen und hatte sofort den Namen des Mieters preisgegeben. Ein gewisser Herr Ken Russel. Ein Engländer, der offensichtlich einige Tage geschäftlich in Kärnten zu tun hatte.

Wie sich allerdings sehr schnell herausstellte, waren sowohl der Führerschein, den Mister Russel bei der Autovermietung vorgelegt hatte, als auch die Kreditkarte gefälscht. Die Bankdaten der Karte führten zu einem Nummernkonto auf den Cayman Islands.

Den Ermittlern war sofort klar, dass dort eine weitere Suche garantiert im Sande verlaufen würde und dass dieser Mister Russel ein professioneller Killer und ein Phantom war.

Bald danach konnte auch das Hotel »Sandwirth« als sein zeitweiliges Domizil identifiziert werden. Doch Mister Russel hatte bereits zwei Stunden nach dem Unfall ausgecheckt und war mit unbekanntem Ziel abgereist. Ein Taxi hatte ihn zum Hauptbahnhof gebracht, doch die Nachfragen bei den Schaffnern und Kontrolleuren ergaben keine Spur von Mister Russel. Er war wie vom Erdboden verschluckt.

Die Überwachungskameras der Tunnel hatten zwar ein recht gutes Foto vom Wagen übermittelt, doch die Gesichtszüge des Fahrers waren nur sehr undeutlich erkennbar. Die Sonnenblende war heruntergeklappt gewesen, und seine dunkle Sonnenbrille hatte der Fahrer auch im Tunnel nicht abgenommen.

»Verdammte Scheiße! Wie ist denn so etwas möglich!«, fluchte Frank Remmiz immer wieder.

Zuerst wird mein Hund vergiftet, dann fliegt meine Tochter von der Schule, und mein Sohn fällt einem Anschlag zum Opfer. Ist das alles Zufall? Binnen einer Woche? Kann das sein? Oder will mich jemand vernichten? Mich und meine ganze Familie? Wer, zum Teufel, und warum?

Immer wieder zermürbte sich Remmiz den Kopf. Die Fragen kreisten unaufhörlich und wurden in ihrer Intensität nur noch von der Trauer um seinen Sohn und den Tod von dessen Freundin Lisa übertroffen. Sie war ein so nettes Mädchen gewesen. Sie hatte gut zu ihm gepasst.

Nach drei Tagen begann die Trauer in Remmiz mehr und mehr einer Wut Platz zu machen. Zuerst war es eine unbestimmte Wut, die langsam immer stärker wurde. Dann begann sich diese Wut konkreter zu fokussieren. Auf diesen verdammten Rumänen, der seinen Hund vergiftet hatte, und auf diesen Engländer, der versucht hatte, seinen Sohn zu töten.

Auf Christina war er nicht wütend. In ihrem Alter hatte auch er sich mit ein paar Kumpels auf einem Konzert oder einem Festival so manchen Joint reingezogen. Das war kein Weltuntergang. Ein klärendes Gespräch mit dem Direktor war schon geplant gewesen, musste aber wegen des Unfalls seines Sohnes wieder verschoben werden. Aber das wird noch kommen. Das wird sich klären lassen, dachte Remmiz. Doch wer, zum Teufel, hat es auf meine Familie abgesehen, und warum?

25

Die »Kyrillos« lag, wie schon in den letzten dreißig Tagen, fünf Seemeilen vor Triest vor Anker. Der Golf von Triest bot perfekte Kommunikationsmöglichkeiten über Italien und Kroatien, gleichzeitig war das Schiff im neutralen Gewässer unantastbar.

Vom Deck aus konnte man die großen Frachtschiffe vorbeifahren sehen, die von Triest aus nach Griechenland, durch die Straße von Gibraltar oder den Suezkanal in die ganze Welt fuhren. Einige blieben tagelang vor dem Hafen von Triest liegen, weil ihnen Genehmigungen oder Ladepapiere fehlten oder einfach weil der Frachthafen von Triest zeitweise überlaufen war.

Bei klarem Wetter konnte man mit bloßem Auge auf der einen Seite bis nach Lignano sehen und auf der anderen bis nach Koper und Piran. Mit den starken Fernrohren an Bord der »Kyrillos« konnte man sogar die Gesichter der Badenden an den Stränden von Grado identifizieren.

Die ersten kleinen Schiffe am Morgen waren die der ausfahrenden Fischer, die stets ruhig und unauffällig vorbeituckerten. Auch die Amateurschifffahrt war in der Frühlingssaison bereits voll angelaufen. Meist zischten zwölf bis fünfzehn Meter lange Hobbysegler oder kleinere Motorboote an der »Kyrillos« vorbei.

Der Radarkontrollraum war ständig besetzt, und die Crew beobachtete und registrierte jede Bewegung auf See genau. Für den Fall, dass sich je ein Schiff zu nahe an die »Kyrillos« heranwagen sollte, gab es ein exakt abgestimmtes Prozedere.

Die Entfernung nach Ozalj betrug ziemlich genau hundertvierzig Kilometer. Einmal im Monat flog Zlatko Mladkovič in sein kleines Heimatdorf in den kroatischen Bergen. Mit seinem Eurocopter X4 verfügte er über eine hochmoderne Hochgeschwindigkeitsmaschine, die ihn mit über dreihundert Stundenkilometern binnen dreißig Minuten vom Schiff aus direkt bis in den Hof des Schlosses fliegen konnte, das von seinem ehemaligen Paten Darko Devos zu einer befestigten Burg ausgebaut worden war.

Dieser Helikopter war den meisten üblichen Polizeihubschraubern technisch weit überlegen, hatte einen großen Extratank an Bord sowie Instrumentenflug-, Wärmebild- und Nachtsichtgeräte, Suchscheinwerfer, Radar und zusätzlich zwei Luft-Luft-Raketen mit Wärmesensoren, gleichzeitig war er jedoch wendig und leise. Von diesem Modell gab es weltweit nur zwanzig Stück. Dieses war exakt nach Mladkovičs Wünschen und Anweisungen angefertigt worden.

Der Learjet, in dem Darko Devos vor einem Jahr am Flughafen von Klagenfurt von diesem wahnsinnigen Inspektor Remmiz erschossen worden war, war danach von der österreichischen Polizei beschlagnahmt worden wegen ein paar Kilo Kokain an Bord. Das soll sein Triumph gewesen sein, dachte Mladkovič grimmig, meine Rache kommt unerbittlich.

Mit einer Reichweite von über tausendzweihundert Kilometern und einer möglichen Flughöhe von bis zu viertausendfünfhundert Metern konnte Mladkovič mit seinem Heli schnell und unerkannt binnen kürzester Zeit nach Bukarest, Warschau, Athen und Paris oder, wenn es sein sollte, sogar bis nach London fliegen. Bevor irgendeine örtliche Polizeibehörde überhaupt gegen ihn vorgehen konnte, hatte er bereits mindestens zwei Staatsgrenzen überflogen.

Um seine perfekt strukturierte Organisation absolut sicher leiten zu können, verbrachte er jedoch die meiste Zeit im neutralen Gewässer auf seinem Kommandoschiff »Kyrillos«, unantastbar für alle Behörden.

»Guten Morgen, Chef.«

Matt Browning hatte höflicherweise gewartet, bis das Frühstück serviert worden war, bevor er auf die Klingel zum Büro seines Paten drückte. Normales Klopfen würde von der dick gepolsterten Holztür verschluckt werden. Mit einem leisen »Klack« sprang die Tür auf, nachdem Mladkovič sich mit einem Blick auf den Monitor vergewissert hatte, wer ihn sprechen wollte.

»Komm herein, Matt. Was gibt es Neues?«

»Gute Nachrichten, Chef. Remmiz fängt bereits zu schwitzen

an«, erklärte Browning sachlich. »Sein Hund ist tot, der wurde vom Rumänen erschossen, wie Sie bereits wissen. Zeitgleich wurde seine Tochter wegen Drogenmissbrauchs von der Schule suspendiert, und heute hatte sein Sohn einen schweren Autounfall. Er liegt auf der Intensivstation, und seine Freundin, die mit ihm im Wagen war, ist tot.«

»Saubere Arbeit. Wie ist es gelaufen?«

»Das hat der Engländer arrangiert. Er hat den Jungen mit seinem Auto auf der Autobahn vor sich hergetrieben und dann im Tunnel in eine Notrufsäulen-Nische gedrängt.« Browning erzählte so sachlich und trocken, als ob er aus einem Kochbuch vorlesen würde.

»Er hat hoffentlich auf alle Spuren geachtet?«, sorgte sich Mladkovič.

»Für den Anschlag hat er einen Mietwagen benutzt, den er sofort nach dem Unfall an einem Waldrand ausbrennen ließ. Danach hat er aus dem Hotel in Klagenfurt ausgecheckt. Sowohl im Hotel als auch bei der Wagenmiete hat er einen falschen Namen angegeben. Im Untertauchen ist er offensichtlich ziemlich versiert. Ich habe mit ihm telefoniert, auf einer abhörsicheren Leitung natürlich, und mir kurz erzählen lassen, wie er seine Flucht arrangiert hat. Vom Hotel aus ist er mit einem Taxi zum Bahnhof gefahren. Dort ist er einmal hinein und nach einem Kaffee gleich wieder hinaus und hat sich ein anderes Taxi genommen. Das hat ihn zum Flughafen gebracht. Dort hat er das gleiche Spiel noch einmal gemacht. Dann hat er sich mit einem Taxi nach Villach bringen lassen und ist am Hauptplatz ausgestiegen. Von dort ist er zu Fuß weitergegangen und hat im Hotel ›Holiday Inn‹ in Villach eingecheckt.«

»Gar nicht schlecht. Der Mann weiß offensichtlich, wie man seine Spuren verwischt.« Mladkovič presste die Lippen aufeinander und nickte anerkennend mit dem Kopf.

»Ja, offensichtlich wirklich ein Profi. Wir müssen jetzt allerdings überlegen, wie viele Punkte wir ihm für diese Aktionen geben? Schließlich sind wir ja immer noch im Ausscheidungswettbewerb, und der Italiener ist ja auch noch im Spiel.«

»Hm. Mal sehen. Wie steht's denn jetzt?« Mladkovič aktivierte den Monitor seines Computers durch eine leichte Bewegung mit der Maus und öffnete die Datei »Kärntner Killer«.

»Der Rumäne ist tot. Den können wir löschen. Er hat zwar den Hund getötet, aber das ist jetzt auch egal. Der Italiener hat derzeit zweiunddreißig Punkte und der Engländer nach zwei Runden vierunddreißig. Jetzt hat er den Unfall mit dem Jungen arrangiert und die Freundin des Jungen beseitigt. Das ist eigentlich ein Doppelergebnis und sollte acht Punkte für den verletzten Sohn und zehn Punkte für die tote Freundin bringen. Das bringt ihn auf einen Gesamtpunktestand …«, Mladkovič trug die Punktezahlen ordnungsgemäß in seine Excel-Datei ein, »… von zweiundfünfzig Punkten.«

»Korrekt, Chef.« Der junge Assistent hatte inzwischen im Kopf mitgerechnet. »Wie geht es nun weiter?«, fragte er höflich.

»Jetzt müssen wir natürlich dem Italiener eine Chance geben aufzuholen. Mal sehen, wie gut der ist. Er bekommt … sagen wir … zwanzig Punkte für Remmiz' Frau, das würde ihn auch auf zweiundfünfzig bringen. Damit wäre er dann punktgleich mit dem Engländer, und dann könnten wir sie beide auf den Bullen loslassen. Wer den dann erledigt, wird Sieger. Klingt doch gut, oder?«

»Selbstverständlich, Chef. Das klingt sogar ausgezeichnet. Einerseits spannend, und außerdem gerecht für die Kandidaten – und es erledigt endlich unser Problem mit diesem Inspektor. Toll, Chef. Ich werde das gleich arrangieren.«

Selbstzufrieden lächelte der sonst so ruhige Engländer seinem Chef ins Gesicht.

Mladkovič holte sich eine Zigarre aus der hübschen Holzschatulle auf seinem Schreibtisch, zündete sie an und stieß genüsslich ein paar dicke Wolken in Richtung seines Assistenten.

»Ich werde heute Vormittag nach Ozalj fliegen, bin aber morgen wieder zurück. Du fährst mit dem Motorboot nach Triest und instruierst den Italiener bitte persönlich. Ich möchte nicht, dass darüber telefoniert wird, klar?«

Browning war wieder vollkommen gefasst und sachlich, blickte seinen Chef mit scharfen Augen an, nickte und nahm seine Befehle entgegen.

»Lass es mich wissen, sobald mit der Frau alles klar ist, und wenn es dem Remmiz an den Kragen geht, will ich selbst dabei sein. Sag das den beiden. Ich möchte selbst abdrücken und dem Schwein die verdiente Kugel in die Stirn jagen. Dass mir den ja keiner vorher umbringt. Der gehört mir!«

Während seiner Worte war Mladkovičs Stimme immer lauter geworden. Genüsslich das Gesicht verziehend, stieß er eine weitere kräftige Rauchwolke aus. Die Rache an Remmiz war ihm aufgrund der Entwicklung der Ereignisse wichtiger geworden als der Wettbewerb seiner Killer.

»Der gehört mir!«, wiederholte er grimmig.

26

Um Punkt neun Uhr hob der Eurocopter vom Bootsdeck ab, drehte nach Osten und rauschte mit dreihundert Kilometern pro Stunde nach Ozalj ab. Außer den beiden Piloten hatte Mladkovič nur seine zwei Leibwächter mitgenommen. Browning war als persönlicher Assistent des Paten zwar meistens bei dessen Ausflügen dabei, diesmal jedoch musste er dem Helikopter hinterherblicken. Er hatte eine andere Mission.

Die Vorbereitung des Motorbootes war bereits veranlasst. Kaum war der Heli abgeflogen, stieg Browning die Stiege nach unten und ging zum Heck. Er hatte sich entschlossen, nur zwei der Securitys als Bootsführer mitzunehmen. Die hatten die »Sea Ray 240«, ein 7,75 Meter langes offenes Motorboot, bereits zu Wasser gelassen, standen am hinteren Bootsdeck der »Kyrillos« und erwarteten ihn. Browning stieg ein und sofort fuhr die »Sea Ray« los nach Triest. Das Ziel lag zwischen dem Containerterminal im alten Hafen Punto Franco Vecchio und dem Yachthafen.

Als sich die »Sea Ray« der Küste näherte, drosselte sie auf die vorgeschriebene Schrittgeschwindigkeit und fuhr langsam unter der Brücke der Riva Tre Novembre durch in den Canal Grande di Trieste. Kurz vor der zweiten Brücke, der Ponte Rosso, die über die Via Roma führte, drehte der Bootsführer nach links und legte zwischen einigen dort vertäuten Motorbooten an. Der zweite Security sprang aus dem Boot und legte das Tau um einen freien Haken.

Der Bootsführer wartete im Boot, hingegen der zweite Mann direkt neben dem Boot stehen blieb. Browning stieg auf die Mole und die wenigen Stufen hinauf zur Via Gioacchino Rossini. Direkt vor ihm lag der Gastgarten des Cafés »Antico Panada«. Browning suchte nach einem freien Tisch unter einem großen Sonnenschirm im Schatten und nahm gemütlich Platz.

»Buongiorno«, begrüßte ihn der herbeieilende Kellner höflich in der sicheren Annahme, einen gut betuchten Touristen vor sich zu haben.

»Un cappuccino, per favore«, bestellte Browning in akzentfreiem Italienisch, nahm sich die vom Kellner schon vorab servierte Tageszeitung zur Hand und wartete. Keine drei Minuten später kam ein sportlicher, modisch gekleideter Italiener die Via Trento entlanggeschlendert, bog in die Via Gioacchino Rossini ein, bewegte sich schnell und sicher zwischen den Kaffeehaustischen und setzte sich zielgerichtet auf den freien Sessel neben Browning.

Mit einem kurzen Kopfnicken und einem formlosen *»Salve, che cosa c'è?«* stellte sich Diego Calabrese ohne weitere Floskeln mit der verabredeten Parole vor. Die beiden Verbrecher waren sich bisher noch nie persönlich begegnet, doch Browning hatte selbstverständlich das komplette Dossier samt Fotos seines Geschäftspartners bereits ausführlich studiert und sein rot und blau kariertes Jackett als Erkennungszeichen avisiert. Anfang dreißig, hundertzweiundsiebzig Zentimeter groß, legeres Sportsakko, unter dem sich für geschulte Augen die leichte Ausbuchtung durch die halb automatische Beretta 92 abzeichnete. Ohne fragen zu müssen, wusste Browning, dass ein stolzer Italiener wie Calabrese immer eine italienische Pistole bevorzugte. Und die Kaliber 9 Millimeter Beretta war ohne Zweifel die beliebteste Handfeuerwaffe der italienischen Unterwelt.

Obwohl hohe, vier- bis fünfstöckige Gebäude die Straßen säumten, vermittelte der breite Kanal mit den vielen kleinen Motorbooten darauf ein Gefühl der Weite – und bot vor allem blitzschnelle Fluchtmöglichkeiten, falls irgendetwas schiefgehen sollte. Persönliche Treffen zwischen Auftraggeber und Profikiller waren eher selten, aber manchmal, aufgrund der absoluten Diskretion der Nachrichten, immer noch die beste Kommunikationsmethode.

»Vitovska der Gebrüder Vodopivec«, bestellte Calabrese beim Kellner. »Wollen Sie auch ein Glas?«, fragte er an Browning gerichtet.

»Bitte?«

»Das ist ein wunderbarer naturbelassener mineraliger Wein mit herrlich ausgeprägtem Charakter der besten Karstwinzer, die Triest zu bieten hat«, schwärmte Calabrese.

»Bringen Sie zwei Gläser«, fuhr er wieder zum Kellner gewandt fort, ohne die Antwort seines Gegenübers abzuwarten.

»Dafür lassen Sie jeden Kaffee stehen«, erklärte er Browning, »sogar italienischen und obwohl Sie Engländer sind.« Ein fachkundiges und freundlich entschuldigendes Lächeln umrahmte seine Lippen bei dieser Ankündigung, denn eigentlich hatte er seinen Auftraggeber gerade als Engländer beziehungsweise als Nicht-Italiener beleidigt, doch der schien das entweder absichtlich oder unbewusst zu überhören.

Browning war es gewohnt, seinem Chef beim Genießen einer guten Zigarre oder eines guten Cognacs bewundernd zuzusehen, sodass er viel zu selten daran dachte, sich selbst einmal etwas zu gönnen. Er war schließlich Engländer. Disziplin, Zielstrebigkeit und Erfolg waren seine obersten Prioritäten.

»Gern, danke«, gab er möglichst sachlich zurück. »Kommen wir zur Sache, Diego. Ich darf Sie doch so nennen?«

»Bitte, gern, Matt«, konterte dieser.

Ohne mit einer Wimper zu zucken, fuhr Browning, seinem Gegenüber fest in die Augen blickend, fort. Es überraschte ihn zwar, dass der Profikiller seinen Vornamen kannte, aber es war ihm recht, wenn Calabrese seine Hausaufgaben gut erledigte. Dann wird er den nächsten Auftrag hoffentlich ohne Probleme ausführen, dachte Browning.

»Der Wettkampf ist zwar noch nicht abgeschlossen, aber es gibt einen gut bezahlten Sonderauftrag, der Ihnen weitere zwanzig Punkte bringen kann und damit Punktegleichheit mit Ihrem direkten Mitbewerber.«

Browning liebte die Bezeichnung »Mitbewerber« im Gegensatz zu »Konkurrenten«. Das betonte den viel positiveren Aspekt, fand Browning, auch wenn es um Mord und Totschlag ging.

»Ah, dann hat der Kerl den Punktevorsprung wegen dem Jungen im Koma und dem toten Mädchen, was?«

»Gut mitgedacht, Diego«, bestätigte Browning knapp.

»Okay, was soll ich tun? Wer ist der Nächste?«

»Die Situation ist folgende«, begann Browning zu erklären.

»Sie kümmern sich um die Ehefrau von diesem Inspektor Remmiz. Die gehört Ihnen allein. Egal, was Sie tun, wie, wann oder wo. Hauptsache, sie kommt dran.«

»Egal wie, wann oder wo? Das sind ja ungewöhnlich viele

Freiheiten«, sagte Calabrese. »Da muss ich ja erst einmal richtig nachdenken, was dazu am besten passen könnte.«

»Denken Sie, so viel Sie wollen«, bestätigte Browning. »Sie haben das exklusive Recht auf die Frau. Aber erst wenn das abgeschlossen ist, geht es in die nächste Runde. Dann erst kommt der nächste Auftrag.«

»Lassen Sie mich raten«, sagte Calabrese, trank sein Glas aus und bestellte beim Kellner noch zwei weitere Achtel des herrlichen Triester Rotweines.

»Der schmeckt Ihnen, was?«, fragte Browning eher rhetorisch.

Wieder lächelte der Italiener süffisant, während er zur nächsten Frage ansetzte.

»Und dann kommt Remmiz selber dran, richtig?«, kombinierte er, während er mit beinhartem Killerblick direkt in Brownings Augen starrte.

»Richtig, Calabrese. Gut kombiniert. Aber eines gleich vorab: Remmiz ist fachgerecht vorzubereiten, aber es darf ihm nichts geschehen. Nur der Boss selbst hat das Recht, ihn zu töten, kapiert?«

Eine Sekunde lang blickte der Profikiller unbeweglich auf sein Gegenüber.

»Keine Sorge, Boss. Ich kenne das schon von anderen Auftraggebern. Wenn Ihr Chef selbst den Abzug drücken will, dann werde ich alles perfekt vorbereiten und ihm dann den goldenen Schuss überlassen. Absolut kein Problem. Das ist so wie bei den Großwildjägern auf Safari. Die Treiber bereiten alles vor, und der Touristenjäger darf den Elefanten dann abschießen«, bestätigte Calabrese.

»Ja. Genau so. Nur dass das Opfer ein Exmajor der Kriminalpolizei ist und der Touristenjäger, wie Sie ihn nennen, der Pate. Machen Sie keinen Fehler. Ich werde ihm nicht berichten, wie Sie ihn genannt haben, aber bitte, machen Sie keinen Fehler. Es wäre sonst Ihr letzter.«

»Bei mir gibt es keine Fehler«, konterte Calabrese grimmig. Der smart lächelnde Italiener war aus seinem Gesicht verschwunden und dem eiskalten Profikiller gewichen.

»Nach der Erledigung der Ehefrau geben Sie sofort Rückmeldung, okay? Denn dann erst geht der Wettkampf wieder weiter. Remmiz ist der entscheidende Auftrag. Wer von euch beiden ihn kampfunfähig abliefert, hat den Wettkampf gewonnen und erhält somit den Auftrag für das Berliner Attentat, klar?«

Brownings sanftes Lächeln wich der versteinerten Miene eines knallharten Mörders.

»Hm.« Der Italiener lehnte sich zurück, sog genüsslich den letzten Schluck des zweiten Glases Rotwein über seine Lippen, stellte das Glas ab und blickte Browning wieder sanftmütig ins Gesicht.

»Wie viele sind wir denn noch, wenn ich fragen darf?«

»Nur Sie und ein Engländer. Ein dritter Mitbewerber wurde bereits ausgeschaltet. Die Bullen machen auch Ernst.«

»Ach ja? Ich weiß schon, wen Sie meinen. Es wird mir ein besonderes Vergnügen sein, euch zu beweisen, dass ich besser bin als dieser Engländer. Und ich weiß auch, wer der Dritte war, der in Klagenfurt von den Bullen erschossen worden ist. Der war ja viel zu unerfahren. Kein würdiger Gegner. Der Engländer ist okay. Mit dem habe ich schon mal zusammen an einem größeren Auftrag gearbeitet. Alles kein Problem. Sie hören von mir. *Buongiorno. Saluti al capo.*«

Calabrese stand auf und verließ das Lokal auf demselben Wege und so schnell, wie er es betreten hatte, ohne einen weiteren Satz seines Auftraggebers abzuwarten.

»Mille grazie«, murmelte dieser trotzdem noch, mehr zu sich selbst, denn der Profikiller konnte ihn nicht mehr hören.

Browning zahlte, stand auf, schlenderte zurück zur »Sea Ray« und fuhr die gut fünf Seemeilen zurück zur »Kyrillos«.

Ich bin sehr gespannt, wer diesen Kampf gewinnen wird. Das sind beide echte Profis. Jeder auf seine Weise. Englisch oder italienisch?, dachte er, während der scharfe Seewind um seine hageren Wangen strich.

27

»Gute Nachricht, Frank. Wir haben eine Spur. Jeder macht mal einen Fehler.«

Tina saß im abgewetzten Besuchersessel, während Remmiz und Listig hinter ihren Schreibtischen in ihren Bürosesseln lümmelten.

»Ach ja? Und zwar?« Remmiz zog die Augenbrauen hoch und starrte auf seine fesche Ex-Assistentin.

»Wir haben alle Kennzeichen der Fahrzeuge überprüft, die auf den beiden Parkplätzen in Villach im fraglichen Zeitraum aufgetaucht sind. Dabei ist etwas sehr Seltsames passiert«, begann Tina zu erklären.

Um dem ständigen Whisky-Angebot zu entgehen, hatte sie sicherheitshalber ein Sixpack Hirter Bier mitgebracht. Eine Flasche davon war allerdings alkoholfreies Bier. Ich muss Zeit gewinnen und das Wesentliche besprechen, bevor mir das Bier und der viele Whisky das Hirn vernebeln, hatte sie geplant. Bis jetzt schien das zu funktionieren.

»Ja? Na, was denn? Los, lass hören«, mischte sich Listig in das Gespräch ein.

»Als unser gesuchter Engländer seine Parklücke verließ, hat sich direkt nach ihm ein Italiener auf den Parkplatz gestellt.«

»Ein Italiener?«

»Ein Triester, um genau zu sein. Und außerdem einer, der offenbar vor Selbstbewusstsein nur so zu strotzen scheint. Denn er hat sein eigenes, auf ihn selbst angemeldetes Auto verwendet.«

»Und warum ist er verdächtig?«

»Zeitlich passt alles perfekt zusammen. Überlegt doch mal: Wir haben drei Tote in Klagenfurt und drei Tote in Villach. Die Messermorde in Villach wurden nachweislich von drei verschiedenen Tätern begangen. Der Rumäne, den wir im Hotel ›Geyer‹ auf der Flucht erschossen haben, ist der Täter beim Messermord Nummer drei in Villach. Das lässt sich aufgrund der Mordwaffe und der Zeugen in Villach und der Höhe des Einstiches exakt rekonstruieren. Dieser Vlad Icobescu hat eindeutig das dritte Villacher Opfer Berta Garnitschnig auf dem Gewissen. Die Mordwaffe, eine sogenannte Stahl, ein sibirisches Springmesser, das bei ihm gefunden wurde, passt perfekt zur tödlichen Wunde. Das konnte Dr. Müller belegen.«

Tina fuhr mit ihren Erklärungen fort, ohne sich von einem der beiden Detektive unterbrechen zu lassen.

»Es passt auch zeitlich perfekt zum Auftauchen des blauen Fiat Bravo, den der Täter sowohl in Villach als auch bei der Vergiftung deines Hundes verwendet hat.«

»Rocky«, seufzte Remmiz auf.

»Ja, dein Rocky«, bestätigte Tina und hielt inne, um Remmiz eine kurze Zeit der Trauer zu gewähren.

»Na, jedenfalls, wir wissen auch, dass dieser Engländer einen silberfarbenen Ford Mondeo fuhr, mit dem er den Anschlag auf deinen Sohn verübt hat«, fuhr sie fort.

»Julian«, sagte Remmiz, erneut seufzend. Nur mit Mühe konnte er die aufkommenden Tränen unterdrücken bei dem Gedanken an seinen geliebten Sohn, der immer noch im künstlichen Koma im Klinikum lag.

»Genau dieser Wagen hat in Villach geparkt, und zwar genau in dem Zeitraum, als das erste Villacher Opfer, Marianne Prasser, ermordet wurde. Um neun Uhr fünf ist Prasser ermordet worden, und um neun Uhr sechzehn ist dieser Ken Russel oder wie immer er heißt, am Parkplatz in seinen Wagen gestiegen.«

Nun musste Tina kurz Luft holen. Sie nahm einen Schluck ihres alkoholfreien Bieres aus der Flasche und fuhr fort.

»Das zweite Opfer, Angela Hübert, wurde um neun Uhr dreiundvierzig erstochen. Zu diesem Zeitpunkt waren Roland und ich gerade auf dem Weg zurück nach Klagenfurt. Dieser Mord wurde, wie gesagt, von einer dritten Person ausgeführt. Nicht von dem Rumänen und nicht vom Engländer. Genau um neun Uhr sechzehn, unmittelbar nachdem der Engländer aus der Parklücke gefahren war, ist dort ein schwarzer Lancia Delta S mit Triester Kennzeichen eingeschert. Dieser Wagen ist exakt um neun Uhr vierundfünfzig, also neun Minuten nach der Ermordung der Hübert am Hauptplatz, wieder von seinem

Besitzer abgeholt worden. Vom Tatort Angela Hübert bis zum Wagen sind es normalerweise zu Fuß exakt neun Minuten. Das waren uns ein paar Zufälle zu viel!« Tinas Stimme war während der Erklärungen lauter und leidenschaftlicher geworden.

»Für eine Mordanklage wird das nicht reichen, fürchte ich«, warf Remmiz ein, »aber die Indizien sind offensichtlich.«

»Ja, und wem gehört jetzt dieser schwarze Lancia?« Listig hatte sich mit den Ellenbogen auf seinem Schreibtisch abgestützt und nach vorn gebeugt. Gespannt verfolgte er Tinas Erklärungen.

»Einem gewissen Diego Calabrese. Ein Triester. Er wird eindeutig der kriminellen Szene zugeordnet. Wir haben sowohl mit Interpol als auch mit der italienischen Anti-Mafia-Behörde darüber kommuniziert.«

»Na sauber. Ein Mafiakiller.« Remmiz presste die Lippen zusammen und schüttelte den Kopf. »Unglaublich. Schon wieder italienische Mafiakiller in Klagenfurt. Hört denn das nie auf?«

»Dieser Calabrese hat in seiner Jugend einiges auf seinem Konto angesammelt«, fuhr Tina fort. »Allerdings nur Körperverletzungen, Einbrüche und Autodiebstähle. Morde konnten ihm bisher keine nachgewiesen werden. Aber er wird eindeutig als Profikiller für die Mafia geführt. Ich habe mit einem gewissen Kommissar Laurenti in Triest gesprochen. Der sagt, es ist nur eine Frage der Zeit, bis sie ihm einen Mord nachweisen können werden. Ganz bestimmt hat er schon mehrere auf dem Gewissen.«

Tina griff in ihre Handtasche und zog zwei idente Fotos hervor, stand auf und legte je eines vor Remmiz und vor Listig auf den Tisch. Das Gesicht eines typischen, sportlich wirkenden Italieners mit feschen schwarzen pomadisierten Locken blickte ihnen entgegen.

»Wo ist Calabrese jetzt?«, fragte Remmiz.

»Wir haben alle Autobahnkameras der ASFINAG überprüft. Sowohl in den Tunneln als auch bei den Kontrollkameras für die Autobahnmaut-Pickerln wurde der schwarze Lancia lückenlos auf seiner Fahrt erfasst. Und dieses neue Überwachungsprogramm, das ARGUS 2 vom Innenministerium, ist ja inoffiziell auch schon aktiv. Damit werden die Kennzeichen aller Fahrzeuge in Grenznähe erfasst, erkannt und registriert. Dieses Erfassungssystem erspäht und meldet jedes verdächtige Fahrzeug. Das ist echt praktisch. Man braucht nur ein Kennzeichen einzutippen, und das System zeigt alle Aufzeichnungen des betreffenden Fahrzeuges exakt mit Zeit- und Ortsangabe. Calabrese ist um zehn Uhr an diesem Tag, unmittelbar nach der Tat, über die Autobahn von Villach über Udine nach Triest zurückgefahren. Gemäß Auskunft dieses Kommissars Laurenti ist er immer noch dort.«

»Und? Dreht er Däumchen, oder tut er etwas?« Remmiz begann, Blut zu wittern wie ein Haifisch auf Beutezug, und wurde ungeduldig. Während Tina noch an ihrer ersten Flasche alkoholfreien Bieres nuckelte, saugte er bereits den letzten Schluck aus der zweiten Flasche Hirter Bier.

»Also, was tut er?«, wiederholte Remmiz ungeduldig seine Frage.

»Commissario Laurenti lässt Calabrese lückenlos überwachen. Er hat zwar keinen offiziellen Grund oder Auftrag dazu, aber er macht das mir zuliebe. Ich habe ihm in Klagenfurt einmal einen Gefallen geleistet. Er schuldet mir was.«

»Ist mir egal, wer wem was schuldet.«

Tina und Listig konnten gleichermaßen spüren, dass Remmiz immer heißer wurde, je mehr Tina über die Zusammenhänge und die potenziellen Angreifer seiner Familie erzählte.

»Also, was tut er?«, stellte er zum dritten Mal seine Frage.

»Die letzten Tage war er vollkommen ruhig«, fuhr Tina fort.

»Er dreht täglich seine Runden in einigen Stammkneipen, ist offensichtlich ein typisch italienischer Casanova, der mehrere Freundinnen gleichzeitig betreut, und hat sonst nichts unternommen. Nur gestern Nachmittag gab es ein kurzes, aber ungewöhnliches Treffen. Laurenti meint, es könnte ein Treffen mit einem Auftraggeber gewesen sein.«

»Na, jetzt wird es spannend. Los, lass hören!«

Auch Listig hielt es inzwischen nicht mehr auf seinem Bürostuhl aus. Er hatte, ebenso wie Remmiz, sein zweites Bier ausgetrunken, war aufgesprungen und starrte nun Tina mit weit aufgerissenen Augen und ausgebreiteten Armen an.

»Wen hat er getroffen? Wer ist es?«

»Ganz so einfach ist es nicht«, versuchte Tina die Situation wieder zu beruhigen, als sie merkte, wie aufgebracht die beiden Detektive plötzlich wurden. Jetzt galt es, einen kühlen Kopf zu bewahren und die richtigen Schritte zu setzen.

»Die Kontaktperson war offensichtlich nur ein Mittelsmann. Nicht der Auftraggeber selbst. Die beiden Überwacher von Calabrese haben alles fotografiert.«

Wieder griff Tina in ihre Handtasche und zog ein braunes Kuvert hervor. Dann stand sie auf und breitete auf Remmiz' Schreibtisch einige Farbfotos aus.

»Hier sehen wir Calabrese in einem Café in der Via Gioacchino Rossini, das liegt am Canal Grande di Trieste. Er trifft sich mit einem bislang nicht registrierten jungen Herrn. Auffällig daran ist nicht dieser Herr, sondern die Tatsache, dass der mit einem Zubringerboot, und zwar mit einem sehr teuren ›Sea Ray 240‹, einem 7,75 Meter langen offenen Motorboot, gekommen ist. Er hatte zwei Bodyguards bei sich, die das Boot gesteuert und, während besagte Person mit Calabrese gesprochen hat, bewacht haben. Da, seht ihr?«

Tina zeigte auf die Fotos.

»Hm, und weiter?« Remmiz kratzte sich unwillkürlich am Kopf, stand nun ebenfalls auf und stellte drei Whiskygläser und eine Flasche Johnnie Walker auf den Tisch.

Verdammt, dachte Tina. Jetzt ist es wieder so weit. Da gibt es wohl kein Entkommen.

»Die ›Sea Ray‹ ist, wie gesagt, das Zubringerboot zu einer ziemlich großen Yacht, die fünf Seemeilen vor Triest vor Anker liegt«, erklärte Tina.

»Ja?«

»Laurenti hat sich die Yacht näher angesehen. Sie heißt ›Kyrillos‹. Das ist keine normale Yacht von irgendeinem reichen Yuppie, sondern ein regelrechtes Kriegsschiff. Siebzig Meter lang, vierzig Mann Besatzung, Vollausstattung inklusive Hubschrauberlandeplatz samt dazugehörigem Eurocopter X4, so einem Super-Heli, der über dreihundert Kilometer pro Stunde draufhat.«

»Heilige Scheiße!«, stieß Listig hervor. »Der Messermord von Villach führt zu einem Kriegsschiff in Triest mit einer Söldnertruppe an Bord? Verdammt! Wo sind wir hier gelandet?«

»So ist es, Manuel«, bestätigte Tina. »Aber das ist noch nicht alles«, fuhr sie fort, während sie sich wieder an Remmiz wandte. »Erinnerst du dich an Major Reinhard Rassinger, unseren Verbindungsoffizier von Interpol, Frank?«, unterbrach sie ihren Bericht.

»Ja, natürlich, Tina. Der Wiener, der 'ne Weile hier in Klagenfurt war, während wir an dem Wettmafia-Fall dran waren und den Mädchenhändler-Orden aufgedeckt haben.«

»Genau. Rassinger hat mir bestätigt, dass Interpol das Schiff schon seit geraumer Zeit im Visier hat. Sie kommen allerdings nie zu einem Zugriff, weil es sich der Küste nie mehr als auf fünf Seemeilen nähert. Sie sind überzeugt davon, dass von dem Schiff aus eine internationale Organisation ihre kriminellen Fäden zieht. Und zwar von Geldwäsche über Mädchen-, Drogen- und Waffenschmuggel bis hin zu organisierten Auftragsmorden samt allem, was dazugehört.«

»Wem gehört es?« Remmiz versuchte, ruhig zu bleiben, eins und eins zusammenzuzählen und drei Whiskygläser einzuschenken.

Tina antwortete nicht sofort, sondern sah ihm aufmerksam beim Einschenken zu, während sie tief Luft holte.

»Offizieller Inhaber ist eine Firma namens ›Devos Consulting‹ mit Sitz auf den Cayman Islands«, sagte sie ruhig.

»*›Devos Consulting‹?* Darko Devos!« Remmiz schrie auf.

»Ja, offensichtlich steht hinter dieser Firma ein gewisser Zlatko Mladkovič, der ehemalige Finanzleiter von Darko Devos, den wir damals am Flughafen in Klagenfurt in seinem Learjet erschossen haben. Den kennen wir ja. Mladkovič war mit an Bord gewesen. Wir hatten ihn verhaftet, doch die kroatischen Behörden haben ihn angefordert, wegen älterer Vergehen in ihrem Land. Er ist bereits nach zwei Monaten U-Haft bei uns abgeschoben worden und in Kroatien auf unerklärliche Weise sehr schnell wieder auf freien Fuß gekommen«, erklärte Tina.

Mit ruhigen Augen blickte sie auf Remmiz, nahm das ihr zugedachte Whiskyglas und hob es an. Sie nickte kurz, prostete den beiden sprachlosen Detektiven zu und schüttete den goldbraunen Alkohol in einem Zug hinunter. Jetzt ist es raus. Den habe ich mir verdient. Scheiß drauf, wir sind im Krieg, dachte sie.

Auch Remmiz und Listig schütteten den scharfen Alkohol in ihre Kehlen. Remmiz stellte sein Glas langsam wieder auf den Schreibtisch und starrte Tina an.

»Verdammte Scheiße noch mal! Jetzt wird mir einiges klar. Dieser Mladkovič will sich an mir rächen für den Tod von Darko Devos. Scheiße! Wir haben Krieg. Jetzt heißt es wirklich nur noch er oder ich. Ganz egal, ob ich offiziell bei der Polizei bin oder nicht, der will sich rächen und meine gesamte Familie töten. Wir sind alle in Lebensgefahr. Das ist kein gewöhnlicher Kleinkrimineller, und das sind alles keine Zufälle. Der hat drei Profikiller auf mich angesetzt, meinen Hund erschossen, ein Attentat auf meinen Sohn verübt, bestimmt auch in der Sache mit Christina irgendwie die Finger im Spiel, und vermutlich planen die schon die nächsten Anschläge auf mich.«

»Ja, Frank. Du bist in Lebensgefahr. Ganz offensichtlich. Ebenso deine gesamte Familie. Wir wissen zwar noch immer nicht genau, wieso die sechs Morde in Klagenfurt und in Villach begangen wurden und wie das alles zusammenhängt, wir können auch nichts beweisen und bestimmt keinen Haftbefehl erwirken und niemanden verhaften, aber wir müssen dich und die Deinen in Sicherheit bringen, bis wir die Situation unter Kontrolle haben. So viel ist sicher. Zähl auf uns, Frank. Wir stehen alle hinter dir.«

Mit fester Stimme vermittelte Tina ihre Meinung und stellte ebenfalls ihr Whiskyglas wieder auf den Tisch. Sie wusste, dass Frank noch einmal einschenken würde, doch das war jetzt egal.

»Verdammt, Frank. Alarmstufe Rot. *Code Red*, wie die Amis sagen. Wir müssen euch in Sicherheit bringen«, schaltete sich Listig ein. »Ich weiß auch schon, wie. Ich habe da eine Idee.«

Teil 3
Die Flucht

Mut und Liebe haben eines gemeinsam:
Beide werden von der Hoffnung genährt.
Napoleon I. Bonaparte

28

»Verdammt, verdammt, verdammt!«, fluchte Brigitte lautstark und entgegen ihrer sonst üblichen Höflichkeit und Sanftheit. »Wie konntest du uns das antun, Frank?«

»Was heißt da antun? Ich habe gar nichts getan, außer meinen Job, Brigitte. Und den habe ich gekündigt, wie du sehr gut weißt. Aber wie wir jetzt daraus lernen, war die Kündigung umsonst. Das bringt gar nichts. Wenn so ein Mafiapate einen Mordbefehl ausspricht, ist es egal, ob man noch Bulle ist oder nicht.«

»Was heißt denn da lernen? Gibt es hier irgendetwas zu lernen? Lernen können meine Studentinnen an der Uni etwas. Aber hier? Von einem Gangsterboss? Frank, was soll der Mist? Wir sind in Lebensgefahr.«

»Ja, mein Schatz«, versuchte Remmiz seine aufgebrachte Gattin zu beruhigen. Mit knappen Worten hatte er ihr die Situation und die Zusammenhänge erklärt, wissend, dass zu allen bereits erlittenen Schmerzen nun auch noch die bloße Angst um ihr Leben dazukommen würde. Aber das ließ sich jetzt nicht mehr ändern. Er musste alles unternehmen, um seine Familie zu schützen. Und das war unmöglich, ohne mit Brigitte darüber zu sprechen. So offen und so ruhig wie möglich, falls diese Adjektive in diesem Zusammenhang überhaupt zulässig waren.

»Und was passiert mit Julian? Er liegt doch noch immer auf der Intensivstation im Koma. Der kann doch nirgendwohin.«

Verzweifelt starrte Brigitte mit inzwischen bleich gewordenem Gesicht und weit aufgerissenen Augen, in denen der Ausdruck der Angst stand, auf ihren Mann.

»Er wird ab sofort rund um die Uhr bewacht. Wir haben zwei Mann vom Sonderkommando nur für ihn abgestellt. Einer sitzt vor der Tür und einer vor seinem Bett. Tag und Nacht«, erklärte Remmiz, froh, wenigstens diesbezüglich ein wenig Sicherheit vermitteln zu können.

»Abgesehen davon ist Julian sicherlich nicht mehr im Fokus der Killer. Denen geht es jetzt um dich und mich.«

»Und um Christina«, beeilte sich Brigitte noch anzufügen.

»Mit der schwindeligen Schulverweis-Aktion ist es bestimmt noch nicht genug. Wir müssen sie ebenfalls in Sicherheit bringen. … Und denk daran«, fügte sie nach einer kurzen Pause hinzu, »die Korruptions-Staatsanwaltschaft auf den verdammten Schuldirektor anzusetzen. Der hat ganz sicher Dreck am Stecken. Vermutlich ist der korrumpiert von diesen Mafiagangstern.«

»Ja, Brigitte. Der kommt auch noch dran. Aber zuerst müssen wir euch in Sicherheit bringen. Die Almhütte vom Manuel ist offensichtlich eine gute Lösung. Dort bleibt ihr, bis alles vorbei ist, okay?«

»Und was mache ich mit meinen Studenten? Ich müsste doch Vorlesungen halten und Prüfungen abnehmen. Wie soll ich das denn machen?«

»Ihr seid doch bestens vernetzt in der Uni, oder nicht? Über eure Campus-Homepage habt ihr doch beste Möglichkeiten, alles übers Internet abzuwickeln, oder? Du machst ja jetzt auch schon das meiste im Moodle-System oder einfach online, stimmt's?«

Gott sei Dank hatte Remmiz sich von Brigitte einmal erklären lassen, wie die interne Uni-Internet-Plattform funktionierte, daher konnte er wenigstens dabei ein bisschen mitreden.

»Ja, schon. Mit Moodle kann man praktisch rund um die Uhr alles erledigen. Aber keine Vorlesungen abhalten. Dazu müsste ich live im Hörsaal anwesend sein.«

»Hast du keine Vertretung für solche Zwecke? Man kann ja auch einmal krank werden, oder?«

»Haben wir überhaupt eine brauchbare Internetverbindung dort oben auf dem Berg? Eine schnelle Leitung, meine ich?«, fragte Brigitte zweifelnd.

»Ich werde mich darum kümmern, dass du einen superschnellen Anschluss bekommst, selbst auf der Almhütte. Dann kannst du dich auf die Screens im Hörsaal projizieren lassen. Deine Studenten werden glauben, du stehst bei ihnen im Raum.«

»Okay, ich gehe jetzt packen. Aber dann muss ich noch mal zur Uni, um ein paar Unterlagen zu holen. Komm, Christina.«

Die Sechzehnjährige hatte wortlos die Diskussion ihrer Eltern verfolgt. Sie war zunächst erleichtert darüber gewesen, dass sie ihr die Schulverweis-Aktion nicht mehr übel nahmen. Jetzt realisierte sie, dass die Bedrohung ihrer Familie wirklich ernst war.

Schon einmal hatte sie eine Entführung eines Mafiapaten erleben müssen, doch diesmal war es schlimmer, weil man wusste, dass es kommen würde, aber weder wann noch wo. Ohne einen weiteren Blick auf ihren Vater zu werfen, erhob sie sich von der Wohnzimmercouch und folgte ihrer Mutter in den ersten Stock, um ihre Reisetasche zu packen.

Zu diesem Zeitpunkt ahnten Frank Remmiz und seine Familie noch nicht, dass keiner ihrer Schritte und keines ihrer Worte verborgen blieben vor dem Mafiaboss, der inzwischen wieder auf die »Kyrillos« zurückgekehrt war und bei einer dicken Zigarre und einem guten Cognac in seinem Ledersessel saß.

29

»Hey, Boss, sie wollen auf eine Almhütte fahren, um sich in Sicherheit zu bringen.«

Hämisch grinsend sprach der Beobachter, der an der nächsten Kreuzung der Steingasse stand, in der die Familie Remmiz vor Jahren ihr Haus gebaut hatte, in sein Handy. Seit mehreren Tagen saß er bereits in seinem Wagen und beobachtete dieses Haus.

Bereits vor einer Woche, als an einem Vormittag alle Bewohner ausgegangen waren, hatte er sich als Prospektausträger verkleidet genähert und war in einem unbeobachteten Moment schnell und zielstrebig durch die unverschlossene Gartentür gegangen.

Sicherheitsschlösser, die er nicht öffnen konnte, gab es nicht. Binnen weniger Sekunden war er drinnen. Ein kleines Mikro im Wohnzimmer, eines in der Küche und eines im sogenannten Büro der Uni-Professorin waren rasch gut versteckt montiert. Das sollte reichen. Gott sei Dank haben sie diesen lästigen Wachhund letzte Woche erledigt, hatte er sich gedacht, dann hatte er die Haustür wieder ordnungsgemäß von außen mit seinem Spezialdietrich versperrt und war unauffällig durch die Gartentür verschwunden.

Seinen als Campingbus umgebauten Ford-Transit-Kastenwagen hatte er gleich um die Ecke abgestellt. Außen unauffällig grau, war er innen voll ausgestattet wie ein mobiles Büro mit Abhöreinrichtung für diverse Überwachungsaufträge. Er verfügte über eine kleine Küche und vor allem über ein Bett mit richtigem Bettzeug darauf.

Vorn und hinten hatte er außen an den Kanten unauffällig je eine kleine wetterfeste Kamera angebracht, die ihm perfekte Bilder der Umgebung lieferten. So konnte er gemütlich in den Polstern seines mobilen Wohnzimmers sitzen und am Monitor rund um die Uhr beobachten, wenn sich draußen am zu beobachtenden Objekt etwas bewegte.

Hansi Molitschnig war stolz auf seine Ausstattung. Während andere Beobachter in leere Colaflaschen pinkeln mussten, hatte er eine richtige Campingtoilette zur Verfügung.

»Sehr gut. Bleib dran, Hansi, aber mit extra großem Sicherheitsabstand. Sie dürfen auf keinen Fall merken, dass sie beobachtet werden«, erklärte Matt Browning seinem Klagenfurter Beobachtungsagenten.

»Sobald du weißt, wo sie sind, rufst du wieder an, okay? Aber nichts unternehmen. Du bist nur Beobachter, sonst nichts. Verstanden?«

»Selbstverständlich, Chef. Alles klar.«

Er könnte wenigstens würdigen, wie gut ich bin. Ohne die Mikros wüssten wir gar nichts. Und das war meine Idee gewesen, dachte Molitschnig. Als Überwacher für alle Fälle hatte er sich vor drei Jahren von der Mafia anheuern lassen. Mittlerweile gab es keine Überwachung mehr, zu der er nicht gerufen wurde. Er fand diese Aufträge gleichzeitig spannend und sicher. Die anderen Profis mussten dann die Drecksarbeit erledigen. Er war derjenige, der immer genau wusste, wer, wann, was und wo.

Und ich bin sowieso der Beste. Das werde ich dem Boss schon noch beweisen. Auch wenn ich nur ein kleiner Klagenfurter Gangster bin, so gut wie diese Engländer und Italiener und weiß der Teufel, wo die noch alle herkommen, bin ich doch schon lange, dachte er.

30

Um Punkt achtzehn Uhr parkte Manuel Listig seinen dunkelblauen 5er BMW direkt vor dem Wohnhaus der Familie Remmiz in der Steingasse. Dem grauen Ford Transit, der ein paar Häuser weiter am Straßenrand parkte, schenkte er keine Beachtung.

»Können wir los?«, fragte er gleich nach dem Eintreten. »Wir sollten noch bei Tageslicht ankommen. Die letzten Kilometer sind ein bisserl ungewöhnlich.«

»Die Mädels packen noch. Ich schätze, wir können in ein paar Minuten fahren«, erklärte ihm Remmiz.

»Wir sind so weit.« Brigitte und Christina erschienen auf den Stufen. Beide waren gekleidet wie für einen Wanderausflug und hatten eine Reisetasche in der Hand. An der Haustür zog Brigitte ihre festen Wanderschuhe an, Christina begnügte sich mit modischen Sportschuhen.

Remmiz und Listig räumten das Gepäck in die rote Opel-Zafira-Familienkutsche, während Brigitte in den Keller ging, um die Schlafsäcke zu holen. Nachdem Manuel Listig erklärt hatte, dass die Hütte nicht nur mit einem Kühlschrank, sondern sogar mit einer Tiefkühltruhe ausgestattet sei, hatte Brigitte noch drei Kartonschachteln mit Lebensmitteln vorbereitet.

»Wohin genau fahren wir überhaupt?«, erlaubte sich Christina endlich eine Frage.

»Ins Bodental, das kennst du doch sicher vom Skifahren, oder?«

Das Bodental war eines der nahe gelegenen Skigebiete von Klagenfurt. Es lag auf circa tausend Meter Höhe und somit sechshundert Meter höher als Klagenfurt. Als sogenanntes Schneeloch bekannt, wurde es von den Klagenfurtern gern zum Skilanglaufen genutzt. Der weithin bekannte Gasthof »Sereinig« und drei Skilifte boten das ideale Ambiente für Familien und junge Snowboarder.

Auch die Familie Remmiz hatte dort von November bis März viele Sonntage verbracht, als die Kinder noch jünger waren. Während Brigitte und die Kleinen zuerst am Babylift und später an den größeren Skihängen ihren Leidenschaften frönten, war

Remmiz meist mit den Langlaufskiern die große Runde durch das Tal gelaufen.

»Ich fahre voraus. Fahrt mir einfach nach, egal, was passiert«, rief Listig, sprang in seinen blauen BMW und fuhr los.

Brigitte und Christina folgten im roten Opel, und Remmiz sperrte noch schnell die Haustür zu, setzte sich in seinen schwarzen Audi und fuhr den beiden Fahrzeugen nach.

Niemand achtete zu diesem Zeitpunkt darauf, dass dem ungewöhnlichen Konvoi noch ein weiterer Wagen folgte. Ein unauffälliger Ford-Transit-Kastenwagen.

31

Die Rosentaler Straße in Richtung Süden fuhr der Konvoi an der Hollenburg vorbei und dann die breit ausgebaute Schnellstraße über die große Draubrücke. Die Hollenburg war eines der schönsten Ausflugsziele dieser Gegend. Majestätisch auf einen riesigen Felsblock gebaut, konnte man von der Terrasse des Burgrestaurants das gesamte Rosental überblicken, bis zu den Karawanken, welche die natürliche Grenze zu Slowenien bildeten.

Quer zur Blickrichtung schlängelte sich die Drau, die an manchen Stellen über dreihundert Meter breit war, durch das Tal. Etwas weiter unten, in Blickrichtung links, befand sich das Wasserkraftwerk Ferlach. Gemeinsam mit den anderen zehn Drau-Kraftwerken Kärntens produzierte dieses 1975 fertiggestellte Kaplanturbinen-Kraftwerk eine jährliche Energiemenge von zweitausendsechshundert Gigawattstunden und deckte damit über zweiundvierzig Prozent des Kärntner Strombedarfs.

Doch dafür hatte Remmiz derzeit weder Blick noch Sinn. Manuel Listig hielt sich, auch beim Durchfahren der vielen kleinen Ortschaften, die die Straße säumten, stets exakt an die vorgeschriebenen Geschwindigkeitsbeschränkungen.

Nach der Brücke führte die Route weiter die Loiblpass-Straße entlang, durch Unterloibl und am Eingang der Tscheppaschlucht vorbei. Bestens ausgebaut mit Wanderstegen, Stiegen und Leitern, Hängebrücken und einer stattlichen Anzahl immenser Wasserfälle, beeindruckte diese Schlucht die Touristen aus aller Herren Länder mit der urgewaltigen Kraft des stürzenden Wassers, das die Landschaft seit über Jahrmillionen prägte und die Sinne der Wanderer mit nebeligem Dunst umgab, ihre Seele umfing und zutiefst berührte.

Reinstes Gebirgswasser in tausend Blautönen ließ eine Ahnung von der Größe der Schöpfung entstehen, die aus dunklen Tiefen hinauf in das lockende Licht des Tschauko-Wasserfalls führte, der mit einer kühnen Wegführung seine herrlichsten Kaskaden freigab. Dort lag die Teufelsbrücke zum Himmel.

Einige enge Serpentinen führten weiter den Berg entlang nach oben in Richtung zur Staatsgrenze, bis Manuel Listig in einer Höhe von fast achthundert Metern scharf nach rechts die Abzweigung in Richtung Windisch Bleiberg wählte.

Christina lehnte am Fenster des Opels und betrachtete die vorbeirauschende Landschaft. Sie erinnerte sich an die hohen Schneeberge, an denen sie im Winter auf dem Weg zur Skipiste oft vorbeigefahren waren. Es war dieselbe Landschaft, aber ohne Schnee wirkte alles ganz anders.

»Wie lange müssen wir denn dableiben, Mama?«, stieß sie endlich nach langem verträumten Schweigen hervor.

»Ich weiß es nicht, mein Schatz. Frank sagte etwas von einigen Tagen. Vermutlich so lange, bis er die Mörderbande geschnappt und erledigt hat, denke ich«, antwortete Brigitte.

»Und wenn er sie diesmal nicht schnappt?«

»Er kriegt sie. Er hat sie immer gekriegt. Wir vertrauen ihm, Christina.«

»Wir?«, entgegnete die Tochter aufgebracht. »Was heißt da wir? Du vielleicht. Aber diese Gangster werden ja jedes Mal brutaler. Und jetzt liegt Julian im Koma im Krankenhaus und hat überhaupt nur durch ein Wunder überlebt.«

Mutter und Tochter durchlebten immer und immer wieder die schrecklichen Erlebnisse ihrer eigenen Entführungen. Die Erfahrung, mit dem Leben abgeschlossen zu haben und gefesselt in den schwarzen Lauf einer Pistole in der Hand eines Mörders zu blicken, hatte sie beide geprägt.

Christina hatte damals mit eng verschnürten Händen und Füßen mehrere Stunden in einem Van gelegen, und Brigitte war nackt in einem Keller an einen Stuhl gebunden worden, vollgestopft mit dem blutverdünnenden Medikament Marcumar, in Erwartung des sicheren Todes.

Jeweils in letzter Sekunde waren ihre Befreiungen noch geglückt, aber Teile ihrer Seele blieben für ewig von diesen Erinnerungen gefesselt.

Nach einer halben Stunde Fahrtzeit erreichten sie den Gasthof »Sereinig«, der anlässlich der Winterskiausflüge stets den Treffpunkt für Skifahrer, Snowboarder und Langläufer gebildet hatte. Doch diesmal fuhren sie nicht auf den großen Parkplatz, um ihre Wintersportgeräte auszupacken, sondern bogen nach rechts ab und fuhren weiter in das Hochtal hinein.

Auch das Meerauge blieb diesmal unbeachtet rechter Hand liegen. Im Volksmund hieß es, dass das Meerauge unterirdisch mit anderen Gewässern, ja sogar mit dem Meer verbunden sein solle. Daher soll der Überlieferung nach auch die einzigartige türkise Färbung dieses einmaligen Naturschauspiels kommen.

Es soll einmal dem Bodenbauer bei der Heuernte das voll beladene Ochsengespann durchgegangen und in das Meerauge gestürzt sein. Als der Bauer wenige Minuten später am Ufer ankam, konnte er nur noch tatenlos zusehen, wie die Heufuhre samt den Ochsen im Wasser versank. Mehrere Wochen später soll man am Veldeser See, bei Bled in Jugoslawien, auf der anderen Seite der Karawanken, das Joch des Gespanns gefunden haben.

Tatsächlich verdankt das Meerauge seine Entstehung der Eiszeit. Die türkise Farbe wird durch Algen hervorgerufen, und selbst bei trübstem Wetter strahlt das Meerauge. Es ist eines von mehreren kleinen Stehgewässern im Bodental und durch einen Schauweg erschlossen.

Als vierhundert Meter später rechts der Hof des Bodenbauers, in dessen Mitte eine mächtige vierhundertjährige Linde alles überragte, auftauchte, endete die Asphaltierung der Straße.

Der Konvoi verlangsamte sich. Der Schotterweg war zwar gut gepflegt und befestigt, doch da und dort bildeten sich immer wieder einzelne Schlaglöcher und Wasserrillen. Schneller als zwanzig oder dreißig Stundenkilometer konnte man ohne Gefahr nicht darauf fahren. Der graue Ford-Kastenwagen war bis hierher stets in sicherem Abstand gefolgt. Da es nicht viele Abzweigungen gegeben hatte, konnte Molitschnig die Distanz zu Remmiz' Rücklichtern so halten, dass er nicht gesehen werden konnte.

Von hier aus gibt es keinen anderen Weg und keine Abzweigungen mehr, dachte Hansi Molitschnig. Er entschloss sich, dem Konvoi nicht weiter zu folgen. Zu groß wäre die Gefahr, gesehen zu werden. Mehrere allein stehende Almhütten hatten sie bereits passiert. Wenn keine von denen diejenige war, in die

die Flüchtlinge wollten, blieben nicht mehr viele Möglichkeiten übrig.

Da der Bodenbauer-Hof auch ein Gasthaus war, konnte er den Kastenwagen unauffällig am Besucherparkplatz abstellen. Schnell wechselte er von den leichten Segeltuchschuhen in seine alten Laufschuhe, verließ sein Auto und joggte los, weiter die Schotterstraße entlang. Den Fotoapparat in der linken und sein Handy in der rechten Tasche seines Sportjacketts, fühlte er sich gerüstet, um ein paar Meter zu Fuß zurücklegen zu können.

Das wird mir guttun, endlich wieder einmal ein paar Meter zu gehen, dachte er frohen Mutes, da alles sehr viel einfacher lief als befürchtet. Er hätte diesem Polizisten durchaus auch eine viel raffiniertere Flucht zugetraut, als einfach eine Berghütte im Bodental zu beziehen.

Nach weiteren fünfhundert Metern hielt der Konvoi zum ersten Mal an. Eine metallene Schranke versperrte die Weiterfahrt. Manuel Listig stieg aus, holte einen Satz Schlüssel aus seiner Hosentasche, sperrte das Vorhängeschloss auf und hievte die Schranke mit einem Ruck nach oben. Bevor er wieder einstieg, ging er nach hinten zu Remmiz, der ebenfalls ausgestiegen war.

»Sperr hinter dir wieder zu«, befahl Listig. Dann händigte er Remmiz einen Schlüsselbund aus, an dem sich fünf verschiedene Schlüssel befanden.

»Den kannst du gleich behalten. Ich habe noch einen zweiten.«

Zumindest kann uns hier keiner mehr nachfahren, dachte Remmiz, während er den Anweisungen seines Detektivkollegen folgte.

Im selben Moment, als Remmiz wieder losfuhr, kam Molitschnig in Sichtweite und konnte den schwarzen Audi gerade noch starten sehen.

Gut, dass ich schon geparkt habe, ab hier kann ich ihnen sowieso nicht mehr nachfahren, stellte er fest.

Mittlerweile führte Listig den Konvoi an der berühmten Märchenwiese vorbei immer weiter den Berg hinauf. Der Schotterweg war zwar schmal, aber auch Brigitte, die keine geübte Bergfahrerin war, konnte dem BMW, der weiterhin im Schritttempo fuhr, problemlos die Serpentinen entlang folgen.

Nach knapp drei Kilometern blieb Listig wieder stehen. Eine weitere Sperre riegelte die Straße ab. Diesmal war es jedoch nicht nur eine einfache Schranke, sondern ein schweres Holztor mit festen Scharnieren und einem starken Metallriegel, versperrt mit einem Vorhängeschloss.

Diese Hütte ist ja besser gesichert als unser Präsidium, dachte Remmiz, nachdem er durchgefahren war. Da das Vorhängeschloss des Tores nur von vorn zugänglich war, musste er, nachdem er es versperrt hatte, über die zwei Stufen neben dem Tor über den Zaun steigen. Ein kurzer Blick nach rechts zurück zeigte ihm, dass sie mindestens schon dreihundert Meter über dem Bodental sein mussten.

Verdammt, dachte Molitschnig, der inzwischen weitergewandert war. Wo ist denn diese Hütte bloß? Hoffentlich keine verdammte Gipfelhütte, sonst kann ich die ganze verfluchte Nacht hier marschieren.

Listig und der Flüchtlingskonvoi hatten mittlerweile ihr Ziel erreicht.

»Wow«, entfuhr es Christina. Sie riss die Augen auf, starrte abwechselnd auf das riesige Blockhaus vor sich und auf ihre Mitreisenden. »Wow, das nenn ich aber wirklich eine Hütte. Gehört die dir?«, fragte sie an Listig gewandt.

»Da steckt mein gesamtes Erspartes drin«, erklärte der Detektiv mit sichtlichem Stolz.

»Es ist noch nicht alles ganz fertig, aber sie ist schon gut bewohnbar«, fügte er noch bescheiden hinzu.

»Jetzt weiß ich endlich, wo du immer hin verschwindest in deiner Freizeit«, murmelte Remmiz, während er bedächtig mit dem Kopf nickte, um seiner Anerkennung Ausdruck zu verleihen.

Die Hütte, wie Listig sein Feriendomizil bezeichnet hatte, war ein Blockhaus, erbaut aus dreißig Zentimeter dicken Holzblöcken. Eigentlich waren es zwei Häuser, die, in einem Winkel von circa dreißig Grad zueinander angeordnet, zusammengebaut waren. Dadurch ergab sich in der Mitte ein vergrößerter Wohnraum mit zwei Kaminen, von denen einer für einen Kachelofen und der zweite für eine offene Feuerstelle genutzt wurde. Der erste Stock war voll ausgebaut, doch durch die Anordnung des Daches teilweise mit leicht abgeschrägten Decken ausgestattet.

Es gab drei Türen, wobei die an der vorderen Zugangsseite eindeutig der Haupteingang war, hingegen die beiden anderen Türen zu der großen Terrasse auf der Rückseite des Hauses führten. Dort konnte man an einem aus einem einzigen Baumstamm gehauenen, enormen Holztisch Platz nehmen und die Panorama-Aussicht auf die Karawanken genießen, die sich in wenigen Kilometern Entfernung majestätisch gegen den Himmel erhoben.

Ein stabiler Holzzaun aus jeweils drei übereinandergestapelten Baumstangen umgrenzte das Gebäude und verhinderte, dass die im Umkreis grasenden Kühe bis an das Haus kommen konnten. Die alte Hütte, die schon lange, bevor sich Listig zum Bau dieses neuen Hauses entschlossen hatte, diese malerische Hochalm geziert hatte, stand noch in zwanzig Metern Entfernung. Das dunkle Holz wirkte alt und abgewettert, doch sie schien noch voll intakt zu sein.

»Das ist jetzt mein Geräteschuppen«, erklärte Listig lächelnd.

32

»Du hast Glück«, sagte Brigitte lächelnd zu ihrem Gatten und drückte ihm einen flüchtigen Kuss auf die Lippen. Auch ihre Erleichterung darüber, dass ihr Asyl doch wenigstens eine halbwegs standesgemäße Unterkunft darstellte und nicht nur, wie sie befürchtet hatte, eine schäbige alte Berghütte, lag in dieser Geste.

»Ach ja? Warum?«

»Weil es hier tatsächlich ganz guten Handyempfang gibt. Ich hatte schon befürchtet, dass du mich angelogen hast, nur um mich zu beruhigen, aber der Empfang ist ganz okay. Wir sind zwar weit weg von allem und jedem, aber immer noch erreichbar.«

»Hier gibt es ja fließendes Wasser und ein richtiges Klo«, staunte Christina, während sie nacheinander die Türen öffnete und alles besichtigte.

»Und kühles Bier«, grinste Listig, während er den Kühlschrank der zum Essraum hin offenen Küche öffnete, zwei Flaschen herausholte und Remmiz eine davon in die Hand drückte.

»Danke, Manu. Das ist wirklich vom Feinsten. Gratuliere. Das hätte ich dir gar nicht zugetraut. Die hast du selbst gebaut?«

»Na ja, ein paar Kumpels haben mir dabei geholfen. In unserem Beruf kommt man ja Gott sei Dank viel herum und lernt eine Menge Leute kennen, wie du ja selbst weißt. Und manche meiner Klienten sind Tischler, Zimmerleute, Installateure und Architekten. Und eine Hand wäscht die andere.«

»Hoffentlich ist keiner davon Finanzbeamter«, sagte Remmiz verschmitzt lächelnd, ahnend, dass die Steuerbehörde von der Existenz dieses Hauses nichts wusste.

»Nein. Dieses Haus existiert gar nicht«, erwiderte Listig.

»Obwohl es nur dreißig Kilometer von Klagenfurt entfernt liegt, kommt außer ganz, ganz seltenen verirrten Wanderern nie jemand hierher. Die Klagenfurter Hütte ist ein Stückchen weiter, so eineinhalb Kilometer Luftlinie, da drüben im Südwesten. Das ist das Ausflugsziel für die meisten Wanderer, die vom Bodental aus in diese Berge wollen. Der Weg führt von ungefähr dort, wo die obere Tür den Fahrweg versperrt, über den Stinzesteig und die Latschen. Oder direkt von der Märchenwiese weiter nach oben. Die meisten Wanderer hier in der Gegend marschieren allerdings vom Bärental aus zur Klagenfurter Hütte. Das ist gesellig, und dort trifft man sich. Dadurch habe ich hier meine Ruhe.«

»Hm. Das ist gut«, murmelte Remmiz. »Das heißt, hier sind wir wirklich sicher, was?«

»Ja. Und es gibt nur wenige Menschen, die von der Existenz dieser Hütte wissen.«

»Ich mache euch was zu essen«, schaltete sich Brigitte in das Gespräch ein. »Du bleibst doch noch, Manuel?«

»Nein danke, Brigitte. Ich fahr wieder los. Habe noch einiges zu erledigen. Und du wirst deine Lebensmittel sowieso noch brauchen. Wenn du Nachschub benötigst, kannst du unten beim Bodenbauer oder beim ›Sereinig‹ einkaufen. Aber erzähl bloß nicht, dass du hier wohnst, okay?«, sagte Listig besorgt.

»Keine Sorge. Wir halten dicht«, bestätigte Brigitte mit einem Kopfnicken.

»Von diesen Schlüsseln gibt es nur drei Satz. Einen Satz habe ich mit, einen habt ihr jetzt hier, und einen hat mein Freund, Dr. Schummnig unten im Ort. Er ist auch gleichzeitig der Notarzt, falls hier jemand einen Herzinfarkt bekommt oder sich ein Bein bricht. Er wohnt gleich über seiner Apotheke, falls ihr etwas braucht. Er ist mein Vertrauter hier im Ort und der Einzige, der ab und zu hierherauf kommt auf ein Bier und einen Schnaps, wenn er weiß, dass ich da bin.«

Listig verabschiedete sich und fuhr los. Als er nach zwei Kilometern das schwere Holztor hinter sich abgeschlossen hatte und langsam die Serpentinen nach unten kurvte, bemerkte er nichts von dem einsamen Wanderer, der sich schnell hinter einem Baum versteckte, als er den Wagen kommen hörte.

»Verdammte Scheiße«, fluchte Molitschnig. »Aber wenn der jetzt wieder nach unten fährt, kann es so weit nicht mehr sein.« Er wischte sich mit seinem bereits ziemlich verschwitzten Polo den triefenden Schweiß aus dem Gesicht, trat hinter dem Baum hervor und setzte seinen Weg fort. Nach wenigen Minuten hatte er den Zaun neben der Straßensperre überstiegen.

Verdammte Scheiße. Die Hütte liegt am Ende der Welt. Den Aufwand muss ich irgendwie extra verrechnen, dachte er, während er weiterging.

33

»Guten Morgen, Boss«, begrüßte Browning den Paten beim Aussteigen aus dem Heli, während das pfeifende Knattergeräusch des Motors leiser wurde und die Rotorblätter sich verlangsamten.

»Wie war die Reise? Ist alles in Ordnung?«

»Alles bestens«, antwortete Mladkovič kurz angebunden, ohne die Begrüßung zu erwidern. »Wie war dein Treffen im Hafen? Ist alles vorbereitet?«, fuhr er fort.

»Es gibt eine kleine Änderung, Chef. Das Zielobjekt ist auf der Flucht. Frau und Tochter befinden sich jetzt auf einer abgelegenen Almhütte in Kärnten.«

Mladkovič schloss seine Bürotür auf, legte seine dünne Ledermappe mit dem iPad auf den Schreibtisch und setzte sich in seinen Lederdrehstuhl. »Ach ja?«, antwortete er nach kurzem Nachdenken. »Sie fliehen? Hast du die exakte Location?«

»Selbstverständlich, Chef«, erklärte Browning geflissentlich. »Unser Beobachter hat sie ständig verfolgt. Er hat zwar ziemlich geflucht, als er anrief, weil er unvorbereitet mehrere Kilometer weit einen steilen Bergsteig hinaufkraxeln musste, aber er hat die exakte Ortsangabe bereits in der Nacht durchgegeben.«

»Wenn er unvorbereitet war, dann war er selbst schuld. Ein Profi ist immer auf alles vorbereitet, klar? Im Bodental? Wo zum Teufel ist das denn?«, fluchte Mladkovič.

»Das Bodental liegt südlich von Klagenfurt, auf dem Weg zur Grenze nach Slowenien. Das ist ein bekanntes Ski- und Ausflugsgebiet. Die Hütte, in der die Zielobjekte jetzt sind, liegt in tausendfünfhundertneunundfünfzig Metern Höhe auf der sogenannten Ogrisalm. Man erreicht sie über einen circa fünf Kilometer langen Schotterweg vom Bodental aus.« Browning ignorierte die Bemerkung über die mangelnde Vorbereitung des Agenten und konzentrierte sich auf das Wesentliche der Botschaft.

»Hm. Wie ist die Situation vor Ort? Wie erreichbar und wie abgelegen ist diese Hütte?«, fragte Mladkovič.

Browning war froh, seinem Paten gut vorbereitet die Details erklären zu können. Er breitete einige ausgedruckte Fotos von der Hütte und der Alm, die Molitschnig ihm per MMS geschickt hatte, auf dem Schreibtisch aus.

»Es gibt eine Schotterstraße bis zur Hütte. Wie gesagt, fünf Kilometer vom Tal aus. Sie ist mit zwei Schranken gesichert, die mit Vorhängeschlössern abgesperrt sind. Im Ernstfall natürlich keinerlei Hindernis«, sagte er, während er auf die entsprechenden Fotos zeigte.

Mladkovič betrachtete die Aufnahmen eingehend und studierte vor allem die Bilder der Ogrisalm und der Hütte selbst. Browning kannte seinen Chef. Wenn er nachdachte, war es besser, nichts zu sagen. Jede Störung würde sofort mit einer Rüge bestraft. Dann startete Mladkovič seinen Computer und betrachtete die Gegend um die Hütte auf Google Earth aus mehreren Perspektiven. Bereits nach wenigen Minuten erteilte er seinem Assistenten klare Anweisungen.

»Der Triester soll die Situation auf der Hütte vorbereiten. Er soll unauffällig anreisen, seinen Wagen im Tal stehen lassen und zu Fuß zur Hütte aufsteigen. Er soll jedoch darauf achten, dass nicht nur die Frau und die Tochter, sondern auch der Bulle selbst vor Ort sind. Wenn die sich dort sicher fühlen, wird es hoffentlich nicht so schwer sein, sie zu überwältigen. Sobald er alles unter Kontrolle hat, soll er dich anrufen. Von hier bis zu dieser Hütte sind es exakt hundert Kilometer Luftlinie. Ich werde dann mit dem Heli rüberfliegen und dem Bullen und seiner Familie das Licht ausdrehen. Auf der großen Wiese neben der Hütte kann man problemlos landen. Alles verstanden?«

»Jawohl, Chef«, beeilte sich Browning zu bestätigen. Doch gerade als er sich umdrehen und das Büro verlassen wollte, bremste ihn ein scharfer Befehl wieder ein.

»Matt!«

Browning blieb wie angewurzelt stehen, drehte sich wieder um und blickte seinen Chef fragend an.

»Woher weiß der Bulle, dass seine Familie in Gefahr ist? Wieso flüchten die überhaupt? Da stimmt doch irgendetwas nicht. Haben wir irgendwo ein Leck?«

»Nein, Chef. Bei uns ist garantiert alles dicht. Es gibt nur sehr wenige, die überhaupt über diesen Plan informiert sind. Er kann das nicht von jemandem erfahren haben, sondern er muss es selbst einfach kombiniert oder angenommen haben. Vermutlich hat der Unfall seines Sohnes die Alarmglocken bei ihm läuten lassen«, beschwichtigte Browning seinen Chef. »Außerdem haben die Bullen den ausgebrannten Wagen vom Engländer gefunden. Die können auch eins und eins zusammenzählen. Unser Agent hat Mikros im Haus von Remmiz installiert und ihn abgehört«, erklärte er. »Gestern Nachmittag ist der Bulle nach Hause gekommen und hat seine Frau darüber informiert, dass sie in Sicherheit gebracht werden muss. Zumindest dort hat er keine weiteren Erklärungen abgegeben. Was er danach, im Auto oder auf der Hütte, geredet hat, wissen wir nicht.«

»Na gut. Belassen wir es dabei. Aber sorge dafür, dass die Aktion funktioniert wie am Schnürchen. Ich will eine lebende Familie vorfinden, jede Einzelne von den Weibern selbst vor den Augen des Bullen erledigen und dann ihn selbst. Ich will sehen, wie er leidet und wie er langsam stirbt, verstanden?«

Browning nickte ohne weiteren Kommentar und machte sich auf den Weg, um die Anweisungen des Paten an Calabrese und Molitschnig zu übermitteln. Und was zum Teufel mache ich jetzt mit dem Engländer?, fragte er sich auf dem Weg in sein Büro. Vereinbart war ja, dass derjenige, der den Bullen serviert, den Auftrag in Berlin bekommt. Wenn jetzt der Italiener alles auf einmal erledigt, wie bringe ich dann den Engländer wieder ins Spiel?

Während er sich an seinen Schreibtisch setzte, entschied er, den Paten mit dieser Verwirrung der Lage besser nicht zu behelligen. Zuerst ist dem Befehl Folge zu leisten, dann wird sich der Rest schon ergeben. Irgendetwas wird mir schon noch einfallen, beruhigte er sein Gewissen.

34

Frank Remmiz, Brigitte und Christina hatten gut geschlafen. Die frische Höhenluft, die guten Spaghetti bolognese, die Brigitte zubereitet hatte, und die Beruhigung nach der großen Aufregung ließen ziemliche Müdigkeit über die kleine Familie kommen. Es gab zwar Strom in der Hütte, aber keinen Fernseher. So hatte sich Christina recht bald in ihr Zimmer verzogen und war kurz darauf beim Lesen eingenickt.

Remmiz und Brigitte hatten noch eine Zeit lang im Wohnzimmer gesessen und die Lage beraten. Einmal war es Remmiz vorgekommen, als hätte er an einem der Fenster einen vorbeihuschenden Schatten gesehen, doch als er nach draußen ging, um nachzusehen, war absolut nichts Ungewöhnliches zu entdecken. Vermutlich war es der Schatten einer Kuh oder einer vorbeiziehenden Wolke gewesen, dachte er. Nur jetzt nicht paranoid werden. Meine Mädchen sind hier in Sicherheit, und Julian liegt gut bewacht im Klinikum.

Sechs große Solarkollektoren am Hüttendach und zwei Fünfhundert-Liter-Puffer-Boiler versorgten sowohl die Dusche als auch das Heizungssystem mit warmem Wasser. Auch am Dach des Schuppens waren Kollektoren montiert, die jedoch kein Warmwasser, sondern Strom produzierten. Ein ausgeklügeltes Gleichstrom-Wechselstrom-Steuerungssystem regelte die Zufuhr der elektrischen Energie dieser Kollektoren und eines Windrades, das weiter oben am Hügel montiert war, zu der enormen Reihe an Lastwagenbatterien, die im Schuppen für die Speicherung des Stromes sorgte. Von dort aus führte unterirdisch ein Hauptversorgungskabel zum Sicherungskasten neben der Haustür.

»Ich nehme nur die zwei Schlüssel von den Straßenschranken mit«, erklärte Remmiz seiner Frau und legte ihr den Ring mit den Haustürschlüsseln auf den Esstisch. »Wenn ihr spazieren geht oder runter in den Ort, dann sperrt die Haustür zu, okay? Die Schlüssel für die Schranken braucht ihr dann nicht, da könnt ihr ja drübersteigen.« Nach einem kräftigen Kaffee verabschiedete er sich mit einem innigen Kuss von seiner Frau und fuhr los.

Mit dem Auto wegfahren konnte sie nicht, weil sie ohne den Schrankenschlüssel nur zwei Kilometer weit käme. Die Lebensmittel reichten sicherlich für eine Woche, und spätestens in zwei bis drei Tagen plante Remmiz wieder hier zu sein.

Sie sind in Sicherheit. Die Hütte da oben ist besser gesichert als unser Präsidium, dachte er.

Als er am Hof des Bodenbauers vorbeifuhr, sah er mehrere Autos auf dem Parkplatz stehen. Der graue Ford-Kastenwagen fiel ihm dabei nicht auf.

Der erste Weg führte ihn ins Klinikum, um nach seinem Sohn zu sehen. Julian lag nach wie vor im künstlichen Tiefschlaf.

»Es ist alles unverändert, aber die Schwellung des Gehirns geht schon zurück. In zwei Tagen werden wir eine langsame Aufwachphase einleiten«, erklärten ihm die Ärzte.

Remmiz blieb noch eine Weile neben Julian sitzen, hielt seine Hand und starrte vor sich hin, während lautlos und ungesehen von den Schwestern und Ärzten dicke Tränen über seine Wangen kullerten.

Dann fuhr er direkt ins Präsidium. Er fand das Team im großen Besprechungsraum versammelt vor und setzte sich dazu, als ob er wieder zu ihnen gehörte.

»Was wissen wir über Calabrese? Gibt es etwas Neues? Was macht Mladkovič?«, eröffnete er seine Fragerunde.

Mayer, der wie üblich für die Computerkommunikation zuständig war, fütterte Remmiz mit allen Details über Mladkovič, dessen Organisation und die Profikiller.

»Calabrese ist nach wie vor in Triest und dreht dort seine Runden. Commissario Laurenti hat mir das heute früh nochmals bestätigt«, erklärte Tina gelassen.

»Vielleicht sollte ich da hinunterfahren und mir den Kerl mal selbst ansehen?«, warf Remmiz beiläufig in den Raum.

»Das wirst du schön bleiben lassen, Frank«, reagierte Oberst Polzer sofort. »Wir wissen beide, dass du es niemals beim Ansehen belassen würdest, und wenn der das mitkriegt oder dich dort sieht, haut der vermutlich schneller ab, als du zielen kannst – und mit ihm der Mladkovič und seine ›Kyrillos‹. Außerdem haben wir in Triest absolut keine Handlungsbefugnis und für einen internationalen Haftbefehl keine Handhabe. Nicht einmal für einen hiesigen reichen die bisherigen Indizien. Wir müssen abwarten.«

»Wir sollen warten wie die Schafe auf der Schlachtbank? Verdammte Scheiße! Was ist denn mit dem Engländer? Habt ihr den schon identifiziert?«, hakte Remmiz nach.

»Wir haben das Foto von der Parkplatzkamera an Interpol weitergereicht. Der Mann ist identifiziert. Allerdings wissen wir seinen korrekten Namen nicht, weil er mehr Pseudonyme hat als jeder Schriftsteller. Ken Russel war ein falscher Name, das ist sicher. Wir wissen nicht, unter welchem Namen er sonst noch reist. Interpol hat uns eine Liste aller Namen gegeben, mit denen er bisher aufgetaucht ist. Aber vermutlich entsorgt er alle Reisepässe, die er schon einmal verwendet hat.«

»Lass mal sehen, bitte«, forderte Remmiz die Liste an.

Tina drückte sie ihm in die Hand, und er überflog die Namen und die danebenstehenden Orte und Zeitangaben.

»Harry Wales, Oliver Jackson, Gareth Stalker, Jack Reid, Thomas Brown … der bildet ja allein einen ganzen Chor«, scherzte Remmiz trocken, »so kommen wir natürlich nicht weiter.«

»Wir haben jedenfalls von Interpol auch ein gutes Foto von ihm bekommen. Das verteilen wir gerade an alle Hotels in Kärnten. Vielleicht ist er ja leichtsinnig genug, um irgendwo einen Unterschlupf zu suchen«, erklärte Mayer.

»Habt ihr schon eine Idee, warum der Mladkovič und seine Profikiller-Organisation sechs verschiedene Menschen in Kärnten ermorden ließen? Sechs verschiedene Menschen, die nichts miteinander zu tun hatten, und wieso schickt er dafür mehrere verschiedene Killer ins Rennen? Es muss doch eine Erklärung dafür geben. Niemand mordet ohne Motiv, das ist die Grundregel Nummer eins der Ermittlungsarbeit, wie ihr wisst«, erklärte Remmiz.

»Ins Rennen schicken ist schon mal ein guter Tipp«, merkte Tina leise an. »Roland und ich sind gestern bei einem Bier im

Gasthaus ›Zum Augustin‹ gesessen und haben ein bisschen Brainstorming betrieben, Frank.«

»Ihr geht ohne mich ins Gasthaus zum Saufen?«, entrüstete sich Remmiz scherzhaft. »Und?«

»Ja, und es gibt ja die ungewöhnlichsten Wettkämpfe, wie ihr alle wisst«, fuhr Tina fort. »Die Mannsbilder werfen Bäume oder Zwerge, laufen mit ihren Frauen am Rücken, ziehen Lastwagen und stemmen Traktoren oder sonst irgendetwas hoch. Hauptsache, es ist ungewöhnlich und geht darum, wer der Bessere, der Stärkere oder der Schnellere ist, stimmt's, Frank?«

»Ja, und?«

»Es könnte ja sein, bitte, das ist nur eine Vermutung nach meinem dritten Bier gewesen, okay, aber immerhin, es könnte ja sein, dass so ein krankes Hirn wie das von diesem Mladkovič sich einen Killer-Wettbewerb ausgedacht hat?«

Bei den letzten beiden Worten ging Tinas Stimme höher als sonst nach oben, um die ungewöhnliche Frage wirklich ausdrücklich als Frage und nicht als Statement zu betonen. Dann sah sie in die Runde und schwieg.

Auch alle anderen schwiegen plötzlich, hielten vollkommen inne in ihren Bewegungen und starrten auf Tina.

Remmiz war der Erste, der sich wieder bewegte. Allerdings nur die Lippen und das nur langsam und vorsichtig. »Du meinst, das Ganze ist ein Profikiller-Wettbewerb? Nicht dein Ernst, oder?«

»Wenn dir etwas Besseres einfällt, dann lass es uns hören, bitte. Aber überleg doch mal, ob das nicht doch möglich sein könnte. Drei Menschen werden in Klagenfurt erschossen. Das wäre schon ungewöhnlich genug. Aber dann stellt sich heraus, die haben nichts zu tun miteinander, sie werden mit derselben Waffe erschossen, einem Profi-Scharfschützengewehr, sie werden aus extremer Weite erschossen, und gleich danach tauchen drei Profikiller auf, die wiederum nacheinander binnen einer Woche drei Personen töten, die sich ebenfalls nicht kannten. Diesmal agiert jeder mit seiner eigenen Waffe, und zwar seinem Profikillermesser.« Tina blickte in die staunende Runde und fuhr fort.

»Also, wenn ich Mladkovič wäre und so krank im Kopf, wie der eben ist, dann könnte ich mir so einen Wettkampf schon ausdenken, Punkte vergeben, zum Beispiel für die Entfernungen zwischen Schützen und Opfer oder sonst irgendwie. Es wäre möglich.« Tina schwieg und blickte von einem zum anderen in der Hoffnung, irgendwelche positiven Signale in den Augen ihrer Kollegen zu erblicken.

»Und als Siegerprämie gibt es den Kopf eines Bullen«, stammelte Remmiz kaum hörbar, »samt den Hörnern.«

»Verdammte Scheiße!«, fluchte auch Oberst Polzer, »das wäre das absolut Ungewöhnlichste, das wir je erlebt haben. Ich glaube, dazu ist kein Präzedenzfall bekannt. Und wie zum Teufel wäre so etwas überhaupt beweisbar?«

»Gar nicht«, folgerte Remmiz trocken. »Wie du aus unserer tollen Polizeistatistik weißt, werden Auftragskiller praktisch nie überführt und schon gar nie verurteilt. Und doch ist das ein weitverbreiteter Beruf.«

»Aber wir müssen das Ganze stoppen. Wir können doch nicht weiter zusehen, wie unschuldige Menschen in Kärnten wahllos umgebracht werden.« Oberst Polzers Stimme wurde lauter.

»Die Wahllosigkeit der Attentate ist vorbei, Franz«, beschwichtigte ihn Remmiz.

»Nach den drei Sniper-Morden und den drei Messermorden gab es keine derartigen Morde mehr, als ob die Serie abgerissen wäre, denn wenn die Zeitabstände zwischen diesen sechs Morden weiter gleich gehalten würden, hätten wir inzwischen schon sechs weitere Tote. Doch das einzige Attentat, das inzwischen offensichtlich von diesem Engländer, der nachweislich auch in Villach war, ausgeführt wurde, war das auf meinen Sohn. Dass mich Mladkovič hasst und Rache nehmen will für Darko Devos, den ich am Flughafen erschossen habe, das kann ich nachvollziehen. Wenn das stimmt, was Tina vermutet, dann wurde hier das Faustrecht wieder eingeführt. Das Recht des Stärkeren, des Schnelleren und des Brutaleren. So wie im Wilden Westen. Verhaftungen sind nicht möglich, es werden keine Gefangenen gemacht!« Auch Remmiz' Stimme wurde jetzt lauter und fester.

»Frank! Wir leben in einem Rechtsstaat. Wir können nicht einfach mit Waffengewalt gegen mutmaßliche Killer vorgehen. Wir dürfen Beweise sammeln und verhaften. Mehr nicht.«

»*Du*, Franz. *Du* lebst in diesem Rechtsstaat. *Ich* nicht. Meine Familie wurde entführt und gefoltert, angegriffen, schwer verletzt und getötet. Ich werde mich wehren! Mit allen Mitteln, die mir dafür zur Verfügung stehen!« Remmiz sprach klar und laut.

»Ich werde diesen Calabrese erwischen, den Engländer und den Mladkovič. Und zwar bevor die meiner Familie noch irgendetwas antun werden. Ich werde nicht warten, bis noch jemand tot ist. Und ihr könnt mir helfen dabei oder eben nicht. Ihr könnt euch auf die Gesetze ausreden oder auf sonst etwas. Ich werde handeln.«

»Natürlich helfen wir dir, Frank«, beeilte sich der Oberst klarzustellen.

»Selbstverständlich werden wir alles unternehmen, um deine Familie zu beschützen und diese Wahnsinnigen zu schnappen. Alles, Frank. Aber es gibt Grenzen, die wir nicht überschreiten dürfen. Ich hoffe, jeder versteht das, okay?«

Teil 4
Die Jagd

Ruhm bedeutet vor allem, dass man im richtigen Augenblick stirbt.
Alfred Polgar

35

Calabrese packte eine leichte Reisetasche und warf sie hinten in den schwarzen Lancia. Unter der Bodenmatte im Kofferraum, wo bei den meisten Autos der Reservereifen lagert, hatte er sein Scharfschützengewehr, eine Remington 700 samt einer vollen Schachtel Munition, versteckt. Diese Waffe, die auch von den Snipern der US-Marines verwendet wurde, war ein Repetiergewehr des Kalibers .308 mit einer zielsicheren Reichweite von bis zu tausend Metern.

Seine Beretta 92 und sein Stiletto trug er wie immer unter seinem Sportjackett am Körper.

Nach den Erklärungen seines Auftraggebers würde er seine Opfer in den Kärntner Bergen suchen müssen. Daher packte er zusätzlich noch einen Wanderrucksack mit Bergschuhen, einer gefütterten Windjacke und einer starken Taschenlampe ein.

Diesmal wählte er allerdings nicht die schnelle und übliche Autobahn nach Udine über Villach nach Kärnten, sondern entschloss sich, da sein Ziel im Gebiet des Loiblpasses lag, für die Route über Slowenien. Er lenkte seinen schwarzen Lancia nach Westen und fuhr die slowenische Autobahn A 1 nach Norden über Ljubljana nach Kranj. Ab Tržič führte die Bundesstraße 101 stetig nach oben, bis sie in immer steiler werdenden Serpentinen, in über tausend Meter Höhe, zum Tunnel führte, der Slowenien mit Österreich verband.

Auf der anderen Seite der Grenze und des Tunnels führte die gut ausgebaute Loiblpass-Straße über einige scharfe Kurven sieben Kilometer weit durch das Loibltal, bis zur Abzweigung nach Sapotnitza, von wo aus die Route nach einer scharfen Abzweigung direkt ins Bodental führte. Er folgte der Straße bis zum Ende der Asphaltierung, wo rechter Hand der Gasthof des Bodenbauer lag. Dort lenkte er seinen Wagen auf den Parkplatz. Von hier aus musste er zu Fuß weiter.

Diego Calabrese wirkte wie ein normaler Tourist, der gern einige Tage in den Kärntner Bergen wandern wollte. Er mietete sich ein Zimmer im Gasthof, aß zu Mittag eine ordentliche Kärntner Brettljause und brach dann zu seiner Wanderung auf. Er beschloss, seine Remington 700 auf diese Tour mitzunehmen. Er hatte den Lauf abgeschraubt und sie in einer unauffälligen Tragetasche verstaut. Niemand konnte erkennen, was der freundliche Italiener mit sich führte, oder ahnte gar etwas von der Gefährlichkeit dieses Gastes.

Als er sich auf den Weg machte, wurde er von einem netten jungen Herrn freundlich gegrüßt. Offensichtlich ein Klagenfurter, der ebenfalls ein paar Tage hier verbrachte, allerdings in seinem auf dem Hof geparkten, als Campingbus umgebauten Ford-Kastenwagen schlief. Calabrese grüßte freundlich zurück und ging weiter. Er kannte Molitschnig nicht.

Kaum war Calabrese außer Sichtweite, öffnete Molitschnig die rückwärtige Tür seines mobilen Büros und setzte eine Meldung an die italienische Adria ab.

Fünf Seemeilen vor Triest nahm Matt Browning diese Meldung entgegen und eilte in das Büro seines Chefs.

Calabrese erreichte nach fünfhundert Metern die erste Schranke, die geschlossen war. Zu Fuß konnte man sie einfach umgehen, nur für Pkws war die Straße versperrt. Er betrachtete das Vorhängeschloss. Es war ein einfaches »Master Lock« aus Messing mit einem verchromten Bügel, wie man es für fünfundzwanzig Euro in jedem Baumarkt kaufen konnte.

Das wird im Ernstfall kein Problem darstellen, dachte Calabrese, beließ das Schloss so, wie es war, und lief weiter.

Nach einer guten Stunde zügigen Wanderns erreichte er die zweite Straßensperre. Erschöpft setzte er sich auf die Holzbank neben dem schweren Tor und studierte auch dieses Schloss genauer.

Das gleiche Schloss, stellte er fest. *»Che cazzo«*, fluchte er leise. Worauf habe ich mich da eingelassen? Das ist ja anstrengender als jeder Serienmord. Gott sei Dank stimmt die Bezahlung, dachte er, stieg über den Zaun und wanderte weiter.

Erst eine Stunde später erreichte er schweißnass die letzte Serpentine des Weges. An deren Ende erblickte er eine weite, offene Almwiese, auf der einige Kühe grasten. In der Mitte des Hanges, circa hundertzwanzig Meter vor Calabrese, erhob sich fast majestätisch ein großes Blockhaus mit zwei Schornsteinen und Solarpaneelen auf dem Dach. Die Blöcke waren noch hell und neu. Alles sah sehr ordentlich und gepflegt aus. Rechts neben dem Blockhaus stand ein verwitterter Schuppen.

In der Senke vor ihm sowie links neben der nächsten Kurve konnte Calabrese zwei offene Wasserstellen ausmachen. Beide waren von festen Holzzäunen umgeben. Offensichtlich zum Schutz, damit keine Kühe und keine Wanderer hineinfallen, dachte er.

Beim Anblick der Blockhütte trat Calabrese einen Schritt zurück und stellte sich hinter einen Baum. Rechts von ihm führte der Wald weiter bis zum Gipfel des Hügels. Auf der Almwiese selbst standen nur einige wenige Bäume.

Nach einer kurzen Verschnaufpause beschloss er, rechts dem Waldrand zu folgen, um im Schutz der Bäume über die Blockhütte zu gelangen. Erst nach weiteren fünfzehn Minuten hatte er einen passenden Beobachtungsposten oberhalb der Hütte gefunden. Er legte sich hin, holte das Zielfernrohr aus der Gewehrtasche und begann sein Zielobjekt zu studieren.

Aus einem der Schornsteine stieg leichter weißer Rauch auf. Offensichtlich waren die Zielpersonen anwesend und beheizten den Kamin.

Mist, dachte Calabrese, als sich nach einer halben Stunde vollkommen regungsloser Beobachtung plötzlich ein paar dunkle Regenwolken von Westen her zusammenschoben. »Hoffentlich regnet es mich hier nicht ein«, murmelte er.

Binnen weniger Minuten war der vorerst strahlend blaue Himmel dunkelgrau geworden. So konnte der Italiener wenigstens nicht so leicht entdeckt werden. Er zog die Kapuze seiner schwarzen Windjacke über den Kopf und stand auf.

Langsam, in gebückter Haltung, die Dunkelheit und den Regen als Deckung nutzend, schlich er sich von oben an die beiden Hütten heran. Er nutzte dazu den alten Holzschuppen als Sichtschutz. Als er ihn erreichte, blieb er kurz stehen und vergewisserte sich, dass niemand aus dem Blockhaus kam. Dann tastete er sich vorsichtig die letzten Meter bis an die Wand der Blockhütte vor und versuchte, durch eines der Fenster zu spähen.

Brigitte Remmiz saß am Küchentisch und studierte irgendwelche Papiere. Christina Remmiz, die blonde junge Tochter, lag auf der Couch vor dem offenen Kamin und war in ein Buch versunken.

Der Befehl lautet, alle drei in meine Gewalt zu bringen. Wo zum Teufel ist der Bulle? Vor der Tür steht nur ein Auto. Also muss der Bulle weggefahren sein, überlegte Calabrese. Er beschloss, noch eine Weile zu warten. Er kauerte sich an der Rückseite des Hauses zwischen den beiden Fenstern auf einen Stapel Feuerholz und verharrte im Schutz des weit nach vorn gezogenen Daches.

Plötzlich begannen die beiden Frauen im Haus, laut zu sprechen.

»Wir brauchen noch Holzscheite«, bemerkte Christina.

»Am besten, du holst welche«, antwortete die Mutter, »du bist ja hier die Chefin des Feuers«, fügte sie lächelnd hinzu.

»Na schön«, seufzte die Junge und stand auf.

In diesem Moment wurde Calabrese sich dessen bewusst, dass er auf genau diesen Holzscheiten saß, die in der Hütte für das Feuer gebraucht wurden. Als er aufsprang, hörte er auch schon die Tür knarren. Schnell huschte er um das Eck der Hütte und blieb dort wie angewurzelt stehen, damit ihn die Schritte im Kies nicht verrieten.

Christina lud sich beide Arme voll mit Holzscheiten, lief schnell zurück zum Haus und schlug die Tür wieder zu.

Uff, dachte Calabrese erleichtert. Das war knapp. Es schien, als ob der Regen nachließ. Er starrte in den langsam wieder heller werdenden Himmel. Dann entschloss er sich, die Aktion für heute abzubrechen und wieder zurück ins Tal zu wandern. Bestimmt kommt der Bulle spätestens morgen wieder hierher, dann kann ich in aller Ruhe alle drei überwältigen und den Auftrag zu Ende bringen, dachte er.

36

Nach dem Ausflug ins Präsidium beschloss Remmiz, bei Listig im Büro vorbeizusehen. Wie üblich parkte er am Kardinalplatz vor dem Hochhaus und zog einen Parkschein aus dem Automaten. Seit er nicht mehr offiziell bei der Kripo war, hatten sich seine Parkprivilegien in Luft aufgelöst. So wie jeder andere Bürger musste er vorschriftsmäßig parken und dafür bezahlen.

Er legte das Ticket mit der groß aufgedruckten Uhrzeit auf das Armaturenbrett und ging nach oben.

Zuerst las er alle Tatortberichte und Protokolle nochmals durch und versuchte dabei, den neu erworbenen Aspekt des Profikiller-Wettbewerbes gedanklich mit einzubeziehen. Ja, tatsächlich, das macht durchaus Sinn, dachte er.

Auch Manu Listig, mit dem er diese Möglichkeit zwischendurch diskutierte, bestätigte ihm, dass dies zwar die ungewöhnlichste und perverseste Situation sei, die er je erlebt habe, aber eine durchaus denkbare. Ein krankes Hirn wie dieser Mladkovič konnte sich so etwas Verrücktes vielleicht tatsächlich ausgedacht haben.

Gegen dreizehn Uhr beschlossen die beiden Detektive, die Diskussion im nächsten Gasthaus fortzusetzen. Brigitte war ja nicht da, um etwas Essbares zu produzieren, also trieben Hunger und Durst die beiden in ein Lokal. Sie entschieden sich für das Gasthaus »Zum Augustin« am Pfarrplatz. Gute, bürgerliche Küche und ein kühles Hausbier zu vernünftigen Preisen, das würde sie vielleicht wieder aufmuntern.

Da das Gasthaus zu Fuß nur wenige Minuten entfernt war, beschlossen sie zu gehen. Remmiz wechselte noch schnell den Parkschein auf seinem Armaturenbrett aus, um weitere zwei Stunden ungestraft stehen bleiben zu können, dann spazierten sie los.

Als sie die Getreidegasse entlanggingen, fiel Remmiz' Blick unwillkürlich auf das Hotel »Geyer«. Blitzartig schossen ihm wieder die Szenen des rumänischen Killers durch den Kopf, der dort vom SEK getötet worden war.

»Mit jeder Ecke und jedem Haus verbinde ich inzwischen irgendwas Dienstliches«, sagte Remmiz seufzend.

»Es gibt kaum noch einen Platz, an dem ich nicht schon gestanden und jemanden beobachtet habe, Frank«, bestätigte Listig. »In diesem Block hier, zum Beispiel.« Er deutete mit dem Finger nach oben, als sie an den Boutiquen und kleinen Geschäften in der Priesterhausgasse vorbeigingen. »Du ahnst ja nicht, was da oben in den vielen Buden so alles abgeht und wie viele Eheleute sich da schon gegenseitig betrogen haben«, erklärte er, während sie die Bahnhofstraße überquerten und den Alten Platz entlangschlenderten.

»Diesen Platz kennt man ja vor allem wegen der Fußgängerzone, der vielen Kaffeehäuser und Geschäfte«, fuhr er fort. »Das ist übrigens die älteste Fußgängerzone Österreichs. Der heißt nicht nur ›Alter Platz‹, sondern ist wirklich der älteste seiner Art. Da oben sind überall Wohnungen. Da ist oft ganz schön was los«, wiederholte er.

Remmiz blickte hinauf entlang der wunderschön gepflegten Fassade der zwei- und dreistöckigen alten Häuser.

»Ja, da vorn«, bestätigte er, »da hatte einer dieser Mafia-Anwälte seine Kanzlei gehabt. Den haben wir damals monatelang beobachtet, genau von dem Haus gegenüber.« Er deutete mit dem Finger nach rechts.

»Jeder, der rein- oder rausging, wurde registriert und fotografiert. Das Gleiche haben wir drüben beim Café am Kardinalplatz gemacht. Das Beobachtungszentrum befand sich genau unter unserem jetzigen Büro. Aber wir haben sie alle drangekriegt. Mindestens wegen Steuervergehen. Die Gastwirte, vor allem die im Rotlichtmilieu, leben ja fast alle von dem, was sie schwarz nebenbei verdienen. Aber unsere Jungs haben genau mitgezählt, wie viele Kartons mit Sekt die täglich reingeschleppt haben, und das dann mit den Abrechnungen verglichen. Ziemlich mühsam, aber wir haben alle gekriegt.«

»Ja, manchmal ist es ein bisserl mühsam, aber zum Schluss geht doch immer alles seinen Weg«, bestätigte Listig.

An der großen Pestsäule mitten am Alten Platz bogen sie rechts ab in die Alte-Rathaus-Gasse.

»Wusstest du, dass diese Pestsäule schon 1680 entworfen worden war, als die Pest an Klagenfurt vorüberzog, aber erst zehn Jahre später gebaut wurde, weil dazwischen die Türkenbelagerung stattgefunden hat?« Manuel Listig liebte Geschichte und erzählte immer wieder von historischen Tatsachen und Ereignissen, die den meisten Menschen nicht bekannt waren, obwohl sie fast täglich an den historischen Zeitzeugnissen vorbeiliefen.

»Diese Pestsäule wurde nach der Vertreibung der Türken noch während ihrer Entstehung umfunktioniert zur Siegessäule«, fuhr er fort, ohne auf Remmiz' Antwort zu warten, der schon gar nicht mehr richtig zuhörte, sondern in Gedanken bereits ein kühles Bier beim »Augustin« bestellte.

»Sie stand zuerst am Heiligengeistplatz vor dem damaligen Spital und dem ältesten Friedhof der Stadt und wurde erst 1955, als dort das städtische Zentrum für öffentliche Verkehrsmittel geschaffen wurde, hierher umgesiedelt.«

Remmiz hörte kaum noch zu. Seine Gedanken waren bei einem Fall vom letzten Jahr hängen geblieben, als er die Mädchenhändler-Bande verfolgt hatte. Listig plauderte dennoch immer weiter, während sie die Eingangstür des Gasthofs »Augustin« erreichten.

»Willst du im Innenhof sitzen oder drinnen im Lokal?«, fragte Listig, plötzlich das Thema wechselnd, mit einem Blick auf die dunklen Wolken, die sich überraschend gebildet hatten.

»Gehen wir besser rein«, schlug Remmiz vor. »Ich glaube, es wird regnen.«

37

Remmiz hatte gerade die letzten Reste seines Gulaschs mit einem Stück frischer Semmel aufgetunkt, als sich die Doors mit »Love Me Two Times« in seiner Hosentasche meldeten.

»Was ist passiert?«, fragte er kauend, nachdem er den Anruf angenommen hatte.

»Frank? Wo bist du?«, meldete sich Tina ungewöhnlich aufgeregt.

»Beim ›Augustin‹. Was ist denn los?«

»Zwei Erfolge gleichzeitig, Frank. Wir kriegen diese Banditen.«

»Wo, wie, wann?«

»Also erstens, wir haben den Engländer gefunden. Er hat in einem Hotel in Villach eingecheckt. Die Rezeptionistin hat ihn am Foto erkannt. Er heißt zwar anders, aber wir wissen ja, dass er mehrere Pseudonyme verwendet.«

»Gut, Tina«, unterbrach Remmiz sie. »Was können wir tun? Bekommt ihr einen Haftbefehl gegen ihn?«

»Ich fürchte nein, Frank. So schnell geht das nicht. Wir brauchen Beweise, wie du weißt, und derzeit haben wir gar nichts gegen diesen Herrn in der Hand«, erklärte sie.

»Und? Wollt ihr ihn laufen lassen, oder was? Wie viele Menschen soll er denn noch umbringen, bis ihr reagieren könnt?« Remmiz' Stimme war inzwischen lauter geworden.

Listig starrte ihn an, und einige andere Gäste im Umkreis des Tisches sahen bereits herüber und begannen zu tuscheln.

»Bleib cool, Frank. Er entkommt uns nicht. Ich habe das SEK schon aktiviert. Wir fahren gleich los und nehmen ihn vorläufig fest. Dann können wir erstens sein Gepäck durchsuchen und zweitens einen Haftbefehl ausstellen lassen, sobald wir irgendeinen Beweis gefunden haben. Dazu reicht es schon, wenn er mehrere gefälschte Reisedokumente bei sich hat oder im besten Fall vielleicht sogar die Mordwaffe, mit der er die Frau in Villach erstochen hat.«

»Na ja, das klingt ja schon ein bisserl besser«, resümierte Frank mit gesenkter Stimme.

»Außerdem haben wir Grund genug, ihn für achtundvierzig Stunden festzuhalten, weil Interpol ihn angeblich sucht. Wir wissen darüber allerdings nichts Genaues. Irgendeine Geheimhaltungsstufe. Vielleicht ist er ja in irgendetwas Geheimdienstliches verwickelt.«

»Hoffentlich nicht, denn dann wird es kompliziert. Ich will ihn wegen Mordversuchs an Julian und wegen Mordes an Lisa hinter Gittern sehen«, brüllte Remmiz nun wieder lauter in sein Handy. Erneut drehten sich mehrere Köpfe in seine Richtung.

»Ich darf dir das offiziell gar nicht sagen, Frank«, fuhr Tina nun leiser flüsternd fort, »aber wir fahren jetzt los, um ihn festzunehmen. Willst du dabei sein, oder wartest du, bis er hier in der Zelle sitzt?«

»Welches Hotel?«, fragte Remmiz, wartete die Antwort ab, beendete das Gespräch und stand auf.

»Ich muss dringend los, Manu. Kannst du die Rechnung übernehmen? Mein Auto steht ja noch am Kardinalplatz. Servus, Manu.«

Remmiz wartete nicht mehr auf Manuel Listigs Antwort. Er ließ sogar sein halb volles Bierglas stehen und stürzte mit schnellen Schritten los.

Das Schwein hat meinen Julian und Lisa auf dem Gewissen!, dachte er im Hinausgehen. Na warte!

Während er im schnellen Joggingtempo zu seinem Auto eilte, fiel ihm ein, dass Tina zwei Erfolge erwähnt hatte. »Zwei Erfolge gleichzeitig«, hat sie gesagt. Sobald ich sie sehe, muss ich sie fragen, was sie damit gemeint hat, nahm sich Remmiz vor. Der Engländer ist ja nur einer, auch wenn er mehrere Namen hat.

38

Als Remmiz sich dem Hotel »Holiday Inn« in Villach näherte, erkannte er sofort die Einsatzwagen des SEK, die vor dem Hoteleingang standen. Hoffentlich hat der Killer nicht gerade aus dem Hotelfenster gesehen und die erkannt, dachte er.

Er hatte sich entschlossen, den kilometermäßig kürzeren Weg zu nehmen anstatt der schneller befahrbaren, aber etwas längeren Strecke über die Autobahnabfahrt Faaker See und die Maria-Gailer-Straße. Bereits in Wernberg war er von der Südautobahn auf die Triester Straße gefahren, von dort in die Klagenfurter Straße, am Bahnhof vorbei und direkt von hinten zum Europaplatz, wo sich das Hotel befand.

Ein modernes, achtstöckiges Gebäude, das sich imposant über das neue Kongresszentrum hinweg über die Drau erhob. Es war von allen Seiten sichtbar, und von den oberen Stockwerken des Hotels aus konnte man das gesamte Stadtgebiet überblicken.

Noch einmal hoffte Remmiz, dass der Engländer sie nicht doch entdeckt hatte.

Die schwarz gekleideten, gepanzerten Polizisten waren wie üblich bis an die Zähne bewaffnet und hatten bereits das gesamte Gelände umstellt. Remmiz kannte die Vorgehensweise bei einem solchen Einsatz nur zu gut. Oft genug hatte er selbst das SEK zu Verhaftungen beordert.

Oberst Hans Tischler, der Einsatzleiter des SEK, stand gemeinsam mit Tina und Roland neben der offenen Schiebetür seines Einsatzwagens und hielt ein Funkgerät in der Hand.

»Servus, Hans«, grüßte Remmiz, als er neben dem Wagen ausstieg. Jeder andere wäre niemals bis dorthin gekommen, doch die SEK-Beamten kannten Remmiz und seinen ehemaligen Dienstwagen, der nun als Privatwagen fungierte. Sicherheitshalber hatte Remmiz das Blaulicht als Erkennungszeichen ans Dach geheftet.

»Servus, Frank, was machst denn du hier?«, fragte Oberst Tischler. »Ein Bekannter von dir?«, fügte er noch kurz angebunden hinzu, während er mit dem Kopf in Richtung Hotel nickte.

»Das Schwein hat meinen Sohn und meine Schwiegertochter auf dem Gewissen«, fluchte Remmiz. Man konnte ihm ansehen, dass er ziemlich aufgebracht war.

»Ach, der ist das. Weiß schon. Ich bringe ihn dir, Frank«, bestätigte Tischler.

»Aber lebend, Hans! Ich will ihn lebend in die Hände kriegen!«

»Alles klar, Frank. Ich bringe ihn dir lebend«, bestätigte Tischler erneut, dann wandte er sich um, warf einen Blick auf die diversen Monitore, die im Inneren des Einsatzwagens angebracht waren und auf denen Tischler die Bilder der Helmkameras seiner Einsatztruppe mitverfolgen konnte.

»Achtung, an alle«, bellte er in sein Funkgerät. »Es ist von höchster Priorität, dass das Zielobjekt lebend gefasst wird. Ich wiederhole: lebend fassen, aber keinesfalls entkommen lassen. Das hat oberste Priorität!«

Dann blickte er wieder zurück auf Frank und nickte ihm zu, als Bestätigung, seinen Wunsch sofort umgesetzt zu haben.

»Wo ist er?«, fragte Remmiz. Er wusste, dass Tischler ihm offiziell keine Auskunft geben durfte, aber er wusste auch, dass Tischler ihm diese Auskunft nicht verweigern würde. Zu tief waren die alte Freundschaft und die jahrelange Kameradschaft.

»Im fünften Stock. Zimmer 507. Unsere Leute sind bereits vor seiner Tür. Bleib hier, Frank«, sagte Tischler, wissend, dass Remmiz wie auf Nadeln stand.

»Aufmachen! Polizei!«, schrie in diesem Moment der Truppführer vor der Hotelzimmertür 507. Fünf Mann hatten sich neben der Tür postiert, weitere sicherten das Stiegenhaus und den Lift, und vier Mann befanden sich in der Rezeption. Gemeinsam mit dem Hotelpersonal bemühten sie sich, die anderen Gäste in Sicherheit und in Deckung zu halten.

Plötzlich krachten aus dem Hotelzimmer drei aufeinanderfolgende Schüsse. Eine Kugel durchschlug die Hotelzimmertür und blieb in der Wand dahinter stecken. Wohin die anderen zwei Kugeln flogen, wussten die Beamten in diesem Augenblick nicht.

Gareth Stalker war auf derartige Angriffe vorbereitet. Der Schuss auf die Zimmertür diente nur der Ablenkung. Er wusste, dass die SEK-Beamten nicht hinter, sondern neben der Tür stehen würden. Mit den anderen beiden Schüssen zielte er auf die Türschlösser der Doppeltür zum Nebenzimmer. Bereits beim Einchecken hatte er darauf geachtet, dass sein Zimmer eine Verbindungstür zum Nachbarzimmer hatte. Nummer 509. In den meisten Hotels war das sowieso schon Standard, um Familien oder sonstigen Partnern einfachen Zugang zu den Zimmern der anderen zu ermöglichen, ohne immer über den Gang zu müssen.

Er stieß die Verbindungstür auf. Bevor er sein Zimmer verließ, zog er den Stift aus einer Rauchgranate, die er in Hotelzimmern stets griffbereit liegen hatte, und warf diese hinter sich in Richtung Eingangstür.

Im Nebenzimmer saß eine hübsche Brünette Mitte dreißig vor dem kleinen Schminktischchen gegenüber dem Queensize-Bett. Als die Tür aufgerissen wurde und ein Mann mit einer Pistole in der Hand hereinstürmte, erstarrte sie in der Bewegung. Die Make-up-Watte fiel aus ihren Fingern lautlos zu Boden, während sie den fremden Mann im Spiegel anstarrte, ohne in der Lage zu sein, sich umzudrehen.

Stalker würdigte die Frau keines Blickes. Sie war keine potenzielle Gefahrenquelle für einen Profikiller wie ihn. Sein Ziel war ihre Zimmertür, die auf den Gang führte. Dort befand sich sein einziger Fluchtweg. Während die Angreifer sein Zimmer stürmen und wegen des Rauchs nichts sehen würden, konnte er hinter ihrem Rücken den Gang und von dort aus das Stiegenhaus erreichen – und von da an war der Weg frei. Schon mehrmals in seiner Karriere hatte er sich seinen Weg freischießen müssen. Bisher stets erfolgreich.

In diesem Moment zog einer der Beamten vor seiner Zimmertür den Magnetschlüssel durch das Schloss und stieß die Tür auf. Dicker gelber Rauch quoll den Angreifern entgegen. Damit hatten sie nicht gerechnet. Schussfeste Westen, Visierhelme und alle Kleidungsstücke, die sie trugen, waren auf die eigene Sicherheit ausgerichtet. Zusätzlich zu den MP88-Maschinen- und

Glock-17-Pistolen waren sie mit Blendgranaten, starken Taschenlampen und so ziemlich allem ausgestattet, was man für einen solchen Angriff benötigte. Aber gegen dicken Qualm aus einer Rauchgranate waren auch sie kurzfristig machtlos. Trotzdem stürmten drei von ihnen in den Raum. Sie wussten, dass das Bett und sonstiges Mobiliar stets an den Wänden der Hotelzimmer standen und somit zwischen Eingangstür und Fenster ein Freiraum war.

Sie rannten los. Blind und direkt in Richtung Fenster. Der Erste von ihnen, der das Fenster erreichte, griff zur Schnalle und riss es weit auf.

Gareth Stalker hatte mittlerweile die Zimmertür erreicht und öffnete sie leise. Er streckte den Kopf in den Gang und blickte nach links in Richtung zu seiner eigenen Zimmertür. Er sah die Rücken von zwei schwarz gekleideten SEK-Beamten im offenen Türrahmen stehen. Keiner der beiden blickte in seine Richtung. Lautlos huschte er in den Gang hinaus und lief nach rechts in Richtung Stiegenhaus.

Als der gelbe Rauch auch in das Zimmer 509 strömte, schrie die Brünette endlich auf. Mit einem lauten Kreischen versuchte sie, sich die Todesangst, die sie soeben erst zu realisieren begann, von der Seele zu schreien. Die SEK-Beamten verstanden sofort und drehten sich in die Richtung, aus der der Schrei kam. Auch einer der Beamten vor der Zimmertür 507 drehte sich um und blickte in den Gang. Er riss seine Glock 17 in Schussposition und schrie lauthals seinen Befehl.

»Halt! Stehen bleiben, oder ich schieße! Polizei!«

Der Beamte, der am Ende des Ganges beim Abgang zum Stiegenhaus gewartet hatte, trat in dieser Sekunde einen Schritt nach vorn in den Gang.

Gareth Stalker blieb nicht stehen. Obwohl er von den Beamten eingekreist war, dachte er keineswegs daran, aufzugeben. Da er bereits die Hälfte des Weges zum Stiegenhaus hinter sich hatte, konzentrierte er sich auf den Mann vor ihm, hob seine Browning 9 Millimeter und feuerte.

»Stehen bleiben, oder ich schieße!«, schrie der Beamte hinter ihm noch einmal, während derjenige vor ihm, von zwei Kugeln in den Brustpanzer getroffen, nach hinten taumelte.

Lebend fassen, aber keinesfalls entkommen lassen. Oberste Priorität, klangen die Befehle seines Chefs noch in seinem Ohr, doch in einem Fall wie diesem mit einem um sich schießenden Killer, der soeben seinen Kollegen niedergestreckt hatte, gab es klare Richtlinien. Er feuerte zweimal. Er zielte dabei tief, auf die Beine des flüchtenden Mörders.

Die erste Kugel verfehlte Stalker, die zweite traf ihn in den Unterschenkel seines rechten Beines. Bereits im Fallen wirbelte er herum und feuerte ein weiteres Mal ziellos nach hinten, wodurch er den SEK-Beamten dazu zwang, hinter dem Türstock in Deckung zu gehen. Dann rappelte er sich auf und humpelte weiter zum Stiegenhaus. Bleich und nach Luft schnappend, lag der Polizist am Boden und hielt sich mit beiden Händen die Brust. Seine Glock 17 lag einen Meter hinter ihm.

Stalker stieg einfach über ihn hinweg und humpelte weiter. Als er die Tür zum Stiegenhaus erreichte, blickte er sich noch einmal um. Er setzte einen weiteren ungezielten Schuss in Richtung Zimmer 507. Den am Boden liegenden Polizisten verschonte er.

»Achtung, Zielperson flüchtet zur Stiege nach unten«, informierte der Leiter der Angriffstruppe alle Kollegen über das interne Funksystem.

Remmiz, Tischler, Tina und Huber hatten die gesamte Szene auf den Bildschirmen mitverfolgt. Schon während die Schüsse auf dem Gang fielen, stürmte Remmiz in Richtung Hoteleingang. Auch Tina und Huber liefen los, hinter Remmiz her. Oberst Tischler schickte über Funk die zwei in der Rezeption wartenden Beamten zum Stiegenhaus, um den Flüchtenden abzufangen, bevor dieser die Rezeption erreichen konnte.

Als Remmiz in die Rezeption stürmte, sah er die beiden schwarz gepanzerten Polizisten gerade noch über die Stiege nach oben verschwinden. Wie ein Irrsinniger stürmte er ihnen hinterher. Im ersten Stock, am oberen Ende der Stiege, befand sich das Konferenzzentrum des Hotels. Rechts lag das Foyer, in dem bereits einige Stehtische für den nächsten Empfang vorbereitet waren, geradeaus der Lift und linker Hand mehrere verschieden große Konferenzsäle.

Gerade als die beiden SEK-Beamten die obersten Stufen erreichten, stürmte Stalker aus dem hinteren Stiegenhaus, das vom Konferenzzentrum zu den oberen Stockwerken führte. Als er die schwarzen Panzer und Helme auftauchen sah, schoss er wild und ungezielt um sich und zwang damit die Beamten, hinter der gemauerten Stiegenwand in Deckung zu gehen. Dann hechtete er nach vorn und erreichte binnen Sekunden die verglasten Terrassentüren. Um keine Zeit mit dem Türschloss zu verlieren, jagte er einfach eine Kugel durch die Glastür, die sofort mit einem lauten Klirren in tausend Scherben zersprang.

Die beiden am Stiegenansatz in Deckung liegenden Polizisten hoben fast synchron ihre Pistolen und feuerten dem flüchtenden Verbrecher hinterher, als dieser durch die zerbrochene Glastür sprang. Auch sie zielten auf die Beine. Zwei weitere Kugeln zerfetzten Stalkers bereits blutende Unterschenkel. Der konnte nach seinem Sprung durch die zerborstene Scheibe nicht mehr auf den Füßen landen und weiterlaufen. Er stürzte der Länge nach auf die Terrasse, rollte sich ein und kugelte weiter bis zum eisernen Geländer, das die Terrasse umsäumte. Er wusste, dass er jetzt nicht aufgeben durfte. Sonst war alles aus. Mit dem Todesmut eines sterbenden Tieres, wie ein Zebra, das in der Savanne von einem Rudel wilder Löwen gejagt und gerissen wird, rappelte er sich nochmals auf, zog sich mit den Armen am Geländer hoch und hievte seinen bereits aus mehreren Wunden blutenden Körper mit einem einzigen Schwung darüber hinweg.

Mit einem dumpfen Krachen landete er drei Meter tiefer auf der Caféterrasse des Hotels. Die Gäste, die soeben noch entspannt ihren Cappuccino und den wunderschönen Ausblick über den Draufluss, der sich an dieser Stelle ruhig und zeitlos durch die Stadt schlängelte, genossen hatten, sprangen, schrien und kreischten auf, als ein blutender Körper vor ihnen auf den Boden krachte.

Als sich der flüchtende Killer auf der oberen Terrasse über das Geländer zog, hatte Remmiz erkannt, dass er umkehren musste, um ihn zu fassen. Mehrere Stufen auf einmal nehmend, jagte er die Stiege wieder hinunter in die Rezeption und durch das Hotelcafé zur unteren Terrasse. Tina und Huber folgten ihm, während die beiden SEK-Beamten an das Geländer der oberen Terrasse eilten und auf den einen Stock tiefer am Boden liegenden Stalker starrten.

Remmiz erreichte Stalker als Erster und kickte mit einem festen Tritt des rechten Fußes die Browning, die er noch immer krampfhaft umklammert hielt, vorschriftsmäßig außer Reichweite des Verbrechers.

»Für Julian und Lisa«, zischte er wütend, zielte mit seiner Glock 17 direkt auf Stalkers Stirn und krümmte seinen Zeigefinger um den Abzug.

»Nicht, Frank!«, schrie Tina hinter ihm. »Tu es nicht! Er ist es nicht wert.«

»Beruhige dich«, rief auch Huber, packte Frank am Oberkörper und drückte ihn mit einem Schwung gegen die Wand des Cafés.

»Nicht, Frank«, wiederholte er. »Wir haben ihn. Tu es nicht. Er ist es nicht wert.«

39

Remmiz brauchte länger, um sich zu beruhigen. Tina und Huber blieben an seiner Seite, bis sie sicher sein konnten, dass er seine unkontrollierbare Wut nicht mehr an diesem Profikiller auslassen würde.

»Das verdammte Schwein. Er hat meinen Sohn auf dem Gewissen«, fluchte Remmiz.

Erst als die Sanitäter den aus mehreren Wunden Blutenden notversorgt und mit der Trage abtransportiert hatten, begann sich Remmiz langsam zu beruhigen.

»Komm mit, Frank«, forderte Huber ihn auf und ging voraus zum Zimmer 507. Die Tür stand offen, der gelbe Rauch hatte sich bis auf einige kleine Restwolken in den Ecken verzogen. Huber hielt das Klappmesser und die Angelschnur, die sie aus den Taschen des verletzten Gangsters geholt hatten, in Beweisplastiksäckchen verpackt in der Hand.

»Damit kriegen wir ihn«, konstatierte Huber. »Ich bin mir sicher, dass wir auf dem Messer DNA-Spuren von dem Opfer in Villach finden werden. Außerdem hat er auf die SEK-Beamten geschossen, und alles Weitere werden wir herausfinden. Vielleicht gibt es sogar in dem ausgebrannten Wagen irgendeine Spur, die zu ihm führt. Zumindest die Autovermietung wird ihn als Mieter identifizieren. So oder so, Frank, der kommt uns nicht mehr aus.«

Remmiz beschloss, darauf nicht zu antworten. Wortlos sah er sich im Hotelzimmer um. Tina, die den Männern gefolgt war, hatte inzwischen ihre weißen Latexhandschuhe übergezogen und hielt mit einem triumphierenden Lächeln um die Lippen zwei Kuverts hoch. Jedes davon enthielt einen Reisepass, einen Führerschein und mehrere Kreditkarten, lautend auf Harry Wales und Oliver Jackson.

»Der Pass, den er bei sich hatte, lautet auf Gareth Stalker«, erklärte Tina. »Das ist definitiv unser Mann, und er war offensichtlich doch nicht so schlau, sondern dumm genug, dieselben

Identitäten öfter zu verwenden, sonst hätte er diese Pässe mit den Namen, die Interpol bereits kennt, doch vernichtet.«

»Egal, wie schlau oder dumm der ist, jetzt haben wir ihn. Von der Klinik kommt er direkt in den Knast und die nächsten zwanzig Jahre nicht mehr heraus«, resümierte Huber.

»Hm«, sagte Remmiz, »jetzt fehlen uns nur noch der Italiener und der Kroate.«

»Apropos Italiener, Frank. Da war noch etwas, das ich dir sagen wollte. Aber wegen der Hektik mit dem Engländer habe ich das ganz vergessen«, gestand Tina, während sie die rechte Hand und einen Zeigefinger streckte, so wie ein Schulkind, wenn es dem Herrn Lehrer etwas sagen will.

»Ja, genau«, erinnerte sich Remmiz. »Jetzt fällt es mir wieder ein. Du sagtest etwas von zwei Neuigkeiten. Zwei Erfolge gleichzeitig, glaube ich, waren deine Worte am Telefon. Wenn das Auffinden des Engländers der eine war, was war dann der andere, Tina?«

»Der andere Killer, Frank«, sagte Tina freundlich lächelnd. »Der Italiener, dieser Calabrese, ist wieder in Österreich. Das ARGUS-2-Überwachungsprogramm hat sich schon gut bewährt. Es hat sein Auto, den schwarzen Lancia, erfasst und an Kennzeichen und Wagentyp erkannt, als er sich der österreichischen Grenze näherte«, erklärte sie.

»Na, dann schnappen wir uns den doch gleich als Nächsten«, schlug Remmiz vor, »wo ist er denn jetzt abgeblieben?«

»Das wissen wir nicht genau. Wir müssen ihn wieder suchen. Wir wissen nur, dass er über den Loiblpass nach Österreich eingereist ist«, bestätigte Huber.

»Den Loiblpass? Wieso über den Loiblpass? Von Triest führt der kürzeste Weg zur Grenze nach Österreich doch über die Autobahn Udine, Tarvis, Villach. Das war ja auch der Weg, auf dem er uns verlassen hatte, oder?«

»Ja, Frank. Das stimmt. Wir haben uns auch gewundert. Vielleicht meint er ja, dass er da unauffälliger unterwegs ist?«, vermutete Tina.

»Vielleicht hat er aber auch ein anderes Ziel, irgendwo weiter im Osten, und das wäre dann ja der kürzere Weg«, mutmaßte Huber.

Frank hörte den Vermutungen der beiden Kriminalisten zu. Plötzlich weiteten sich seine Augen, und er hielt wie erstarrt mitten in der Bewegung inne.

»Verdammt! Über den Loiblpass … verdammte Scheiße … Tina! Roland! Höchste Alarmstufe!«

»Was, wieso denn, Frank? Weißt du etwas, das wir nicht wissen?«, fragte Tina erstaunt.

»Ja!« Frank Remmiz schrie jetzt auf wie ein verletztes Tier. »Ja! Vom Loiblpass kommt man direkt ins Bodental, ohne über Villach und Klagenfurt fahren zu müssen. Verdammt! Woher weiß der das bloß? Er muss es wissen. Ganz sicher!«

»Was wissen, Frank? Was muss er wissen?« Tina und Huber war anzusehen, dass die panische Angst, die Remmiz befallen hatte, auf sie überzugreifen begann.

»Brigitte und Christina sind im Bodental. Ich habe sie dorthin in Sicherheit gebracht. Damit sie aus der Schusslinie sind.«

»Oh Gott, dann müssen wir sofort los«, reagierte Huber schnell.

»Aber wie zum Teufel hat der das herausbekommen? Es gibt außer mir und jetzt erst euch nur eine einzige Person, die davon weiß. Sonst absolut niemand. Wir haben mit niemandem gesprochen und sind gestern direkt dorthin gefahren. Nicht einmal ihr wusstet davon«, murmelte Remmiz.

»Wer ist es, Frank?« Tina blickte ihm fest in die Augen. »Wer hat deine Familie verraten?«

Remmiz hielt inne. Man konnte sehen, dass er innerlich mit sich selbst kämpfte. Dann kamen ganz langsam, fast tonlos, zwei Worte über seine blutleeren Lippen.

»Manuel Listig.«

40

Nach einem weiteren kräftigen Kärntner Mittagessen saß Diego Calabrese an einem der urigen Holztische im Garten des Gasthofs Bodenbauer. Er wusste, dass er es nicht eilig haben musste, sondern dass seine Zielperson von selbst kommen würde. Wie zufällig hatte er einen Platz gewählt, von dem aus er auf die vorbeiführende Straße blicken konnte.

Er brauchte nicht lange zu warten. Gerade als er die Zeitung weggelegt hatte, um einen frischen Apfelstrudel mit Schlag und dazu einen herrlichen Cappuccino zu konsumieren, rasten zwei Autos mit überhöhtem Tempo am Gasthof vorbei in Richtung der ersten Schranke. Ein schwarzer Audi und ein silberfarbener VW Passat. Calabrese ließ sich davon nicht aus der Ruhe bringen.

Auch der andere Gast, der unendlich Zeit zu haben schien und die meiste davon in seinem Ford-Kastenwagen verbrachte, reagierte nicht auf die vorbeirasenden Fahrzeuge. Für den aufmerksamen Betrachter wäre lediglich ein leichtes Zucken seiner linken Augenbraue erkennbar gewesen. Kaum waren die beiden Wagen vorbeigerast, erhob er sich langsam vom Tisch und verschwand wieder in seinem Wohnmobil.

Remmiz erreichte die erste Schranke, sprang aus dem Wagen und sperrte auf. Er ließ die Schranke offen stehen, sprang in seinen Audi und fuhr los. Tina und Huber folgten in kurzem Abstand. Remmiz drückte auf das Gaspedal und kurbelte wild am Lenkrad, um den vielen Unebenheiten, Bodenrillen und Schlaglöchern auszuweichen, doch mehr als dreißig Kilometer pro Stunde waren auf dieser Straße nicht möglich.

»Wo zum Teufel rast denn der hin?«, wunderte sich Tina, während sie versuchte, Remmiz' Tempo zu halten.

»Ich verstehe das nicht«, sagte Huber neben ihr. »Soweit ich bis jetzt mitkomme, hat der Listig eine Almhütte. Dorthin rasen wir übrigens gerade. Die hat er Frank und seiner Familie zur Verfügung gestellt, um sie in Sicherheit zu bringen, so lange, bis die Killer erledigt sind. Und jetzt meint Frank, dass der Listig ihn an die Killerbande verraten hat? Das ergibt doch keinen Sinn.«

»Nein, Roland. Das ergibt wirklich überhaupt keinen Sinn. Wieso sollte er Frank verraten? Die Killer finden Franks Familie sowieso. Aber sie angeblich in Sicherheit zu bringen, um sie dann zu verraten, das verstehe ich nicht«, bestätigte Tina.

»Geld?«, fragte Huber plötzlich.

»Glaubst du, die haben Geld geboten? Ein Kopfgeld auf Remmiz oder seine Frau oder seine Kinder?«

»Das würde einiges erklären«, konstatierte Tina.

»Dieser Mladkovič hat sicher Geld wie Heu, eine unbändige Rachelust, und dem ist jedes Mittel recht. Der lässt es sich sicher einiges kosten, den Tod seines Darko Devos an Remmiz zu rächen. Aber ich kann mir das trotzdem nicht vorstellen. Nicht vom Manuel Listig. Der macht sich doch gar nichts aus Geld. Der ist einfach nicht der Typ für so etwas.«

»Frank scheint davon überzeugt zu sein. Und der sagt so etwas auch nicht leichtsinnig. Was, zum Teufel, sollen wir jetzt tun?«, fluchte Huber. »Sollen wir den Listig verhaften lassen?«

»Vielleicht«, resümierte Tina. »Aber jetzt ist es auf jeden Fall noch zu früh. Ich meine, zuerst folgen wir Frank auf die Hütte und schauen mal, was da los ist. Dann überlegen wir, wie wir vorgehen, insbesondere mit Manuel Listig.«

Remmiz erreichte das große Holztor. Wieder sprang er aus dem Wagen, öffnete das Vorhängeschloss, riss das Tor auf und fuhr danach sofort weiter, ohne das Tor wieder zu verschließen.

»Diese Almhütte liegt ja besser abgesichert als unser Präsidium«, staunte Huber, während Tina wieder Vollgas gab und losfuhr. »Zwei versperrte Schranken auf einer Almhüttenstraße habe ich noch nirgendwo erlebt.«

Remmiz stieg vor der Hütte voll auf die Bremse seines Audis und rannte zum Eingang. Die Autotür ließ er sperrangelweit offen. Die Tür zur Hütte war allerdings abgeschlossen, sodass Remmiz mit einem lauten Poltern dagegenkrachte.

Christina lag mit Ohrstöpseln und ihrem iPod auf der Couch und träumte bei ihrer Musik. Brigitte, die am Esstisch saß und las, fiel fast das Buch aus der Hand, als sie das laute Krachen an der Tür vernahm. Den heranrasenden Wagen hatte sie nicht gehört.

»Wer ist da?«, schrie sie verschreckt auf und wusste in der ersten Sekunde nicht, was sie tun sollte.

»Brigitte, mach auf. Frank hier«, brüllte Frank vor der Tür und polterte mit den Fäusten dagegen.

Brigitte sprang auf und öffnete die Tür. Remmiz taumelte in den Raum und erstarrte mitten in der Bewegung, als er Brigitte und Christina friedlich vorfand.

Erst jetzt bemerkte Christina seine Ankunft.

»Hi, Daddy«, bemerkte sie fröhlich und schloss wieder die Augen, um ihrer Musik besser lauschen zu können.

»Frank, was ist los? Du siehst besorgt aus«, staunte Brigitte, während sie auf Remmiz zuging und ihn in die Arme nahm. Er drückte seine Frau, so fest er konnte.

»Ich habe mir Sorgen gemacht, mein Schatz.«

Tina und Huber hatten inzwischen ebenfalls die Hütte erreicht und betraten das Wohnzimmer.

»Wir sind rechtzeitig hier. Gott sei Dank. Noch ist nichts geschehen. Guten Tag, Frau Remmiz«, grüßte Tina, sichtlich erleichtert über die friedliche Situation in der Hütte.

»Und jetzt erzähl mir bitte, was hier los ist, Frank«, befahl Brigitte, während sie sich gemeinsam mit den anderen an den Esstisch setzte. »Sind wir in Gefahr? Ist etwas passiert?«

Christina trennte sich von ihrem iPod und setzte sich auch zu den anderen, während Remmiz zu erzählen begann. Von der Verhaftung des zweiten Profikillers Gareth Stalker in Villach, von den Zusammenhängen mit Mladkovičs Racheplänen und davon, dass offensichtlich der dritte Profikiller, der in diesen Auftrag verwickelt zu sein schien, heute über den Loiblpass von Triest nach Kärnten eingereist war.

»Wir haben schon eine Fahndung nach dem schwarzen Lancia und Calabrese ausgegeben. Es ist nur eine Frage der Zeit, bis wir den finden«, erklärte Huber geflissentlich.

»Glaubst du, der kommt hierherauf auf den Berg? Hierherauf, bis zu dieser Hütte?«, fragte Brigitte erstaunt. »Wir sind hier auf über eintausendfünfhundert Meter.«

»Der Kerl ist ein Profikiller. Den wird die Höhe vermutlich nicht davor abschrecken, seinen Auftrag auszuführen«, konstatierte Remmiz trocken. »Wir müssen auf alles gefasst sein.«

»Sprechen wir doch noch einmal über Listig«, führte Tina das Gespräch weiter. »Glaubst du wirklich, Frank, dass er uns verraten hat?«

Brigitte und Christina starrten plötzlich auf Remmiz. »Der Manuel soll uns verraten haben?«, stammelte Brigitte.

»Ich weiß es nicht«, bekannte Remmiz. »Aber ich finde sonst keine Erklärung. Wieso fährt dieser Calabrese ausgerechnet hier in der Nähe über den Loiblpass und nicht wie üblich über die Autobahn bei Villach? Er muss doch einen Grund dafür haben. Das kann doch nur bedeuten, dass er weiß, dass sich seine Zielpersonen hier auf der Alm befinden. Und das muss ihm jemand gesteckt haben. Oder habt ihr eine andere Erklärung dafür?«

»Wir sind Zielpersonen?«, stammelte Christina plötzlich, mit weit aufgerissenen Augen auf ihren Vater starrend.

»Ja, meine Liebe«, bestätigte Remmiz in sanftem Ton. »Dieser Mladkovič hat offensichtlich einen Racheplan und uns alle zu Zielpersonen seiner Rache erkoren. Wir müssen jetzt wirklich sehr aufpassen. Wir sind in Lebensgefahr. Ihr seid in Lebensgefahr.« Dabei nickte er mit dem Kopf in die Richtung von Brigitte und Christina.

»Was sollen wir mit Listig machen, Frank?«, erinnerte ihn Tina an die ungeklärte Frage. »Wir müssen ihn doch auf jeden Fall zur Rede stellen.«

»Okay, dann fahrt ihr wieder runter nach Klagenfurt und befragt den Manuel. Die Schranken sind eh offen. Ich gehe das Tor später zusperren. Auf jeden Fall bleibe ich jetzt hier. Ruft mich an, sobald ihr ihn gefunden und befragt habt«, beschloss Remmiz.

Während Tina und Huber den VW Passat wieder langsam zurück ins Tal lenkten, stellten sich Brigitte und Frank Remmiz eng umschlungen auf die Terrasse vor der Hütte und blickten über das weite Tal. Langsam versank die Sonne hinter den Karawanken, und Dämmerung kam auf. Die schwächer werdenden Sonnenstrahlen ließen die Nordflanke der Koschuta, des in Ost-

West-Richtung verlaufenden Bergmassivs, das durch mehrere hundert Meter hohe Felsabstürze charakterisiert war, in freundlich weichem Licht erstrahlen. Genau auf ihrem Kamm, fast auf der gesamten Länge über vierzehn Kilometer, verlief die Grenze zwischen Österreich und Slowenien. Es wurde früh dunkel hier in den Bergen.

41

Während Tina und Huber langsam nach unten kurvten und schließlich die Asphaltstraße neben dem Bodenbauerhof erreichten, ließ Huber seinen Blick nach links schweifen, ohne irgendetwas Besonderes zu suchen. Unübersehbar stand ein schwarzer Lancia Delta auf dem sonst fast leeren Parkplatz.

»Halt, Tina. Bleib stehen. Da ist er«, sagte Huber fast flüsternd zu seiner Kollegin, während er die rechte Hand nach oben riss, als ob er den Verkehr anhalten wollte. »Der schwarze Lancia von diesem Calabrese. Hier am Parkplatz. Los, fahr da rüber.«

Tina, die soeben festen Asphalt erreicht und in Vorfreude auf wieder schnelleres Fahren das Gaspedal durchgedrückt hatte, stieg auf die Bremse, zog den Wagen nach links und blieb direkt hinter dem verdächtigen schwarzen Wagen stehen.

Sie sprangen aus dem Auto und zogen zeitgleich ihre Waffen aus den Holstern. Während Tina an ihrer geöffneten Fahrertür stehen blieb und die umliegende Gegend sicherte, trabte Huber vorsichtig zum Haus und öffnete die Tür.

Mit gezogener Waffe stürmte er in den Schankraum.

»Polizei!«, rief er laut. »Alle bleiben sitzen«, fügte er rasch hinzu.

Wie zu Salzsäulen erstarrt, hielten die wenigen Gäste, die um diese Uhrzeit anwesend waren, und die Bodenbäuerin, die gerade mit einem kleinen Tablett und drei frischen Bieren zu einem der Tische unterwegs war, in ihren Bewegungen inne und starrten auf den bewaffneten Polizisten.

Mit einem Rundumblick versicherte sich Huber, dass Calabrese nicht im Raum war. Langsam ließ er die Glock 17 sinken, während er mit der linken Hand in die Innentasche seines Sportjacketts griff, um ein Foto hervorzuziehen.

»Kennen Sie diesen Mann?«, fragte er, während er der Bodenbäuerin das Foto unter die Nase hielt.

Die stellte langsam das Tablett mit den Bieren auf den Tisch ihrer Gäste und drehte sich zu Huber um.

Ein kurzer Blick auf das Bild genügte, um sie zu einer Bestätigung zu bewegen.

»Ja«, erklärte sie mit einem kurzen Kopfnicken, »der wohnt hier bei uns. Seit gestern. Ein sehr netter Herr. Aus Italien«, fügte sie noch hinzu.

»Ist er anwesend?« Huber zog seine Dienstmarke hervor. »Roland Huber, Kripo Klagenfurt«, erklärte er. »Wir suchen diesen Mann. Wo ist er?«

»Hm. Ich glaube, der ist wandern gegangen«, sagte die Bäuerin nach kurzer Überlegung, »so vor zwanzig Minuten ungefähr habe ich ihn losmarschieren sehen. Ich weiß nicht, wohin er gegangen ist. Er hat mir nichts gesagt. Ist einfach losgegangen.«

»Okay. Wo ist sein Zimmer?«, bohrte Huber nach, während er die Waffe zurück in sein Holster steckte. Inzwischen war Tina ebenfalls im Türrahmen erschienen und überblickte die Situation.

»Meine Kollegin, Tina Baumgartner. Wissen Sie etwas über diesen Herrn?«, wandte sich Huber, ohne auf die Antwort der Bodentalbäuerin zu warten, an die anderen Gäste. Stummes Kopfschütteln war die einzige Antwort, die er bekam.

»Zimmer fünf im ersten Stock, gleich rechts«, erklärte die Hausherrin. »Kommen Sie mit. Ich zeige es Ihnen.«

Mit der rechten Hand griff sie hinter sich, wo an der Wand ein mit mehreren kleinen Kästchen unterteiltes Regal angebracht war, und zog den Schlüssel aus dem Kästchen.

»Danke. Wir machen das schon.« Mit einem schnellen Griff nahm Tina den Zimmerschlüssel aus der Hand der Wirtin, drehte sich um und eilte mit großen Schritten die Stiege nach oben. Während sie sich links neben die Tür stellte und mit der rechten Hand das Schloss aufsperrte, stellte sich Huber rechts neben die Tür und zog seine Glock 17 wieder aus dem Holster. Mit abgewinkelten Armen hielt er die Waffe nach oben gerichtet in Bereitschaftsposition. Auch wenn die Bäuerin behauptet hatte, dass die Zielperson wegmarschiert sei, konnte man es nie genau wissen. Daher gingen die beiden Beamten exakt nach Einsatzplan vor.

Tina stieß die Tür mit einem Ruck auf. Huber sprang mit einem Satz voraus in das Hotelzimmer. Es war leer.

Auf dem Stuhl vor dem einfachen Holztisch lag eine offene Reisetasche. Tina durchsuchte sie, fand jedoch nur Unterwäsche. Huber öffnete den Schrank, in dem sich einige Hemden und Polos sowie ein Sportjackett befanden. Sonst war nichts zu finden. Kein Reisepass, keine Waffen, keine Hinweise auf die Person.

»Das ist ein echter Profi. Hier gibt es keinen einzigen Hinweis auf seine Identität, außer seinen DNA-Spuren natürlich«, stellte Huber fest, »aber die helfen uns jetzt auch nicht weiter.«

Tina holte ihr Handy hervor und tippte auf eine Kurzwahlnummerntaste.

»Frank, dieser Calabrese ist tatsächlich hier im Bodental. Er hat sich beim Bodenbauer einquartiert, ist aber vor zwanzig Minuten zu Fuß aufgebrochen. Möglicherweise ist er unterwegs zu euch. Sei auf der Hut.« Dann legte sie wieder auf, ohne auf eine Antwort oder sonstige Kommentare von Remmiz zu warten.

Sie wählte eine weitere Kurzwahlnummerntaste.

»Herr Oberst, Tina hier. Wir brauchen ein Einsatzkommando und einen Hubschrauber. Dieser Calabrese ist hier im Bodental und offensichtlich zu Fuß in den Bergen unterwegs. Wir müssen ihn aufspüren und aufhalten, bevor er der Familie Remmiz etwas antun kann«, befahl Tina.

»Hm, das wird schwierig, Tina«, antwortete Oberst Polzer nach einiger Überlegung, »hast du mal aus dem Fenster gesehen? Es wird gerade finster. Wie sollen wir denn mitten in der Nacht in den Bergen mit dem Hubschrauber jemanden suchen, der gar nicht gefunden werden will?«

»Ich weiß selbst, wie unmöglich das klingt«, schnauzte Tina zurück. Die Angst um Remmiz und seine Familie ließ sie die übliche Höflichkeit vergessen, für die sie sonst so bekannt war, »aber wir müssen etwas tun.«

»Hast du Frank informiert?«

»Ja, der weiß Bescheid.«

»Gut. Ich werde sehen, was ich machen kann. Ich spreche gleich mit Oberst Tischler. Wir werden gemeinsam darüber entscheiden, wie es weitergeht, okay? Und ihr macht inzwischen nichts da oben, bitte. Ihr braucht jetzt nicht unvorbereitet und ohne entsprechende Ausrüstung in der Nacht in den Bergen herumzuirren. Sonst können wir euch nachher auch noch suchen gehen. Versprochen, Tina?«

Enttäuscht darüber, dass ihre Information nicht zu einem sofortigen Großeinsatz geführt hatte, steckte Tina ihr Handy wieder ein und wandte sich an Huber, der jedes Wort mitgehört hatte.

»Wir können hier jetzt nichts tun, Roland. Fahren wir wie geplant nach Klagenfurt und suchen Manuel Listig. Wir müssen unbedingt herausfinden, ob der auf unserer Seite ist oder nicht.«

Unmittelbar nachdem Tina und Huber wieder in ihren Wagen gestiegen und abgefahren waren, öffnete Hansi Molitschnig die Zimmertür Nummer sechs, hinter der er jedes Wort der beiden Kriminalisten verfolgt hatte, und begab sich zu seinem Kommunikationswagen. Tja, dachte er frohlockend, da stoßen die Bullen wohl an ihre Grenzen. Mit Heli und SEK wird es nix mehr heute Nacht. Aber was faseln die da über den Listig? Wieso sollte der auf einer anderen Seite sein als auf der der Bullen? Der ist doch der Detektivpartner vom Remmiz. Hat der die Seiten gewechselt und arbeitet jetzt auch für die Mafia? Grübelnd setzte sich Molitschnig an den kleinen Tisch seines Kastenwagens und holte sein Handy hervor.

42

Als Tina und Huber Klagenfurt erreichten, war es bereits vollends dunkel geworden. Sie entschlossen sich trotz der späten Stunde, zuerst im Büro nach Listig zu suchen. Tina parkte vor der Tür des Bürohauses am Kardinalplatz und wartete, während Huber zur Eingangstür lief und den Klingelknopf betätigte. Oben ist alles finster. Der ist wohl nicht da, überlegte Tina, während sie auf Huber wartete und den Blick über das Hochhaus gleiten ließ.

»Nicht da«, bestätigte Huber, als er zurück zu Tina kam. »Weißt du, wo er wohnt?«

»Steig ein, Roland.«

Tina gab Vollgas und fuhr mit quietschenden Reifen los in Richtung Waidmannsdorf, eines der im Südwesten gelegenen sogenannten alten Stadtviertel von Klagenfurt. Huber öffnete sein Fenster und heftete das Blaulicht auf das Wagendach. Tina raste die Rosentaler Straße entlang, bog nach rechts in die Siebenhügelstraße, zog mit vollem Schwung durch ein paar kleine Gassen in Waidmannsdorf, bis sie vor einem der großen Wohnblöcke in der Kanaltalerstraße scharf abbremste.

»Hausnummer 8b. Hier wohnt er.«

Huber unterließ es, zu fragen, woher sie Listigs Privatadresse kannte. Schon während der Fahrt war ihm klar geworden, dass Tina alles über jeden herausfand, der mit ihrem Frank zu tun hatte. Sie bewunderte und verehrte ihn viel zu sehr, als dass sie ihn mit einem Unbekannten gemeinsam eine Detektei hätte führen lassen. War doch klar, dachte er. Die weiß vermutlich mehr über Listig, als der selbst über sich weiß.

Diesmal kam Tina mit. Gemeinsam liefen sie zur Tür, und Huber drückte auf den Klingelknopf neben dem kleinen Schildchen »Manuel Listig«. Die Haustür öffnete sich mit einem Summen, ohne dass sich jemand über die Sprechanlage nach den Besuchern erkundigt hatte. Sie verzichteten auf den Lift und rasten die kalten verfliesten Betonstufen bis in den dritten Stock hinauf. Listig hatte die Wohnungstür bereits geöffnet und strich sich mit der linken Hand über seine Halbglatze, als ihm die beiden Polizisten entgegenstürmten.

»Habe euren Wagen schon kommen sehen. Mit Blaulicht«, erklärte Listig freundlich. »Was ist los? Ist etwas passiert?«

Anstatt einer freundlichen Begrüßung stieß Tina Listig mit der flachen Hand auf die Brust, sodass dieser ein paar Schritte zurück in seine Wohnung taumelte.

»Was hast du getan?«, schrie sie ihn an. »Wie viel haben sie dir bezahlt?«

Der kleine Mann kam erst zum Stehen, als er mit dem Rücken an der Wand seiner Garderobe lehnte. Huber knallte die Tür hinter ihnen zu. Eine Sekunde lang herrschte völlige Stille.

Mit weit aufgerissenen Augen starrte Listig auf Tina und Huber, die ihm beide wutentbrannt gegenüberstanden. Was zum Teufel ist hier passiert?, fragte er sich. Bin ich auf einmal ihr Feind? Habe ich etwas falsch gemacht? Was ist mit Frank und seiner Familie passiert?

Manuel Listig verstand die Welt nicht mehr.

Schließlich packte ihn auch Roland Huber am Kragen und schrie ihm ins Gesicht. »Verdammter Verräter!«

»Von was redet ihr da?«, stotterte Listig nach einer Weile, als er sich wieder ein wenig von seinem Schock erholt hatte. »Was soll ich getan haben, und wer hat wen für was bezahlt?«

»Jetzt hör mal zu, du kleiner Wicht!«, brüllte Tina. »Niemand außer dir hat gewusst, wo Franks Familie ist. Niemand außer dir kannte diese Almhütte. Nicht einmal wir beide. Frank selbst hat die Hütte nicht gekannt, sondern erst erfahren, wohin du ihn bringst, als ihr dort wart. Das hat er mir bestätigt. Also warst du der Einzige, der wusste, wo sie sind.«

»Ja, natürlich. Niemand sollte das wissen. Zum Schutz von Franks Familie habe ich niemandem davon erzählt. Auch niemandem im Präsidium. Man weiß ja nie genau, ob es nicht einen Maulwurf gibt, oder?«, stammelte Listig.

»Und wieso, bitte, wissen dann die Killer schon, wo er ist? Wie kann der Profikiller von Italien aus direkt ins Bodental fahren? Der hat doch das Bodental und die Almhütte vorher garantiert nicht gekannt. Er ist auf direkte Anleitung dorthin gefahren«, führte Huber die Erklärungen lautstark fort, während er Listig noch fester am Kragen packte und seinen wehrlosen Körper schüttelte.

»Der Killer aus Italien ist da?« Listig wusste nicht, wie ihm geschah, und nun auch noch diese Nachricht. »Wir müssen sofort zu Frank und ihn warnen und ihm helfen.« Listigs Stimme wurde jetzt fester, nachdem ihm langsam klar wurde, worum es hier ging.

»Wir waren gerade dort, und ein SEK-Team ist schon in Vorbereitung. Entscheidend ist jetzt, Manu, wieso die Gangster das wissen konnten.« Tina ließ nicht locker und schimpfte weiter auf Listig ein.

»Also von mir nicht, ihr Vollidioten!« Jetzt wurde Listig lauter. »Wieso sollte ich Frank in Sicherheit bringen und dann den Gangstern verraten, wo er ist? Seid ihr vollkommen deppert geworden? Frank ist mein bester Freund, ihr Idioten!«

Diese Aussage kam so überzeugend, dass Tina und Huber stutzig wurden. Es kehrte zwar keine Ruhe ein, die Stimmen waren weiterhin erregt und lauter als üblich, aber langsam begann allen dreien klar zu werden, dass es vielleicht doch eine andere Quelle für den Verrat des Aufenthaltsortes von Franks Familie geben musste.

»Die haben uns beobachtet«, konstatierte der Detektiv schließlich nach einer Weile. »Das ist die einzige Erklärung. Die müssen einen oder mehrere andere Beobachter hier in Klagenfurt haben. Anders ist das nicht erklärbar«, fuhr Listig fort. »Ich kann euch Folgendes versichern, bei allem, was mir heilig ist: Niemals würde ich Frank verraten. Für keine Summe der Welt. Ich mach mir sowieso nichts aus Geld, das weiß doch jeder.«

Bei diesem Satz hob er beide Hände und zuckte mit den Achseln, um seiner Nichtachtung vor Geldwerten Ausdruck zu verleihen. Huber hatte ihn inzwischen losgelassen. Sie standen noch immer im Vorraum der Wohnung.

»Ich habe niemandem erzählt, wohin wir fahren. Nicht einmal Frank. Ich habe ihm nur gesagt, dass ich vorschlage, ihn und seine Familie auf eine Almhütte in Sicherheit zu bringen, und er hat eingewilligt, ohne den Ort zu kennen. Er hat meine Hütte tatsächlich nicht gekannt. Dann sind wir direkt von seiner Wohnung weg zur Hütte gefahren. In drei Autos, wegen der Flexibilität. Wir sind nur einmal stehen geblieben«, erinnerte er sich, »weil Brigitte noch ein paar Unterlagen von der Uni geholt hat, die sie mitnehmen wollte.«

»Hm«, überlegte Tina. »Es wäre doch möglich, dass euch jemand gefolgt ist. Habt ihr darauf geachtet?«

»Ehrlich gesagt, nein«, gab Listig zu. »Wie hätte ich auch darauf achten können? Ich fuhr ja voraus, und die anderen haben darauf geachtet, mir zu folgen. Wer immer uns gefolgt ist, hat vermutlich leichtes Spiel gehabt. Verdammt«, fluchte Listig. »Wie konnte uns das nur passieren? Die ganze Mühe umsonst. Verdammt!«

Während Tina, Huber und Listig sich gegenseitig anstarrten und ihren Zorn und ihre Hilflosigkeit durch weitere Flüche zum Ausdruck brachten, begannen sich die Rädchen im Gehirn des Detektivs zu drehen.

»Wenn ich dieser Beobachter wäre«, begann er laut zu denken, »dann würde ich in Remmiz' Wohnung Mikros anbringen.«

»Bei allem Respekt vor dem Feierabend der Kollegen …«, begann Tina einen Satz, ohne ihn zu Ende zu bringen. Stattdessen holte sie ihr Handy hervor und tippte eine Kurzwahlnummerntaste ein.

»Servus, Sebastian«, begrüßte sie den alten Chef der Spurensicherung. »Sorry, dass ich dich stören muss, aber es ist wirklich wichtig. Wir brauchen dich sofort. Es geht um Frank und seine Familie.«

»In diesem Fall gibt es sowieso keinen Feierabend«, bestätigte Dr. Müller brummig wie immer. »Als ob schon einmal ein Mörder seine Tat verschoben hätte aus Rücksicht auf meinen Feierabend. Was gibt's?«

»Ich schicke dir den jungen Mayer mit einem Dietrich zu Franks Wohnhaus, damit er dir aufsperrt«, erklärte Tina, »dann gehst du rein und suchst das ganze Haus nach Wanzen ab, okay?«

»Frank ist nicht da«, sagte der alte Dr. Müller erstaunt, »und ich soll sein Haus absuchen? Weiß er davon?«

»Darüber mach dir keine Sorgen, Sebastian. Es ist in seinem

Sinne, und ich bin in Kontakt mit ihm. Es geht um seine Sicherheit. Tu es, bitte«, setzte Tina nach.

»Okay, Tina. Ich tue es für Frank. In fünfzehn Minuten bin ich dort.«

43

»Der Triester ist vor Ort«, erklärte Browning sachlich wie immer. »Unser Beobachter hat soeben einen neuen Lagebericht übermittelt. Es wird jetzt ernst. Alle drei Zielpersonen sind in dieser Almhütte versammelt.«

»Gut.« Hämisch grinsend lehnte sich Mladkovič nach vorn und holte eine frische Zigarre aus dem Kästchen auf dem Schreibtisch.

»Ich will alle Details, Matt«, sagte er, während er sich wieder zurücklehnte, nachdem er genüsslich die ersten dicken Rauchwolken über seinen breiten, goldverzierten Schreibtisch geblasen hatte.

Browning blieb wie üblich vor dem Schreibtisch stehen, während er seinem Chef ausführlich alle Informationen übermittelte, die er von Molitschnig und, unabhängig davon, von Calabrese erhalten hatte. Der Triester wusste ja nichts davon, dass der Pate einen Beobachter auf ihn angesetzt hatte, und daher hatte er von sich aus seine Situation beschrieben, ohne zu wissen, dass er bereits von den Bullen gefunden worden war. Mit diesem Doppel-Berichts-System sicherte sich die professionelle Organisation des Paten gegen Fehler einzelner Außendienstler ab. Jeder konnte einmal einen Fehler machen, doch der Pate duldete keine Fehler. Jeder wurde von einem anderen überwacht, und jeder Fehler wurde automatisch mit dem Tod bestraft. Also wusste Browning, dass Calabrese schon so gut wie tot war. Er musste nur zuerst noch seinen Auftrag ausführen.

Für das große Attentat in Berlin werde ich wohl einen neuen Killer beauftragen müssen, dachte Browning. Damit war eigentlich der ganze Kärntner Killer-Wettkampf umsonst gewesen. Frank Remmiz hatte bereits, ohne es zu wissen, die Vorbereitung für das Attentat in Berlin vermasselt.

»Also, Frank Remmiz, seine Frau und seine Tochter sind in der Almhütte. Zu Fuß ist diese Hütte vom Tal aus in circa zwei Stunden erreichbar, somit kann niemand schneller als in zwei Stunden dort sein. Die einzige Straße ist mit zwei versperrten

Schranken gesichert, sodass keine Autos dorthin gelangen können, außer die Fahrer würden die Schlösser zerstören. Ist das so weit richtig, Matt?«, unterbrach sein Chef seine Gedanken.

»Korrekt, Chef. Es handelt sich übrigens um einfache Vorhängeschlösser, die im Ernstfall in Sekundenschnelle zerschossen wären«, ergänzte Browning geflissentlich.

»Hm, wie auch immer. Der Triester ist bereits am Berg und liegt über der Hütte auf der Lauer, ausgerüstet mit Scharfschützengewehr, Pistole und dicker Daunenjacke, richtig?«

»Korrekt, Chef«, wiederholte Browning, ohne seinen Boss unterbrechen zu wollen.

»Und unser Beobachter, dieser … wie heißt er noch …?«

»Molitschnig, Sir.«

»… dieser Molitschnig ist ebenfalls am Berg und hat sich unterhalb der Hütte in Position gebracht, beobachtet Remmiz' Familie in der Hütte und unseren Profi.«

»Korrekt, Chef.«

»Na also, dann ist doch alles perfekt vorbereitet. Gratuliere, Matt. Gut gemacht.« Zufrieden paffte Mladkovič an seiner Zigarre. Gemütlich lehnte er sich zurück und dachte nach.

»Was machen die Bullen?«, fragte er seinen Assistenten.

»Nichts, Sir. Jetzt in der Nacht können sie gar nichts tun. Gestern waren allerdings zwei Kripobeamte bei dem Gasthof im Bodental, wo der Triester eingecheckt hatte. Sie wissen, dass er da ist, so viel ist klar …«

»Das ist schlecht. Das heißt, wir müssen jetzt schnell handeln, bevor die reagieren können.« Mladkovičs Stimme wurde lauter. »Sie könnten entweder Remmiz' Familie woandershin bringen, oder sie könnten Verstärkung auf die Alm schicken. Ich vermute, sie werden Letzteres tun. Was meinst du, Matt?« Mit scharfen Augen visierte der Pate seinen Assistenten an, um beobachten zu können, wie dieser reagierte.

»Ich meine auch, dass sie höchstwahrscheinlich ein SEK-Team auf die Alm schicken werden, aber vor allem, um Calabrese zu fangen, nicht unbedingt, um Remmiz zu schützen. Allerdings wissen sie nichts von Molitschnig. Sie wissen also nicht, dass wir wissen, dass sie wissen, wo Calabrese ist. Also sind wir immer noch einen Schritt voraus«, bestätigte Browning die Meinung seines Chefs.

»Ja, das ist gut. Und sie wissen nichts davon, dass wir noch jede Menge andere Möglichkeiten zur Verfügung haben. Solange sie nur den Triester suchen, sind wir immer noch im Vorteil.«

»Was sollen wir tun, Chef? Wie wollen Sie Remmiz serviert haben?«, heischte der Assistent um Anerkennung.

»Ruf den Triester an. Er soll warten, bis die Remmiz-Bande in der Hütte eingeschlafen ist. Dann soll er sich anschleichen und Remmiz überwältigen. Das wird er doch hoffentlich allein schaffen, oder?«

»Der ist ein absoluter Topprofi, Sir. Der schafft das locker, vor allem, weil er das Überraschungsmoment auf seiner Seite hat.«

»Davon gehe ich aus, Matt. Sobald er Remmiz unter Kontrolle hat, soll er anrufen.«

»Was machen wir mit dem zweiten Mann?«, unterbrach Browning und wollte sich schon auf die Zunge beißen.

»Der zweite Mann«, befahl Mladkovič, »soll gar nichts tun. Nur beobachten. Er soll in Bereitschaft bleiben und nur eingreifen, wenn irgendetwas schiefgehen sollte. Ist er bewaffnet?«

»Er ist Spezialist für Beobachtungen und Einbrüche. Ich fürchte, seine einzigen Waffen sind Mikros, Kameras und Dietriche.«

»Hm«, brummte Mladkovič. »Dann machen wir das anders. Wir gehen von vornherein auf Nummer sicher. Die sollen gleich zu zweit angreifen. Molitschnig soll lautlos die Tür aufschließen, damit der andere reinstürmen kann. Der Remmiz rechnet garantiert nur mit einem Angreifer, nicht mit zweien. Also kommuniziere mit den beiden und bring sie zusammen als geschlossene Angriffskraft.«

»Gut, Chef. Mache ich sofort«, bestätigte Browning pflichtbewusst.

»Und dann bereitest du meinen Heli vor. Du kommst mit, und wir nehmen zwei Piloten und vier Mann extra von der Security. Wann genau geht morgen die Sonne auf?«

Browning zog sein Smartphone aus der Tasche, öffnete eine App und meldete: »Morgen in dieser Gegend um Punkt fünf Uhr zweiundfünfzig, Chef.«

»Gut, wir fliegen um fünf Uhr dreißig los, dann sind wir um null sechshundert, wie unsere Truppe das nennt, auf dem Hügel vor der Hütte.«

»Korrekt, Chef.«

»Um fünf nach sechs erschieße ich Remmiz' Frau und Tochter und um zehn nach sechs ihn selbst. Dann sind wir vor sieben wieder zurück zum Frühstück. Alles klar?«

»Jawohl, Chef«, beeilte sich Browning zu bestätigen, danach verließ er das Büro und begab sich in die Kommunikationszentrale, um den Angriff gemäß den Wünschen seines Chefs einzuleiten.

Mladkovič lehnte sich zurück, paffte genüsslich an seiner Zigarre, schenkte sich danach einen doppelten Cognac ein und widmete sich den Börsenkursen auf seinen Monitoren.

44

Tina hatte Huber zu Hause abgesetzt und war dann in ihre Wohnung in Welzenegg gefahren. Ich muss mich kurz hinlegen. Ich kann ja kaum noch geradeaus schauen, dachte sie. Morgen wird ein heftiger Tag. Ich muss wenigstens kurz schlafen.

Doch kaum war sie eingeschlafen, klingelte ihr Handy.

»Hallo, Tina«, meldete sich Dr. Müller. »Entschuldige die späte Störung, aber ich bin mir sicher, dass du das wissen willst.«

»Ja? Was ist denn passiert?«, murmelte Tina verschlafen, ohne die Augen zu öffnen. Verdammt, wie soll ich das überleben, wenn ich nicht einmal zehn Minuten schlafen kann?

»Du hattest recht. Verdammt, du hattest recht.« Der alte Forensiker klang aufgeregter als sonst. Eine halb verweste Wasserleiche würde kaum mehr so viel Adrenalin in seine Adern pumpen wie diese Situation.

»Ja, was denn nun?« Tina konnte die vom Sandmännchen zugeklebten Augen noch immer nicht öffnen.

»Es waren drei Mikros in Remmiz' Haus versteckt. Echte Profigeräte. Im Wohnzimmer, in der Küche und in seinem Büroraum. Drei Stück. Stell dir das mal vor. Die haben den totalen Lauschangriff gestartet. Ich muss gleich morgen bei uns im Präsidium eine Suchaktion veranlassen. Wer weiß, was diese Typen noch alles verwanzt haben.« Dr. Müllers Stimme überschlug sich fast vor Aufregung.

»Okay. Danke. Super Arbeit. Servus.« Tina verzichtete auf weitere Diskussionen zum Thema. Morgen ist auch noch Zeit, um alle Details zu besprechen, befand sie. Jetzt muss ich schlafen. Da hatte der Listig wirklich einen guten Riecher …

Mit dem Handy in der Hand war sie sofort wieder eingeschlafen. Es dauerte jedoch keine zehn Minuten, bis es erneut klingelte. Aufgeschreckt blinzelte Tina und drückte wieder auf die grüne Taste.

»Was'n noch?«, murmelte sie verschlafen mit kaum hörbarer Stimme, vermutend, dass Dr. Müller noch einmal anrief.

»Tina. Schläfst du schon?« Hubers Stimme klang hellwach und aufgeregt.

»Ja. Du nicht, offensichtlich.« Selbst im Halbschlaf war ihr trockener Humor noch immer aktiv.

»Nein. Keine Zeit. Vor lauter Telefonieren komme ich nicht zum Schlafen.«

»Das geht mir auch so«, murmelte Tina.

»Zuerst hat mich der Polzer angerufen. Morgen früh haben wir einen Großeinsatz auf der Ogrisalm und verhaften Calabrese.«

»Super. Und bis dahin kann ich schlafen?«

»Dann hat mich Oberst Tischler angerufen. Wir treffen uns um null fünfhundert am Flughafen. Wir beide fliegen mit dem SEK mit dem Heli zum Einsatz.«

»Super. Und bis dahin kann ich schlafen?«

»Sei nicht so sarkastisch, Tina. Es geht um alles oder nichts.« Hubers Stimme wurde schärfer.

»Und dann hat mich der alte Müller angerufen. Die haben drei Mikros in Remmiz' Haus gefunden. Wahnsinn, was?«

»Ja. Wahnsinn. Mich hat er auch angerufen. Zwei Minuten vor dir. Roland, bitte sei mir nicht böse, ich muss jetzt endlich schlafen, okay?«

»Okay, Tina. Schlaf schnell. Wir sehen uns um fünf am Flughafen. Gute Nacht.«

Ohne einen weiteren Kommentar legte Huber auf. Tina blieb bewegungslos mit dem Handy in der Hand am Ohr liegen. Sie war schon wieder eingeschlafen.

45

Diego Calabrese hatte es sich bequem gemacht. Er lag auf einer Wolldecke mit einseitiger Alubeschichtung, wie sie in jedem Campingshop verkauft wurde. Die hielt die vom Boden aufsteigende Kälte ab. Als Sniper hatte Calabrese gelernt, dass es wichtig war, die Körpertemperatur bei langen Wartezeiten nicht zu sehr absinken zu lassen, denn darunter konnte die Konzentration leiden, die wichtigste Waffe des Snipers, abgesehen vom Gewehr.

Die Kapuze seines Anoraks hatte er über den Kopf gezogen. Seine Remington 700 lag bereits zusammengeschraubt und griffbereit neben ihm, während er mit dem Nachtsichtzielfernrohr in der Hand die Hütte beobachtete.

Zweimal war Remmiz vor die Tür gekommen, um Feuerholz zu holen. Sonst war alles ruhig. Ein sanfter Föhnwind ließ die Blätter in den Bäumen über ihm leise und gleichmäßig rauschen. Ab und zu hörte er ein Käuzchen rufen und ein paar nachtaktive Kleintiere im Unterholz rascheln. Plötzlich meldete sich sein Handy. Da er es auf »lautlos« gestellt hatte, war es nur ein leichtes Vibrieren in seiner Hosentasche, das ihn über den Anruf informierte

»Ja?«, meldete er sich mit leiser Stimme.

»Calabrese, hör zu«, begann Browning mit seinen Instruktionen. »Der Plan ist wie folgt. Du wirst heute Nacht, sobald die Zielpersonen eingeschlafen sind, in die Hütte gehen und sie überwältigen.«

»Klar doch. Mit Vergnügen«, bestätigte der Berufskiller und wollte das Gespräch schon wieder beenden.

»Warte, da ist noch etwas.«

»Ja?«

»Du bist nicht allein dort oben. Es ist noch ein zweiter Mann von uns in deiner Nähe.«

»Ein zweiter Mann in meiner Nähe? *Cazzo!* Was heißt das?«

»Er ist nur ein Beobachter, kein Killerprofi wie du. Aber der Chef will, dass ihr den Einsatz gegen Remmiz gemeinsam durchzieht.«

»Gemeinsam?« Calabrese runzelte die Stirn. »Was soll das heißen, gemeinsam? Ich arbeite immer allein. Ich bin doch hier nicht in einem verdammten Team. Ich mache nichts gemeinsam mit niemandem.«

»Doch, Calabrese. Du wirst gemeinsam vorgehen, wenn der Chef das so will. Also hör zu. Hansi, so heißt der Mann, ist ein Klagenfurter. Er ist Spezialist für Beobachtungen, Abhörungen und Einbrüche. Er wird dir, sobald die Remmiz eingeschlafen sind, lautlos die Tür der Hütte öffnen, damit du reinstürmen und den Remmiz überwältigen kannst. Verstanden?«

»Verdammte Scheiße. Na gut. Wo ist der Mann?«

»Er liegt hundert Meter unter dir auf dem Hügel und beobachtet dich. Er hat dich von Anfang an beobachtet.«

»Von Anfang an? Traut ihr mir nicht, oder was?«, fluchte Calabrese immer deutlicher. Seine Adern an der Stirn waren bereits in Zornesröte angeschwollen. Er musste sich zusammenreißen, um nicht lauter zu werden.

»Calabrese! Hör jetzt bitte auf damit. Wir alle folgen den Befehlen unseres Paten. Es geschieht so, wie er will, und basta!« Brownings Stimme wurde schärfer. »Also, ich rufe den Hansi Molitschnig jetzt an und schicke ihn zu dir nach oben. Dann wartet ihr, bis Remmiz schläft, und dann stürmt ihr die Hütte, verstanden?«

»Okay, Browning. Schon gut. Ich mache es so, wie ihr wollt. Wie geht es dann weiter?«

»Sobald ihr den Remmiz in eurer Gewalt habt, rufst du an. Dann tut ihr nichts. Morgen früh um Punkt sechs Uhr kommt der Pate mit dem Helikopter, um Remmiz und seine Familie selbst zu erschießen. Auf keinen Fall dürft ihr vorher jemanden töten. Der Boss will das selbst tun. Verstanden?«

Calabrese wusste, dass diese Frage nur rhetorisch gemeint war.

»*Si, si*, Browning. Also schick mir diesen Hansi, und dann legen wir los. *Ciao.*« Frustriert drückte Calabrese die rote Taste seines Handys. So eine Scheiße, dachte er. Jetzt muss ich schon mit unbekannten Beobachtern zusammen angreifen. Das wird ja immer schlimmer mit diesen Österreichern.

Zehn Minuten später hörte er bereits das näher kommende Rascheln im Unterholz. Dann blinkte eine kleine Taschenlampe kurz auf. Das war das Signal. Kurz darauf trat ein Schatten hinter den Bäumen hervor. Calabrese blieb einfach liegen. Er mühte sich nicht, extra aufzustehen. Das war hier schließlich keine formelle Begrüßungszeremonie.

»*Salve*, Diego. Ich bin der Hansi«, grüßte Molitschnig, als er sich neben den Profikiller auf die ausgebreitete Decke legte.

»*Salve.*« Calabrese hatte nicht die Absicht, hier große Konversation zu betreiben. »Hast du Waffen?«, fragte er schließlich den Gast auf seiner Decke.

»Nur ein Fernrohr, ein Nachtsichtgerät und einen Dietrich. Ich bin kein Killer von Beruf. Nur Beobachter«, erklärte Molitschnig.

»Habe ich schon gehört. Auch gut. Halte dich einfach zurück, wenn es losgeht. Ich mache das schon. Keine Sorge.«

»Okay.« Damit war die Besprechung beendet. Friedlich wie ein Liebespaar lagen die beiden Gangster auf der Decke und beobachteten unentwegt die Blockhütte. Es bewegte sich nichts.

46

Um Punkt Mitternacht erlosch das Licht in der Blockhütte. »Wir warten noch eine halbe Stunde, bis sie sicher schlafen«, gab Calabrese Anweisung an seinen Adjutanten, den er als solchen betrachtete. Er war schließlich der Profikiller hier, der andere war ein Beobachter und Wasserträger.

Molitschnig nickte nur kurz mit dem Kopf als Zeichen seines Einverständnisses. Eine Geste, die ihn in seiner Wichtigkeit bestätigte und ihm half, seine aufkeimende Nervosität in den Griff zu bekommen. Menschen zu beobachten, war eine Sache. Das war er gewohnt. Aber sie tätlich anzugreifen, war eine ganz andere Sache. Da hatte er keinerlei Erfahrungen.

Irgendwie machte es ihn auch stolz, neben einem richtigen italienischen Mafiakiller auf der Lauer zu liegen. Es war anders als sonst, denn auch er war, ähnlich wie sein Zufallspartner, eigentlich ein Einzelgänger. Er war es gewohnt, immer allein vorzugehen. Doch diesmal war es anders.

»Adesso. Andiamo!«

Calabreses Befehl kam nach exakt dreißig Minuten. Beide standen auf und streckten ihre durch das lange Liegen steif gewordenen Glieder. Calabrese legte ein paar Liegestütze und einige Kniebeugen auf die Wiese, um seine Muskeln ordentlich aufzuwärmen. Molitschnig entschied sich, bei diesen Übungen nicht mitzumachen. Es würde zu billig aussehen, dem Killer alles nachzumachen. Calabrese ignorierte die verwunderten Blicke seines Partners während seiner Übungen.

Im Schutze der Dunkelheit und der Bäume bestand keine Gefahr, von ihrem Opfer vorzeitig gesehen zu werden. Calabrese legte seine Decke fachgerecht zusammen und verstaute sie in seinem Rucksack. Dann nahm er seine Remington 700 in die eine und den Rucksack in die andere Hand. Auch sein Nachtsichtgerät hatte er eingepackt. Außer seiner Beretta 92 und seinem Stiletto würde er keine Waffen benötigen, um den Polizisten zu überwältigen.

Vorsichtig stiegen sie den Hang nach unten, bis zum alten Holzschuppen. Sie schlichen an die linke, dem Blockhaus abgewandte Seite des Gebäudes. Dort legte Calabrese seinen Rucksack ab und stellte sein Gewehr daneben.

»Das bleibt hier«, erklärte er flüsternd. »Das hole ich später.«

Molitschnig betrachtete das Scharfschützengewehr, dessen schwarz polierter Lauf im schwachen Mondlicht nur matt schimmerte.

»Du sperrst die Tür auf und trittst dann sofort zur Seite. Ich stürme hinein und überwältige den Bullen«, gab der Killer flüsternd seine Anweisung an Molitschnig. Der nickte, griff in seine Hosentasche und umklammerte den Spezialdietrich, mit dem er bis jetzt jedes Schloss aufgebracht hatte.

Nebeneinander schlichen sie bis zur Hauswand der Blockhütte. Calabrese stellte sich rechts neben die Tür und zog seine Beretta. Mit beiden Händen umklammerte er den Griff und nickte Molitschnig zu. Das war der Einsatzbefehl.

Molitschnig kniete sich vor die Tür und betrachtete das Schloss. Ein einfaches Profilzylinderschloss, erkannte er sofort. Das dauert keine zwanzig Sekunden.

Er steckte den Dietrich in den Schlitz, drehte und zog ihn ein paarmal vor und zurück. Dann knackte es leise, und das Schloss war offen. Beide hielten den Atem an. In der Hütte war nichts zu hören.

Mit einem Kopfnicken bestätigte Molitschnig die Erledigung seines Auftrages. Calabrese antwortete ebenfalls mit einem Nicken, das seinem Partner anordnete, zur Seite zu gehen. Vorsichtig robbte Molitschnig auf den Knien nach links, um dem Killer den Weg frei zu machen.

Calabrese stellte sich vor die Tür. Die Beretta hielt er schussbereit in der rechten Hand. Mit der linken griff er an die Türklinke, drückte sie nieder und stieß mit einem Ruck die Tür auf.

Ein leises, schnelles Zischen war das Letzte, das er in seinem Leben hörte. Der kurze Pfeil, den Remmiz in seine von ihm selbst am Nachmittag konstruierte Selbstschussanlage eingelegt hatte, traf mitten in das Herz des Killers und durchbohrte es.

Molitschnig bemerkte vorerst nicht, dass ihr Plan gescheitert war. Er kniete noch immer neben der Tür. Dann begann er sich zu wundern, warum Calabrese nicht weiterging, sondern einfach stehen blieb. Es dauerte nur wenige Sekunden, doch die erschienen Molitschnig wie eine Ewigkeit, bis der Triester plötzlich nach hinten über die zwei Eingangsstufen vor der Hütte kippte und zu Boden fiel. Er war schon tot, bevor er den Boden berührte.

Im selben Moment ging das Licht an. Greller Lichtschein strömte durch den Türrahmen, erhellte den Platz vor der Hütte und beleuchtete den auf dem Boden liegenden Toten, aus dessen Brust ein Pfeil ragte. Dunkelrotes Blut sickerte langsam aus der Einschusswunde.

Molitschnig war von dieser Entwicklung der Situation so überrascht, dass er mehrere weitere Sekunden benötigte, um zu begreifen, dass hier alles ganz anders lief als geplant.

Remmiz hatte nicht nur die ganze Nacht in der Hütte neben der Eingangstür gelauert, er hatte sogar eine automatische Selbstschussanlage gebaut, um absolut sicherzugehen, dass er nicht das Opfer eines Angriffs werden würde.

Eine Sekunde, nachdem der Pfeil losgezischt war, war er, seine Glock 17 entsichert in der rechten Hand, vom Sessel an der Wand neben der Eingangstür aufgesprungen und hatte mit der linken Hand den Lichtschalter betätigt.

Endlich begriff Molitschnig, dass hier alles verloren war. Heißes Blut schoss ihm in den Kopf. Panisch sprang er auf und sprintete, so schnell er konnte, in Richtung des alten Schuppens. Im Laufen erinnerte er sich an das Gewehr, das dort an der Wand lehnte. Das Gewehr! Ich muss es erreichen und mich wehren, dachte er panisch. Das Blut in seinem Kopf pulsierte auf Hochdruck.

Der Lichtschein aus dem Raum erhellte nur dürftig den Bereich vor der Hütte, zumal Remmiz nun selbst im Türrahmen stand und somit seinen eigenen Schatten vor sich warf. Aber er konnte erkennen, dass ein Mann von der Hütte weg in Richtung Schuppen rannte. Remmiz hatte nicht vor, ihn entkommen zu lassen.

»Bleib stehen! Denk nicht mal dran!«, knallte Remmiz' Befehl durch die Nacht. Ohne genau zu zielen, feuerte er einen Schuss in die Richtung des Flüchtenden.

Die Kugel traf Molitschnig in den Oberschenkel. Mitten im Sprung, einen Meter vor dem rettenden Schuppen, brach er zusammen.

47

»Ihr könnt jetzt runterkommen«, rief Remmiz nach oben in den ersten Stock. »Es ist vorbei. Ich habe beide erledigt.«

Brigitte ließ die Glock 17, die Tina ihr vor ihrer Abfahrt noch schnell in die Hand gedrückt hatte, auf das Bett gleiten, wo sie gemeinsam mit ihrer Tochter eng umschlungen und zitternd gewartet hatte.

Auf Franks Anweisung hin waren sie um Mitternacht nach oben gegangen und hatten gewartet, was passieren würde. Keine der Frauen war in der Lage gewesen, ein Auge zuzutun. Zitternd aneinandergeschmiegt hatten sie ausgeharrt, bis Franks erlösendes Kommando kam. Sie hatten strikten Befehl erhalten, oben zu bleiben, egal, was unten passieren würde.

»Es kann jetzt wirklich ernst werden, Mädels«, hatte Remmiz seine Familie ermahnt. »Ich kann nur konzentriert kämpfen, wenn ich absolut sicher sein kann, dass ihr auf keinen Fall herunterkommt, bevor ich euch rufe. Auf keinen Fall und unter keinen Umständen. Und wenn jemand nach oben kommt, der nicht ich bin, dann schießt du, sobald sich die Tür zum Schlafzimmer öffnet. Verstanden?«

Brigitte hatte verstanden. Und sich eisern daran gehalten. Egal, wie wild ihr Herz pochte.

Jetzt stürmten beide los, polterten die Stiege nach unten und blieben wie angewurzelt stehen, als sie nicht nur Frank, sondern auch einen verwundeten Fremden erblickten. Remmiz hatte ihm Handschellen angelegt, obwohl der Mann aus einer Wunde am Oberschenkel ziemlich stark blutete. Von der Türschwelle bis mitten ins Wohnzimmer, wo der Fremde am Boden saß, zog sich eine dicke dunkelrote Blutspur.

»Hol bitte mal den Verbandskasten«, ordnete Frank Remmiz an Brigitte gewandt an, die immer noch fassungslos auf der letzten Stufe der Stiege stand.

»Dort drüben. Bei der Küche. Los. Bitte. Bevor der Kerl verblutet ist«, herrschte er sie an.

Endlich konnte Brigitte sich losreißen und ihre fünf Sinne wieder sortieren. Sie eilte zur Küche, öffnete den Verbandskasten, der an der Wand befestigt war, und holte alles, was sie an Mullbinden und Verbandszeug fand, hervor.

»Du hast doch eine Ausbildung in Erster Hilfe, oder?«, versuchte Remmiz die Situation zu versachlichen.

»Egal, wie schnell jetzt jemand hier sein könnte, entweder wir schaffen es, die Blutung zu stillen, oder er stirbt uns genau hier«, erklärte Remmiz mit fester Stimme.

»Ich bin kein Mörder«, meldete der Angeschossene sich zu Wort. »Ich bin nur Beobachter. Bitte helft mir«, stammelte er mit bleichem Gesicht. Mit weit aufgerissenen Augen starrte er abwechselnd auf Remmiz und seine Frau. »Bitte helft mir«, wiederholte er verzweifelt, den nahenden Tod vor Augen.

Brigitte ignorierte seine Worte. »Die Hose muss runter«, befahl sie plötzlich barsch und kniete sich neben den Blutenden. Trotz der Handschellen griff der Mann sofort an seinen Gürtel und öffnete ihn. Dann zog er den Reißverschluss seiner Jeans herunter und versuchte, den Hosenbund nach unten zu schieben. Remmiz stellte sich hinter ihn, griff ihm unter die Arme und hob ihn ein Stückchen hoch. Brigitte ergriff den Hosenbund und zog die Hose mit einem kräftigen Ruck nach unten. Längs gestreifte Boxershorts und eine stark blutende Schusswunde am linken Oberschenkel kamen zum Vorschein.

»Es ist nur ein Streifschuss«, stellte Remmiz fest. »Nur eine Fleischwunde. Die Kugel steckt nicht drin.«

Brigitte schüttete flüssiges Desinfektionsmittel über die Wunde. Molitschnig zuckte zusammen, versuchte sich jedoch nicht anmerken zu lassen, wie sehr es in der Wunde brannte. Dann legte Brigitte mehrere Pads auf die Wunde und umwickelte das Bein mit Mullbinden. Zwischendurch gab sie Anweisung an den Verwundeten, sich selbst fest mit der rechten Hand auf die Wunde zu drücken, während sie weiterwickelte.

Nach zwei Mullbinden schien die Blutung gestoppt zu sein. Es sickerte zwar noch langsam weiter rot durch den Verband, doch offensichtlich nicht mehr so stark und so schnell, dass Molitschnig zu verbluten drohte. Mit schmerzverzerrtem, bleichem Gesicht blieb er am Boden sitzen und drückte weiterhin fest auf seine Wunde, während Brigitte nach getaner Arbeit aufstand und in die Küche zum Waschbecken ging, um sich die blutverschmierten Hände zu waschen.

Während des gesamten Ereignisses war Christina an der Stiege stehen geblieben. Sie hielt sich am Geländer fest und starrte auf die Szene. Erst als ihre Mutter aufstand, löste sie sich und stolperte mit zitternden Knien zur Couch im Wohnzimmer, wo sie sich lautlos niederließ.

»So, und jetzt erzähl mal. Und zwar alles, wenn du das hier überleben willst.« Remmiz' Stimme war wieder im Befehlsmodus. Er holte sich einen Sessel aus der Küche und setzte sich vor Molitschnig.

»Ich bin kein Mörder«, wiederholte Molitschnig seine Worte. »Ich bin nur Beobachter. Erst hier am Berg, als ich hundert Meter von hier auf Beobachtungsposten lag, hat mich die Zentrale angerufen und gesagt, ich solle mich bei dem Killer melden und ihn unterstützen. Also bin ich nach oben, dahin, wo der gelegen hatte, und habe mich gemeldet.«

Molitschnigs Stimme wurde langsam fester. Immer noch kreidebleich im Gesicht, fuhr er fort.

»Ich hatte den Auftrag, die Tür mit meinem Dietrich zu öffnen. Sonst nichts. Ich war unbewaffnet.«

»Beihilfe zum Mord ist fast schon wie Mord«, klärte Remmiz ihn auf. »Das reicht für zwanzig Jahre, würde ich sagen. Ihr wolltet unschuldige Frauen und Kinder im Schlaf ermorden. Wenn du da wieder rauswillst, dann will ich jetzt die ganze Geschichte hören. Los, wer ist diese Zentrale, die dich angerufen hat?«

Molitschnig redete. Er redete um sein Leben. Er wusste, dass die Sache für ihn gelaufen war. Sein einziges Ziel war es, lebend in ein Krankenhaus zu kommen. Und der einzige Weg dahin führte über Remmiz, so viel war ihm klar. Er erzählte, dass er den Auftraggeber selbst nicht kannte, nur eine Kontaktperson namens Browning. Ein Engländer, das hatte er ganz deutlich an seinem Akzent gehört, erklärte er. Der hatte ihm stets die Anweisungen gegeben und war für die Bezahlung zuständig. Nach Erledigung eines Auftrags wurde in einem bestimmten Postfach ein Kuvert mit Geldscheinen hinterlegt. Das hat immer tadellos funktioniert. Er hatte ein nicht registriertes Handy, das ausschließlich für diese Kommunikation benutzt werden durfte. Es wurde jede Woche ausgewechselt gegen ein neues, das zusammen mit den Geldscheinen im Kuvert bereitlag.

Seine einzige Aufgabe war, zu beobachten, abzuhören, zu fotografieren und zu berichten. Das war sein Job, sonst nichts.

»Ich schwöre, Herr Major«, sagte er und betitelte Remmiz in seiner Verzweiflung. »Ich habe mir dort vor der Tür fast in die Hosen gemacht. Ich war noch nie tätlich gegen jemanden. Ich bin nur Beobachter.«

»Und der da draußen?«, lenkte Remmiz den Fokus auf die Leiche, die immer noch direkt vor der inzwischen geschlossenen Eingangstür lag. »Wer ist das, und was sollte er tun?«

Molitschnig erzählte von dem Wettkampf, den der Chef der Organisation veranstaltet hatte. »Es gab drei Anwärter«, beschrieb er, wie es angefangen hatte. »Jeder der drei bekam stets die gleiche Aufgabe. Ich musste alle drei beobachten und der Zentrale melden, wie sie sich bei ihren Erledigungen anstellten. Die erste Runde war die mit den Snipern. Sie mussten aus mindestens vierhundert Metern jemanden erschießen. Ich habe nur gemeldet, was danach jeweils in der Presse berichtet worden war. Sonst hatte ich damit nichts zu tun. Der da draußen«, Molitschnig deutete mit der freien linken Hand zur Tür, »das war der Letzte, der noch übrig war. Die anderen zwei habt ihr ja schon erwischt. Den Rumänen zuerst und dann den Engländer. Der hier kam aus Triest. Er hieß Diego Calabrese und war ein ziemlich fieser Kerl. Nach außen hin immer freundlich, aber sonst … ein brutaler Killer ohne irgendwelche Skrupel.«

»Wir wissen schon, wer das war. Wir hatten ihn schon auf der Fahndungsliste«, erklärte Remmiz souverän.

»Ich weiß«, bestätigte Molitschnig. »Ich war ja am Nachmittag beim Bodenbauer, als deine Kollegin und ihr Partner kamen, um ihn zu suchen.«

»Wie geht es jetzt weiter?«, hakte Remmiz nach. »Was war dein nächster Auftrag?«, herrschte er Molitschnig an.

»Ich müsste jetzt telefonieren«, erklärte der stotternd, als ihm bewusst wurde, dass die ganze Geschichte eigentlich noch nicht zu Ende war, sondern dass es an ihm war, jetzt die nächste Phase einzuleiten. »Ich müsste jetzt in der Zentrale anrufen, um zu melden, dass wir euch unter Kontrolle haben. Die Anweisung lautete ausdrücklich, dass ihr nur unter Kontrolle zu bringen seid. Ihr dürft auf keinen Fall getötet werden. Der Boss will selber kommen, um das zu tun.« Molitschnigs Augen weiteten sich vor Angst in Vorahnung darauf, dass der eigentliche Showdown noch bevorstand.

»Mladkovič will selber kommen, um mich zu erschießen?«, staunte Remmiz. »Wie denn? Wie will er das machen?«

»Mit dem Helikopter. Ich musste ihm ausdrücklich bestätigen, dass er auf dieser Wiese vor der Hütte mit dem Helikopter landen kann«, bekannte Molitschnig mit leiser werdender Stimme.

»Na, dann soll er kommen, der Mladkovič. Ich werde ihn zu empfangen wissen«, polterte Remmiz grimmig.

48

»Remmiz und seine Familie sind unter Kontrolle. Molitschnig hat mich erst nach eins in der Früh angerufen. Aber ich dachte mir, ich lasse Sie schlafen, weil eh alles in Ordnung ist«, meldete Browning pflichtgemäß.

Nach dem Anruf, den er von Molitschnig erhalten hatte, war er in seiner Koje liegen geblieben, um noch ein paar Stunden Schlaf zu gewinnen. Es war bereits lange nach Mitternacht, und sein Boss schlief sicher schon tief, da der Aufbruch schon sehr früh im Morgengrauen geplant war.

Erst um fünf Uhr früh hatte er es gewagt, an der Tür seines Chefs zu läuten. Der saß bereits in seinem Wohnzimmer und genoss einen Kaffee und frische Brötchen aus der Bordbäckerei.

»Soso«, murmelte Mladkovič, während er aß. »Alles unter Kontrolle. Gut. Wie ist denn das Wetter in den Karawanken heute früh?«, fragte er seinen Assistenten.

»Es liegt relativ dichter Hochnebel in den Bergen. Sicht höchstens dreißig Meter. Erst im Laufe des Tages werden sich die Nebel lichten. Später wird es sonnig mit leichten Quellwolken.«

»Bis dahin sind wir schon längst wieder zurück. Wir müssen das jetzt durchziehen, bevor dort am Berg zu viele Bullen auftauchen. Ist der Heli startklar?«, fragte Mladkovič.

»Jederzeit startklar«, bestätigte Browning.

»Gut. Wir starten in zwanzig Minuten.«

»Chef?«

»Ja? Was noch?«

»Ich dachte mir, es wäre vielleicht doch besser, wenn ich hierbleiben würde und die Kommunikation aufrechterhalte. Dort auf dem Berg kann ich zwischen den vielen Soldaten sowieso nichts tun. Da fliegen die Kugeln tief, und das ist eh nicht mein Ding, wie Sie wissen. Ich bin ja mehr für die feine Klinge zuständig. Wäre das okay, Chef?«

»Mir egal, Matt. Ist recht. Dann bleib du hier an Bord und überwache die Kommunikation. In einer Stunde bin ich eh wieder da, allerdings mit ein paar Kugeln weniger«, fügte Mladkovič hämisch grinsend hinzu.

Pflichtbewusst grinste Browning zurück, verabschiedete sich und begab sich zum Oberdeck, um sicherzustellen, dass die Heli-Piloten und die Killertruppe, die Mladkovič mitnehmen wollte, startklar waren. Er hatte ein mulmiges Gefühl. Zum ersten Mal seit langer Zeit beschlich ihn eine Ahnung, von der er nicht wusste, wie er sie einordnen sollte.

Alles war geplant und organisiert wie immer. Aber dieser Killer-Wettbewerb schien unter keinem guten Stern zu stehen. Drei Kandidaten waren ausgewählt worden, und anstatt am Schluss mit einer knappen Entscheidung zwischen den Siegern standen sie mit leeren Händen da. Zwei Kandidaten waren schon von Remmiz und seinen Bullen erledigt worden, und den dritten würden sie selbst beseitigen müssen, weil er bereits zu viele Fehler gemacht hatte.

Dieser Remmiz scheint ja eine härtere Nuss zu sein, als wir ahnten, dachte Matt Browning. Er war froh, dass sein Chef ihm gestattet hatte, während der Aktion an Bord der »Kyrillos« bleiben zu dürfen. Hier war er sicher, egal, was draußen in der Welt passierte.

Um Punkt fünf Uhr dreißig erschien Zlatko Mladkovič am Oberdeck. Der Eurocopter stand bereits mit laufenden Motoren und sich langsam drehenden Rotoren bereit. Die beiden Piloten saßen startklar in der Kanzel. Vor der großen Schiebetür des Helis standen sechs Mann vom Security-Team. Alle steckten in ihren schwarzen Kampfuniformen mit Militärstiefeln und Schutzhelmen, wie sie auch von den amerikanischen Polizeikommandos benutzt wurden. Die Soldaten waren gut trainiert und perfekt aufeinander eingespielt.

Als Standardbewaffnung hatte Mladkovič, wie auch schon sein Vorgänger Darko Devos, seine Truppe mit Walther-PPK-Pistolen und dazu passend mit Walther-MP-Maschinenpistolen mit Klappschaft und kurzem Lauf ausgestattet.

Jeweils am linken Oberarm der Uniformen war das aufgestickte blau-weiße Logo der »Kyrillos« zu sehen, quasi das Firmenlogo der Organisation. An der linken Brust, über den aufgesetzten Taschen und am rechten Oberarm trug jeder der Soldaten eine deutlich sichtbare, mit gelbem Faden aufgestickte Nummer. Das in die Kampfanzüge integrierte Funksystem war ausschließlich für militärisch organisierte Befehle entwickelt worden.

Als Mladkovič an Deck erschien, rissen die Soldaten die rechte Hand gestreckt zum Gruß an ihre Helme.

»Guten Morgen!«, brüllte Teamleader Nummer zwei. »Mannschaft vollzählig zum Kampfeinsatz angetreten.«

»Guten Morgen, Jungs«, lächelte Mladkovič grimmig zurück. Dann stieg er in den Heli und schnallte sich in seinen Komfortsessel. Die Mannschaft verteilte sich auf die etwas einfacheren Sitze an der gegenüberliegenden Wand und neben den großen Schiebetüren.

Matt Browning verzichtete darauf, zum Abschied zu winken. Regungslos, mit angelegten Armen, stand er am Deck und sah dem Eurocopter zu, wie er am Horizont über Triest verschwand. Dann ging er langsam wieder nach unten in die Kommunikationszentrale und stellte das Funksystem auf die Frequenz der Soldaten im Heli.

49

Als sich der Eurocopter der Ogrisalm um Punkt sechs Uhr näherte, war der von Browning prognostizierte Hochnebel so dicht, dass der Pilot ernsthaft daran zweifelte, überhaupt landen zu können. Vorsichtig suchte er die größte freie Fläche zwischen den an die zwanzig Meter hohen Tannen, die vor allem östlich und südlich der Hütte einen dichten Wald bildeten. Am kleinen Hügel mitten in der Almwiese, dreißig Meter oberhalb der Blockhütte, setzte er schließlich auf.

»Absitzen«, erklang der schnorrige Befehl des Teamleaders in den Mikros der Soldaten. Sofort sprangen die sechs Soldaten aus der geöffneten Schiebetür des Helikopters.

»Lass den Motor laufen«, befahl Mladkovič seinem Piloten, bevor er den Helm mit dem integrierten Funkmikro absetzte. Mit einem Satz sprang er als Letzter von Bord, übernahm dann jedoch sofort die Führung und lief zur Blockhütte. Teamleader zwei hob die rechte Hand und gab seinen Mannen das Zeichen, im Schnellschritt mitzutraben, während er sich seinem Boss an die rechte Seite heftete.

Mladkovič erreichte als Erster die Eingangstür. Mit einem Ruck stieß er sie auf, trat zwei Schritte in den Raum und erstarrte mitten in der Bewegung, sodass Teamleader zwei beinahe von hinten in seinen Boss gerannt wäre. In letzter Sekunde konnte auch er noch stehen bleiben.

Beide starrten auf Diego Calabrese, der aus glasigen, toten Augen zurückstarrte. Er saß auf der Couch an der Wand gegenüber der Tür. Der Pfeil steckte noch mitten in seiner Brust, auf der sich auf seinem eleganten italienischen Hemd ein großer dunkelroter Fleck gebildet hatte.

»Verdammt«, fluchte Mladkovič. »Was ist hier los?«

Vom Anblick seines toten Killers waren beide, der Pate und sein Leibwächter, dermaßen überrascht, dass sie sekundenlang nicht in der Lage waren, zu reagieren.

In diesem Moment begann sich der gesamte Hügel zu regen,

als ob plötzlich eine Schar von Ameisen wie aus dem Nichts heraus aufgetaucht wäre.

»Hier spricht die Polizei. Das Gelände ist umstellt. Ergeben Sie sich. Sie sind vorläufig festgenommen«, schallte Oberst Tischlers laute Stimme aus dem Megafon, während er in Begleitung von acht SEK-Polizisten aus dem Schuppen neben der Hütte trat. Weitere zehn SEK-Beamte tauchten plötzlich aus ihrer Deckung hinter den Bäumen neben und auf der anderen Seite der Blockhütte auf.

Doch Zlatko Mladkovič dachte nicht daran, so schnell aufzugeben. Mit der rechten Hand zog er seine Walther PPK aus dem Halfter und feuerte noch in der Drehbewegung zwei Schüsse zwischen seinen Soldaten hindurch in jene Richtung, aus der die Stimme gekommen war. In derselben Sekunde begann er, so schnell wie möglich in Richtung seines Helikopters zu stürmen. Er erkannte sofort, dass die Hütte eine Falle war, und wenn er dort blieb, hätte er keine Chance mehr, zu entkommen.

Auch seine Soldaten folgten seinem Beispiel und feuerten aus ihren Handfeuerwaffen und Maschinenpistolen in alle Richtungen, während sie sich gemäß der streng militärisch geübten Vorgehensweise um ihren Chef herumgruppierten, um ihm Deckung zu geben.

Doch auch die SEK-Beamten feuerten aus ihren Maschinenpistolen, was das Zeug hielt. Der gesamte Hügel um die Hütte herum schien in einem einzigen ohrenbetäubenden Knattern unterzugehen. Eine wilde Schießerei entbrannte, während Mladkovič, gedeckt von seinen gepanzerten Soldaten, geduckt weiterlief.

Die Piloten des E-X4 starrten auf ihren Chef, der sich, umringt von den gepanzerten Soldaten, schneller als erwartet wieder dem Hubschrauber näherte. Sofort schoben sie die Gashebel nach vorn, was eine Steigerung der bis dahin nur langsam drehenden Rotorgeschwindigkeit und ein gleichzeitiges Aufjaulen des Hauptmotors zur Folge hatte.

Zwei der »Kyrillos«-Soldaten lagen bereits von Kugeln getroffen auf der Strecke zwischen Blockhaus und Helikopter. Ein weiterer brach kurz vor dem Helikopter zusammen. Mladkovič erreichte die Schiebetür und hechtete mit einem waghalsigen Satz in das Innere des Hubschraubers.

In dieser Sekunde blieb den beiden Piloten fast das Herz stehen. Direkt vor ihren Augen stiegen aus der Ostwand der Ogrisalm zwei EC-145-Polizeihubschrauber empor. Diese Hubschrauber hatten schon um halb sechs, also dreißig Minuten vor der Ankunft der Gangster, ein Bataillon SEK-Polizisten auf die Ogrisalm geflogen. Auf dem Rückflug zu ihrem Warteplatz hatten sie Brigitte und Christina mit zwei Mann Begleitschutz auf der Märchenwiese auf tausendeinhundertsiebenundfünfzig Meter abgesetzt.

»Hier spricht die Polizei. Stellen Sie sofort den Motor ab«, befahl Frank Remmiz über die Außenlautsprecheranlage eines Hubschraubers.

»Schießen! Verdammt, schießt sie ab mit einer Scheißrakete! Sofort!«, befahl Mladkovič laut brüllend.

Der Copilot entsicherte die Schussvorrichtung, indem er einen Riegel nach oben schob, und drückte ohne weitere Verzögerung auf den roten Knopf. Mit einem lauten Knall löste sich die Luft-Luft-Rakete, die unter der Pilotenkanzel zwischen den Landekufen montiert war.

Doch die Entfernung war zu gering, um die Aktivierung der Wärmesensoren der Rakete auf die Zielobjekte richten zu können, und die beiden Polizeihubschrauber stiegen zu schnell auf, um getroffen werden zu können. Laut zischend flog die Rakete daher unter beiden Polizeihubschraubern hindurch. Sie würde irgendwo in den Karawanken an einer Felswand explodieren. In einem der Copiloten-Sitze saß Frank Remmiz. Ohne weitere Rücksprache mit Oberst Tischler drückte er auf den Auslöser für das Dauerfeuer. Eine Maschinengewehrsalve ratterte los.

Als der Heli der Gangster abhob und bereits einige Meter über dem Boden der Ogrisalm schwebte, durchschlugen die Kugeln des Polizeihubschraubers die Windschutzscheibe. Beide Piloten brachen getroffen zusammen, woraufhin der Helikopter außer Kontrolle geriet und sich langsam um die eigene Achse drehte. Noch bevor er eine halbe Umdrehung vollführen konnte, trafen mehrere Kugeln seine Tanks. Mit einem ohrenbetäubenden Knall, einem Donnerschlag gleich, und einer grellen Feuerkugel explodierte der Helikopter. Maschinenteile ebenso wie Leichenfetzen der Soldaten, der toten Piloten und Zlatko Mladkovičs verteilten sich im Umkreis von zweihundert Metern vom Explosionsort.

Beide Polizeihubschrauber wurden vom Explosionsdruck um mehrere Meter nach hinten und oben gedrückt. Die im Gelände verteilten SEK-Beamten legten sich blitzschnell flach auf den Boden, um nicht von der Druckwelle erfasst und herumgeschleudert zu werden.

Hoffentlich wurde keiner unserer Leute getroffen, dachte Oberst Tischler, während er sich in der alten Hütte auf den Boden kauerte, um abzuwarten, bis alle umherfliegenden Teile gelandet waren. Erst nach zwei Minuten wagte er sich aus der Deckung. Er blickte auf die Polizeihubschrauber. Er konnte Frank Remmiz erkennen, der mit beiden Daumen nach oben zeigte und dazu grimmig mit dem Kopf nickte.

50

Remmiz verzichtete darauf, erneut auf der Ogrisalm zu landen. Oberst Tischler, Tina und Huber konnten sich gemeinsam mit dem SEK an die Aufzeichnungs- und Aufräumarbeiten machen. Der Abtransport der Toten, die Zuordnung und Registratur der Leichenteile und das Aufräumen der Reste des explodierten Helikopters würden Tage dauern. Dafür wurde er nicht mehr benötigt. Sein Auftrag war beendet.

»Zurück zur Märchenwiese«, befahl er dem Piloten daher schnell, der sofort abdrehte und den Heli wieder zurück ins Tal lenkte. Er landete mitten auf der wunderschönen, weltbekannten Wiese im Bodental auf tausendeinhundertsiebenundfünfzig Meter. Diese grüne Augenweide bildete einen der herrlichsten Talabschlüsse dieses vier Kilometer langen Bergtales der Kalkalpen. Sie galt nicht nur als Kärntens schönste Bergwiese, sondern als eine der romantischsten Almwiesen überhaupt. Die Schönheit des Talabschlusses ergab sich aus der landschaftlichen Besonderheit, dass eine große, nahezu ebene Almwiese nach einem schmalen, steil ansteigenden Waldgürtel unmittelbar in die senkrechten Felswände der Karawanken überging. Die imposante Bergkette im Hintergrund umfasste vier Berggipfel, stand unter Naturschutz und war Heimat für viele seltene Pflanzenarten.

Doch noch nie hatte jemand die ganz besondere Romantik und Schönheit dieser Wiese so intensiv erlebt wie die Familie Remmiz in diesem Moment.

Brigitte und Christina standen am Waldrand, im Schutz der über dreißig Meter hohen Tannen. In der Sekunde, als die Kufen des Helikopters das Gras berührten, konnte sie niemand mehr halten. Beide rannten bereits los, während sich Remmiz seinerseits abschnallte und aus der Kanzel sprang. Allen dreien liefen die Tränen über die Wangen, während sie sich gegenseitig umarmten und drückten.

»Es ist vorbei«, flüsterte Frank Remmiz, während Brigitte ihm mehrere Küsse auf die salzigen Tränen drückte, die über seine rauen Wangen kullerten. Endlich konnte sich auch bei ihm die unendliche Spannung lösen, unter der er gelitten hatte. Seine Familie erneut in Todesgefahr zu wissen, war wohl die schlimmste Erfahrung seines Lebens gewesen.

Mit »Love Me Two Times« meldete sich plötzlich sein Handy und rüttelte ihn wieder auf.

»Manfred Oberlechner, Klinikum Klagenfurt«, meldete sich die Stimme im Hörer.

»Ja, bitte?«

Nicht dass Remmiz seinen Sohn vergessen hätte, aber erst der Handyton und die Stimme des Oberarztes holten ihn wieder zurück aus der wunderschönen Traumwelt, in der er für einige Sekunden zusammen mit seiner Frau und seiner Tochter versunken war. Zur Vervollständigung der Familie Remmiz fehlte noch einer, wurde ihm plötzlich wieder schmerzhaft bewusst. Julian lag seit mehreren Tagen im Koma auf der Intensivstation.

»Ihr Sohn ist jetzt aufgewacht. Es geht ihm den Umständen entsprechend gut. Er möchte Sie sehen, Herr Remmiz«, erlösten ihn die freundlichen Worte des Doktors aus seiner nagenden Ungewissheit.

»Danke, Herr Doktor«, antwortete Frank Remmiz mit kaum hörbarer Stimme, während erneut dicke Tränen über seine verschwitzten Wangen liefen.

»Kommt mit«, bat er Brigitte und Christina mit leiser Stimme, während er sie zurück zum Hubschrauber zog.

»Zum Klinikum Klagenfurt«, wies er den Piloten an, kaum dass sie alle drei Platz genommen und sich angeschnallt hatten.

»Einundzwanzig Komma fünf Kilometer«, erklärte der Pilot nach kurzem Check seiner Instrumente und einigen Funksprüchen mit der Flugleitzentrale im Tower des Klagenfurter Flughafens.

»Wir sind in vierzehn Minuten da«, komplettierte er seine Informationen.

Noch während der Pilot die Kufen seines Fluggerätes auf dem großen aufgemalten »H« der Landeplattform des neuen Klinikums aufsetzte, schnallte sich Remmiz ab und sprang hinaus. Er half Brigitte und Christina aus dem Helikopter. Beide waren froh, endlich wieder festen Boden unter den Füßen zu haben. Bestimmt gibt es viele Menschen, denen Hubschrauberflüge mit hundertfünfzig Kilometern pro Stunde großen Spaß machen. Die zahlen vielleicht sogar dafür. Aber meins ist das nicht, dachte Brigitte geistesabwesend, während sie ihrem Mann und dem Krankenpfleger, der zu ihrer Abholung auf die Plattform gekommen war, zur Intensivstation folgte.

Julian lächelte ihnen bereits entgegen. Der Wachpolizist ging höflich ein paar Schritte zur Seite, während Dr. Oberlechner freudestrahlend auf die Familie zuging, um ihr die Hände zu schütteln.

»Auch uns fällt ein großer Stein vom Herzen, Herr Remmiz«, erklärte der Arzt. »Wir haben bereits einige Tests durchgeführt. Alle körperlichen Reaktionen scheinen normal zu sein. Zwar noch etwas langsam, ganz munter ist er noch nicht, aber alles funktioniert. Ihr Sohn hat enormes Glück gehabt. Mit Ihrem Einverständnis werden wir ihn bereits morgen auf die normale Station verlegen können. Dort wird er bleiben, bis seine Knochenbrüche verheilt sind und wir noch einige weitere Tests zu Gehirn- und Körperfunktionen gemacht haben. Aber wie gesagt, es scheint, dass alles in Ordnung ist, Herr Remmiz.«

Remmiz hörte nur mit halbem Ohr zu. Zum dritten Mal an diesem Tag kullerten einzelne Tränen über seine Wangen, während er seinen Blick über das bleiche Gesicht seines einzigen Sohnes wandern ließ, als ob er sich daran festsaugen wollte. Als ob er ihm durch Blickkontakt Kraft und Leben in seinen geschwächten Körper projizieren könnte. Brigitte und Christina waren inzwischen jede an eine Seite Julians geeilt und hielten seine Hände fest gedrückt.

»Wie fühlst du dich? Wie geht es dir, mein Liebling?«, stammelte Brigitte immer wieder.

Plötzlich erwiderte Julian den Blick seines Vaters. Ganz fest sah er ihm in die Augen, und ihm war anzusehen, wie er sich konzentrierte und mühsam versuchte, seine blassen Lippen zu Worten zu formen.

»Ich will ein verdammter Cop werden. So wie du, Paps«, flüsterte Julian, während er Remmiz siegessicher ins Gesicht lächelte. »Damit die Welt von solchen Bösewichtern gesäubert wird.«

»Jetzt wirst du erst mal wieder gesund, Julian. Dann machst du die Schule fertig, und dann sehen wir weiter, okay?«

»Er ist noch sehr schwach. Bitte überfordern Sie ihn jetzt nicht«, meldete sich der Oberarzt wieder zu Wort. »Wie gesagt, es geht Ihrem Sohn den Umständen entsprechend gut, und wir verlegen ihn bald auf die normale Station, dann können Sie ausführlich alles Weitere besprechen«, sagte er freundlich lächelnd und verabschiedete die Familie höflich.

Um seine Visite fortzusetzen, drehte er sich zu dem Patienten im nächsten Bett um, das nur zwei Meter entfernt neben Julians stand.

»Und wen haben wir denn hier liegen? Guten Tag, Herr Stalker. Schussverletzungen und innere Blutungen, soso. Was ist Ihnen denn passiert?«

Epilog

Genau vierundzwanzig Stunden später in der Adria, gute fünf Seemeilen vor Triest, lichtete die »Kyrillos« ihre Anker. Soeben war das Volltanken abgeschlossen worden. Die Vorratsräume waren prall gefüllt mit frischen italienischen Spezialitäten.

Matt Browning stand auf der Brücke und gab dem Kapitän die Anweisung für das nächste Ziel, während die Mannschaft mit den Vorbereitungen für eine weite Reise beschäftigt war.

In dieser Gegend hier ist es etwas zu heiß geworden. Wir brauchen Abstand zu diesem Remmiz und den österreichischen Bullen, dachte Browning.

»In die Nordsee«, befahl er trocken, als ob ein solcher Befehl das Selbstverständlichste der Welt wäre.

»Wir ankern fünf Seemeilen vor Hamburg. Wir haben einen Auftrag in Berlin zu erledigen.«

»Aye, aye, Sir«, lautete die knappe Antwort des Kapitäns, während er sich seinem Bildschirm zuwandte und einige Daten in die Tastatur tippte. Um die Aufträge seines Bosses kümmerte er sich nie, daher ignorierte er den letzten Satz einfach. Seine einzige Aufgabe war die korrekte Steuerung des Schiffes.

»Je ein Tankstopp vor Tunis, Lissabon und London. Das müsste passen. Unsere Reichweite beträgt circa tausenddreihundert Seemeilen«, stellte er nach wenigen Minuten fest. »Das geht sich gut aus. Ist das in Ordnung so, Sir?«

Matt Browning bestätigte dem Kapitän sein Okay und winkte noch einmal abschließend, nur für sich selbst, lässig mit der Hand nach Triest. *Goodbye*, Triest.

Dann drehte er sich um und ging gemütlich die Stiegen hinunter in Mladkovičs Büro. Mit einem zufriedenen Seufzer ließ er sich in den dick gepolsterten schwarzen Hightech-Lederdrehstuhl fallen, holte eine Zigarre aus dem kleinen Kästchen auf dem großen, goldverzierten Schreibtisch und stieß genüsslich ein paar dicke blaugraue Rauchwolken in den Raum.

Danksagung

Mein Dank gilt Mareidi, der vermutlich besten Ehefrau von allen, die seit sechsundzwanzig Jahren mit mir durch dick und dünn geht, alle meine Höhen und Tiefen mitlebt und stets zu mir steht. Sie hat dafür gesorgt, dass ich die notwendige Zeit, Kraft und Muße für das Schreiben dieses Buches finden konnte.

Mein Dank gilt auch meinen drei wundervollen Kindern die meine gravierende Berufsumstellung von meinem Leben davor zum Schriftsteller und Buchautor mitgetragen haben.

Mein Dank gilt meiner großen Familie, den vielen Freundinnen und Freunden und der stets wachsenden Leserschar, die meine Geschichten lesenswert finden und freiwillig meine Bücher kaufen und meine Lesungen besuchen.

Und mein besonderer Dank gilt Hejo Emons und dem gesamten Team des Emons Verlages, das mich wie ein Familienmitglied aufgenommen hat und in höchst professioneller Weise meine wilden Manuskripte in wunderschöne Bücher verwandelt.

PAUL MARTIN
Kärntner Rache
KRIMINALROMAN
emons: